처방전
없는
진료실

SHOHOSEN NO NAI CLINIC

by Tamaki SENKAWA

© 2026 Tamaki SENKAWA

All rights reserved.

Original Japanese edition published by SHOGAKUKAN.

Korean translation rights arranged with SHOGAKUKAN

through JM Contents Agency Co.

처방전 없는 진료실

센카와 다마키 장편소설
황국영 옮김

차례

×××××××××××××

단풍잎
드라이버

1

설거지를 마친 그릇과 컵을 식기세척기에 넣고 건조 버튼을 눌렀다. 식기세척기는 오직 건조용으로만 쓰는 것이 가시오 데쓰야의 방식이다.

지난 10년간 주말의 집안일은 데쓰야 담당이었다. 아내 미즈키는 선수 생활을 마친 후 30대 때부터 테니스 스쿨 강사로 일하고 있다. 주말에 레슨이 잡히는 일도 많다. 데쓰야가 근무하는 시내의 생활용품 제조업체는 중소기업이지만 주말 휴일은 확실히 보장된다. 대신 평일에는 야근하는 날이 적지 않았다. 그래서 이렇게 분담하게 되었다.

표백제로 행주를 소독하고 있을 때 라켓 가방을 어깨에 멘 미즈키가 부엌으로 들어왔다. 안색이 묘하게 창백해 보이는 건 야외 레슨에 대비해 자외선 차단제를 잔뜩 발랐기 때문일 것이다.

갈색으로 염색한 머리를 뒤로 올려 묶으며 미즈키가 말했다.

"나, 저녁은 밖에서 먹을 거야. 레슨 끝나고 동료랑 같이 와인 바에 가기로 했어."

"너무 많이 마시지 마."

미즈키는 순간적으로 짜증스러운 얼굴을 했다가 금세 표정을 지웠다.

"알았다니까. 아무튼 오늘은 마나도 늦는댔어."

"들었어."

토요일이라 학교는 쉬지만, 역에 있는 햄버거 가게에서 오후 8시까지 아르바이트를 하고 온다고 했다. 장남인 쇼타는 일찌감치 집을 나가 혼자 살고 있다. 오늘은 오랜만에 혼자 저녁을 먹겠구나. 반찬이라도 좀 사 올까 생각하고 있을 때 미즈키가 입을 열었다.

"당신, 오랜만에 아버님 댁 가서 같이 저녁이라도 먹지 그래? 집으로 오시라고 해도 되고."

"아니, 됐어."

데쓰야의 본가는 이 맨션에서 도보 3분 거리에 있다. 왕래하기는 쉽지만, 나이 지긋한 어르신과 중년 아저씨 둘이 마주 앉아 밥을 먹어봤자 마땅히 할 얘기도 없다. 그런데도 미즈키는 끈질기게 권했다.

"직접 요리하기 귀찮으면 버스가 다니는 큰길에 새로 생긴 소바 가게에 가보지 그래? 거기 은어튀김이 맛있다고들 그러더라. 오늘은 내가 차도 안 쓰니까."

"그 복잡한 데에 노인네를 어떻게 모시고 가."

"그런가. 그래도…. 아버님께 전에 말했던 그 얘기 좀 해봐. 우리 사장님이 언제쯤 답을 들을 수 있냐고 자꾸 재촉한단 말이야. 아버님 땅이 테니스장 짓기 딱 좋은 위치라면서."

데쓰야는 역시 그거였구나 생각하며 고개를 저었다.

"말했잖아. 그건 안 된다니까."

조상 대대로 지켜온 밭을 팔라니, 아버지에게 그런 말을 어떻게 꺼낸단 말인가. 아버지 헤이조는 올해로 여든이 되지만, 여전히 농가를 운영하며 유기농 잎채소와 토마토 등을 재배하고 있다. 시내의 음식점이나 유기농 식료품점에 물건을 납품하는데 제법 인기가 있는 모양이었다.

"어머니가 돌아가신 뒤로는 밭일이 아버지의 유일한 낙이라고."

"그래도 아버님 연세도 있고, 요즘 세상에 시내에서 하는 농업이 뭐 잘되기나 해? 주변에 있던 농가들도 거의 다 없어졌던데."

틀린 말은 아니다. 에도시대(1603년부터 1868년까지를 가리키는 일본의 연호—옮긴이)부터 농사를 지어온 가시오 집안도 쇼와시대(1926년부터 1989년까지를 가리키는 일본의 연호—옮긴이) 중반부터는 농지를 팔거나, 맨션과 주차장으로 용도를 변경해 왔다. 그렇게 얻은 재산은 할아버지가 돈 관리를 잘못한 탓에 버블경제 붕괴와 함께 대부분 사라져 버렸지만. 이제 남아 있는 거라곤 1헥타르 남짓의 농지와 임대 맨션 정도가 전부다.

"우리 수강생 중에 부동산에 대해 잘 아는 사람이 있는데 이제

이 동네 땅값은 무조건 떨어질 거래. 지금이 팔아야 할 타이밍이라더라."

그런 말을 들어도 난처할 뿐이다.

"아버지랑 땅은 그냥 좀 내버려둬."

미즈키는 불만스럽다는 듯 입술을 삐죽였다.

"난 가족도 아니라는 거야?"

"그런 말이 아니잖아. 어차피 농사는 아버지 세대에서 끝이야. 그렇게 먼 얘기도 아니라고. 땅을 어떻게 할지는 그 후에 천천히 생각해도 충분하잖아."

"그때가 되면 늦는다니까. 당신이 안 내키면 내가 직접 아버님께 말해볼까? 꽤 괜찮은 제안이란 말이야. 사장님이 그랬어. 아버님이 정 밭일을 하고 싶으시면 안쪽 부지의 4분의 1 정도는 그대로 남겨둘 수도 있다고."

"그만 좀 해!"

데쓰야는 무심코 큰 소리를 내고 말았다. 주변 사람들에게 온화한 성품이라는 평가를 듣는 그로서는 드문 일이었다. 미즈키 역시 이런 반응을 예상하지 못한 듯했다. 순간 눈이 휘둥그레지나 싶더니 이내 입을 꾹 닫고 발길을 돌렸다. 포니테일로 묶은 머리칼이 크게 흔들렸다.

현관문이 닫히는 소리에 데쓰야가 한숨을 내쉬었다.

들자 하니 미즈키가 일하는 테니스 스쿨 사장이 토지 매입 얘기가 잘 풀려서 새 코트가 완성되면 미즈키를 공동 경영자로 임명하겠다고 한 모양이다. 계약직 강사를 임원직에 앉히는 파격적인 인사다. 40대 중반을 넘긴 나이에 계속 강사로 일하는 것이 체력적으로 버거워진 미즈키에게는 더할 나위 없는 제안이었다.

저렇게 적극적으로 나서는 것도 이해는 간다. 일은 재미있지만 금전적으로는 수지 타산이 맞지 않는다고 한탄하면서도, 강사로 10년 이상 열심히 일해준 아내에게 미안한 마음도 있다. 하지만 농사짓는 땅을 테니스 스쿨에 팔라는 말을 아버지에게 꺼낼 수는 없었다.

지금 분위기라면 미즈키는 직접 아버지를 찾아가 담판을 지으려고 할 것이다. 그렇게 되면 최악의 상황이 된다. 아버지는 밝고 호탕한 성격이지만 고집이 센 사람이다. 게다가 한번 화가 나면 엄청나게 무섭다.

싱크대 앞에 선 채로 고민하고 있는데 식탁 위에 올려둔 핸드폰이 울리기 시작했다. 화면을 들여다보고는 깜짝 놀랐다. 아버지에게서 온 전화였다. 미즈키가 벌써 아버지에게 연락한 걸까.

조심스럽게 전화를 받자, 젊은 여성의 목소리가 들려왔다.

"가시오 데쓰야 씨 되시나요?"

"네, 그런데요."

"저는 이웃에 사는 사람인데요, 아버님이 차 사고가 났어요. 좀 다치셨는데 직접 전화하기 힘드실 것 같아서 제가 대신 연락했습니다."

데쓰야의 얼굴에서 핏기가 사라졌다.

"다치셨어요? 생명에 지장은 없고요?"

"아, 그런 걱정은 안 하셔도 될 것 같아요. 제가 우연히 지나가다 사고 현장을 목격했는데…."

아버지는 밭으로 들어가는 길목에 세워둔 자신의 트랙터를 보지 못하고 미니 트럭으로 들이받았다고 한다. 그때의 충격으로 복부가 핸들에 세게 부딪혔다고.

"구급차를 부를까 했는데 아버님께서 병원은 싫다고, 지인이 하는 접골원에 가겠다고 하셔서요."

"감사합니다. 당장 그쪽으로 갈게요."

전화해 준 여성의 이름과 연락처를 받은 후 전화를 끊고 서둘러 나갈 채비를 했다.

여성의 말투로 보아 큰 사고는 아닌 듯했지만, 어쨌든 아버지는 고령자다. 이런 사고 때문에 몸져눕기라도 하면 큰일이었다. 접골원이 아니라 어느 정도 규모가 있는 병원에 가야 했다.

이 근처에서 제일 큰 병원은 차로 10분 정도 걸리는 곳에 있는 아오시마 종합병원이다. 지금으로선 거기가 최선일 텐데 아버지는 탐탁지 않아 할 것이다. 안 그래도 의사라면 질색하는 데다 아오시마 종합병원에 대한 불신도 있다. 3년 전 돌아가신 어머니의 갑작스러운 죽음이 10년도 더 전에 아오시마 종합병원에서 받은 유방암 수술의 실패 탓이라고 생각하기 때문이다. 어머니의 사인은 심근경색이었다. 아무리 생각해도 유방암 수술과는 무관하다. 아버지를 이해시키기 위해 누나는 아는 의사에게 직접 의견을 구하기도 했고 데쓰야 역시 별개의 문제라고 생각했다. 그런데도 아버지는 고집을 꺾지 않았다.

그렇지만 이 주변에 큰 병원은 그곳뿐이다. 아버지가 원치 않더라도 아오시마 종합병원에 모시고 갈 작정이다.

병원의 모습은 어머니가 다닐 때와는 완전히 딴판이었다. 건물 전체를 새로 지은 것 같았다. 새로워졌을 뿐 아니라 병상 수도 늘어난 듯했다. 건물 뒤편의 잡목림만이 그때의 풍경을 간직하고 있었다.

아버지는 주차장부터 건물까지는 어찌어찌 혼자 걸어갔으나 꽤 힘들어 보였다. 늘 수선스러울 정도로 떠들던 아버지가 아무 말 없이 밭은 숨을 몰아쉬고 있었다. 몸을 움츠리고 있어서인지 왜소한 몸이 괜스레 더 작아 보였다.

접수처에서 상황을 설명하자 외과로 가보라는 안내를 들었다. 대기 중인 사람도 많았는데, 상황이 긴급하다고 판단했는지 거의 기다리지 않고 진료실에 들어갈 수 있었다.

아버지를 진찰한 사람은 젊은 남성 의사였다. 문진과 엑스레이 검사, 복부 CT 촬영 후 타박상이라는 진단을 내렸다. 복부가 심하게 부었고 열도 났다. 복강 내에 약간의 출혈도 있어서 만약 피가 멈추지 않으면 수술을 해야 할 수도 있다고 했다. 의사는 하룻밤 입원하여 안정을 취할 것을 권했다.

데쓰야도 이에 동의했으나 아버지는 입원 따위 필요 없다며 고집을 부렸다. 그러나 아버지는 혼자 살고 있다. 데쓰야가 같이 잘 수야 있지만 한밤중에 아프기라도 하면 곤란하다. 주변 사람 좀 생각해 달라고 설득한 끝에 겨우 입원시킬 수 있었다.

4인실 침대에서 아버지가 환자복 갈아입는 것을 도왔다. 목이 마르면 언제든 마실 수 있도록 사이드 테이블에 물병을 챙겨놓고 병실을 나온 데쓰야는 꼭대기 층의 카페테리아에서 이른 점심을 먹기로 했다. 돈가스덮밥을 시켜 먹으며 핸드폰을 확인했다. 집을 나오기 전에 미즈키와 누나 아사코에게 메시지를 보내 뒀다.

미즈키는 저녁 레슨을 취소하고 병원에 와서 거들겠다고 했다. 마음은 고마웠지만, 입원이라고 해봤자 하룻밤이었다. 갈아입을 속옷이나 칫솔은 병원 매점에서도 쉽게 살 수 있으니 괜찮다고 답했다.

누나는 당장 아버지를 보러 오겠다고 했다. 누나네 가족은 지바현 마쓰도시에 산다. 여기까지 오려면 버스와 전철을 타고 한 시간 반 정도는 걸릴 터였다. 메시지를 보자마자 집을 나섰다면 슬슬 도착할 시간이긴 했다. 허겁지겁 돈가스덮밥을 먹어치운 뒤 병실로 돌아왔다.

아버지는 드러누운 채 천장을 바라보고 있었다. 간혹 뺨이 꿈틀거리는 건 통증을 견디기 힘들다는 뜻이겠지.

"누나가 곧 올 거예요."

아버지는 나무라는 듯한 눈빛으로 데쓰야를 바라봤다.

"뭐 하러 불렀어."

"알려주긴 해야죠."

말은 그렇게 했지만, 아버지의 마음을 모르는 건 아니다. 누나는 기다렸다는 듯 아버지를 다그칠 것이다. 최근 몇 년간 누나는 집에 올 때마다 아버지에게 면허를 반납하라고 아우성쳤다. 고령 운전자가 일으키는 교통사고 뉴스를 볼 때마다 남의 일이 아니라고 생각했던 모양이다.

올해 초에 집에 왔을 때도 그랬다. 아버지가 찻잔에 차를 따르다 흘리는 모습을 보고 역시 시력이 안 좋아진 거라며 야단법석이었다.

아버지는 들은 척도 하지 않았다. 당신 몸에는 아무 문제가 없고 농사일을 하려면 트럭 운전은 필수라고 주장했다. 결국 둘 사이에 고성이 오갔고 누나는 씩씩거리며 돌아갔다.

이런 일이 생긴 바람에 아버지는 꽤 무안하게 됐다. 역시 문병은 오지 말라고 하는 편이 나았을지도 모른다고 생각하며 데쓰야가 말했다.

"그건 그렇고, 대체 어쩌다 그런 사고를…. 혹시 트랙터가 안 보인 거 아녜요?"

아버지는 이불을 얼굴 위까지 끌어당기며 눈을 감았다.

"그냥 잠깐 깜빡한 거야. 면허 반납은 안 해."

병실 문이 열리는 소리가 났다. 침대 주위에 쳐두었던 커튼을 젖힌 순간 누나와 눈이 마주쳤다. 보브컷 스타일의 반 백발을 쓸

어울리고 있었다. 연초에 만났을 때와 비교해 10년은 더 늙어 보였다. 흰 셔츠에 남색 면바지를 받쳐 입은 밋밋한 옷차림 때문일지도 모른다.

누나는 언제나처럼 등을 쭉 펴고 있었다. 다리만 쓱쓱 움직이는 특유의 걸음걸이로 다가와 아버지를 들여다봤다.

"아버지, 나 왔어요."

아버지는 여전히 눈을 감고 있었다. 자는 척할 셈인 모양이다. 일단 그 연기에 장단을 맞춰주기로 했다.

"깨실 거 같으니까 나가서 얘기하자."

뭐라고 할 줄 알았는데 의외로 순순히 고개를 끄덕인다.

엘리베이터 앞에 있는 휴게 공간으로 안내하려 했지만, 누나는 아래층으로 내려가는 엘리베이터 버튼을 눌렀다.

"카페에 가려면 맨 위층이야."

누나는 무슨 소리냐는 듯 눈썹을 치켜올렸다.

"다른 사람 있는 데서 얘기하기 싫어. 밖으로 나가자. 뒤쪽 숲에 산책로가 있는 것 같던데."

반대하기도 귀찮아서 엘리베이터를 타고 건물 밖으로 나갔다. 점심시간이라 그런지 산책로에 나와 있는 사람들이 많았다. 그 점이 마음에 들지 않았는지 누나는 무척 빨리 걸었다.

인적이 드물어졌을 즈음, 누나는 어쩌다 사고가 난 것인지 물었다. 사실대로 전하자 누나가 냉랭한 말투로 말했다.

"내가 걱정하던 대로 됐네."

"아버지도 많이 낙담했어. 너무 뭐라고 하지 마."

"나도 알아. 그것보다는 앞으로 확실히 하는 게 중요하지."

아마 아버지의 시력은 꽤 안 좋을 것이다. 반사신경도 둔해졌을 테니 앞으로 두 번 다시 운전하지 않도록 각서를 받아야겠다고 누나가 말했다.

"각서?"

"운전대를 잡지 않겠다는 서약을 받을 거야. 인명사고라도 나면 큰일이잖아."

감정이 격해진 듯 누나의 목소리가 점점 날카로워졌다.

"그러다 사고로 어린애라도 다치게 하면 본인뿐 아니라 가족들까지 엄청나게 욕먹을 거야. 특히 우리 집은 그런 일이 생기면 곤란해. 남편이랑 노조미가 직장에서 얼마나 난처해지겠어."

매형은 대기업 부동산 브랜드의 부장이다. 조카는 올해 봄부터 공영방송 아나운서로 일하기 시작했다. 두 사람 다 잘나가는 엘리트다. 아무리 그래도 그렇지.

"역효과일 거야. 그랬다간 오기로라도 계속 운전하겠다고 할걸. 오늘은 그냥 문병만 하고 가. 앞으로의 일은 때를 봐서 내가 말해볼 테니까."

"네가 아버지를 설득할 수 있다고? 쇼와시대의 고집스러운 남자가 그렇게 쉽게 말을 들을 거 같아?"

"일단 안과에서 시력 검사부터 받아보라고 할게."

아버지는 완고하지만 그렇게까지 무모한 사람은 아니다. 신체

기능이 떨어졌다는 사실을 알면 면허를 반납해 줄지도 모른다.

그때 시야가 확 넓어지더니 단층집 한 채가 눈에 들어왔다. 현관 앞에 널찍한 소파가 있었다. 옛날 미국 영화에나 나올 법한 집이었다. 외벽의 페인트가 여기저기 벗겨져 있어 정확히 무슨 색인지 알 수 없었다.

"뭐지. 꽤 오래된 집 같은데?"

큰 태풍이라도 오면 무너질 것 같다.

누나도 고개를 갸웃거렸다.

"원래 이런 건물이 있었나? 창문이 열려 있는데?"

등 뒤로 자갈 밟는 소리가 들렸다. 돌아보니 깜짝 놀랄 정도로 가까운 거리에 한 남자가 서 있었다. 온화한 분위기의 지식인 스타일이었으나 무릎까지 오는 회색 반바지에 같은 색 깃이 달린 재킷을 걸치고 있다. 마치 어른이 사립 초등학교 교복을 입은 것 같은 모양새라 위화감이 느껴졌다. 손에는 디저트 상자를 들고 있다. 문병을 왔다가 길을 잃었나, 아니면 그냥 산책 중인가.

당황한 채로 있자 남자가 상냥한 미소를 지으며 말을 걸었다.

"환자분이시죠? 마침 잘됐네요."

"네? 아 그게…."

누나는 의심스러운 기색을 감추지 않고 남자를 훑어봤지만, 그는 전혀 신경 쓰지 않고 말을 이었다.

"조금만 늦게 왔으면 기다리시게 할 뻔했네요."

누나와 눈이 마주쳤다. 이 남자, 아무래도 의사인 모양이다. 데쓰야 남매가 진찰받으러 온 것이라 착각한 듯했다.

"아뇨, 저희는 그냥 산책하던 중…."

남자는 여전히 미소를 지으며 덧붙였다.

"무슨 걱정거리가 있는 거 같던데요? 아버님이 시력 검사를 받으시도록 설득해야 한다고, 그런 말씀을 하지 않으셨나요? 제가 상담해 드리겠습니다. 이 슈크림도 같이 드시죠."

상자를 가볍게 들어 보이며 말한다. 데쓰야는 고개를 저었다.

"괜찮습니다. 정말로 그냥 산책 중이었어요."

살짝 고개 숙여 인사한 후 왔던 길로 돌아가려는데 남자가 앞을 가로막았다. 그는 등을 쭉 펴고 두 사람의 뒤쪽을 향해 손을 흔들었다.

"어이, 미카짱. 환자분 오셨어. 진찰받을지 말지 고민 중이신가 봐. 같이 설득 좀 해줘."

뒤돌아보니 단층집 창가에 오렌지색 옷을 입은 여자가 몸을 쭉 내밀고 있었다. 이내 양손을 크게 흔들더니 "금방 갈게요!" 하고 소리쳤다.

도대체 이 사람들 뭐야. 누군지는 몰라도 상대하지 않는 것이 좋겠다. 데쓰야는 누나에게 눈으로 신호를 줬다. 누나도 같은 생각인 것 같았다. 알아들었다는 듯 고개를 끄덕였다.

"가볼게요."

남자를 조심스레 밀어내고 왔던 길로 되돌아가기 시작했다.

"아, 잠깐만요. 미카쨩, 얼른!"

뒤쪽에서 남자의 외침이 들렸지만, 데쓰야는 누나를 재촉하며 걸음을 서둘렀다.

②

"양쪽 시력 다 1.2네. 운전할 수 있는 조건은 0.7 아니에요? 할 아버지 정도의 시력이면 문제없잖아요."

마나의 말에 아버지는 만족스러운 미소를 띠며 데쓰야에게로 몸을 돌렸다.

"아사코한테 똑똑히 전해줘라. 매일같이 전화해서 면허 반납 하라고 아주 난리야."

데쓰야는 쓴웃음을 지을 수밖에 없었다.

아버지는 하룻밤을 병원에서 보낸 후 퇴원했다. 열이 내리고 복강 내 출혈도 멈춰 주치의의 허가가 떨어졌다. 그렇지만 환부 는 아직도 부어 있었고 여전히 통증도 있었다. 퇴원한 날을 포함 해 사흘간은 방에 누워 있기만 했다. 데쓰야가 아버지 댁 부엌에 서 소화하기 좋은 음식을 만들거나 미즈키가 집에서 한 음식을 가져다주는 걸로 식사를 해결했다.

나흘째인 수요일, 데쓰야는 싫다는 아버지를 억지로 끌고 가 다시피 해 아오시마 종합병원을 다시 찾았다. 부기가 아직 남아 있었고 컨디션도 그리 좋아 보이지 않았지만, 의사는 "연세를 생각하면 놀라운 회복력"이라며 감탄했고 간호사는 "기적의 여든"이라고 치켜세웠다.

덕분에 기분이 한결 나아졌는지 아버지의 상태는 빠르게 호전됐다. 토요일에는 완전히 자리를 털고 일어났고, 월요일이 되자 더 이상 데쓰야와 미즈키의 도움은 필요 없다며 집안일도 직접 하겠다고 했다. 그리하여 일요일 낮, 아버지 댁에서 쾌유 축하 파티를 열게 된 것이다.

안방에 있는 둥그런 테이블에 둘러앉아 배달시킨 초밥을 먹으며 이런저런 이야기를 나누고 있는데, 식사를 마친 아버지는 갑자기 무언가 생각난 듯 방에서 나갔다. 얼마 후 다시 돌아온 아버지의 손에는 데쓰야가 어렸을 때 방에 붙여뒀던 시력 검사표가 들려 있었다.

아버지는 그걸 벽에 붙여놓고 찬장에서 줄자를 꺼내 왔다. 그러고는 정확히 2.5미터 떨어진 곳에 서더니 마나의 도움을 받아 시력 검사하는 모습을 직접 보여줬다.

흡족한 결과가 나오자 한껏 기분이 좋아진 아버지는 이쑤시개로 이를 쑤시며 말했다.

"내일부터 슬슬 밭에 나갈 거야. 수리 맡겨둔 트럭도 내일 아침이면 온다니까."

"밭일은 의사 선생님이 괜찮다고 하면 그때 하시지."

아버지는 말도 안 되는 소리 말라는 듯 고개를 저었다.

"의사 나부랭이 말을 어떻게 믿어?"

"놀라운 회복력이라고 칭찬할 땐 좋아하셨으면서."

"개중에 제대로 된 의사가 있기야 하겠지. 그래봤자 어지간해 선 다 돌팔이야."

간장 종지를 하나하나 쟁반에 옮기던 미즈키의 손이 멈췄다. 눈살을 찌푸리며 걱정스럽다는 듯 말한다.

"밭일도 밭일인데, 일단 운전은 안 하시는 게 낫지 않겠어요?"

아버지의 눈빛이 험악하게 변했다. 미즈키는 빠르게 말을 이 었다.

"기적의 여든이라고 했다면서요. 100세까지는 거뜬히 사실 텐 데 그 전에 자동차 사고로 수명이 단축되기라도 하면 너무 아깝 잖아요."

농담 섞인 말투였지만 눈은 웃고 있지 않았다. 미즈키도 아버 지의 운전을 말리고 싶은 눈치였다. 그러고 보니 어제는 웬일로 누나와 통화를 하는 것 같았다.

아버지는 찻잔에 담긴 차를 소리 내어 마셨다.

"일하려면 트럭이 있어야 해."

"비슷한 연배의 어르신들은 진작에 은퇴하셨잖아요. 이제 아 버님도 밭일 좀 줄이고 편하게 지내셔야죠."

아버지는 벌레 씹은 얼굴로 테이블 위에 턱을 괴더니 데쓰야에 게 눈짓을 보냈다. 미즈키를 조용히 시키라는 표시 같았다.

"여보, 그쯤 해둬."

데쓰야의 말에 미즈키는 아버지를 향해 고개 숙였다.

"주제넘게 굴어서 죄송해요. 걱정이 돼서 그래요. 고령 운전자가 사고를 냈다는 뉴스를 볼 때마다 남 일 같지가 않아서."

아버지는 목에 두르고 있던 수건으로 코 밑을 닦으며 답했다.

"남의 일 맞아. 나랑은 상관없어."

데쓰야와 미즈키가 눈을 마주쳤다. 고령자 중의 고령자가 무슨 말을 하는 건지. 그러나 아버지 딴에는 꽤 진심인 모양이었다.

"사고 치는 사람들은 여기저기 성한 데가 없는 노인네들이지. 나는 멀쩡하다고."

"말만 그렇지, 아버지도 사고 내셨잖아요."

"몇 번을 말해. 어쩌다 실수로 낸 사고라니까. 그렇게들 걱정된다면 낙엽 마크인지 뭔지, 그거 붙이고 다니마. 단풍 마크(일본에서 고령 운전자가 차량에 부착하는 마크―옮긴이)랬나?"

"요즘에는 네잎클로버 마크라고 불러요. 아니, 그게 중요한 게 아니라. 일단 안과부터 가세요."

"병원 같은 데 가봐야 아무 소용없어. 이번에도 동네 접골원에나 가면 됐을 일을. 너희 엄마도 수술 같은 거 안 받았으면 훨씬 오래 살았을 거라고."

어머니가 돌아가신 원인은 병원이나 의사의 실수 때문이 아니다. 이제 와 같은 이야기를 또 반복하기도 지겨워 잠자코 있자, 무릎을 끌어안은 채 대화를 듣고 있던 마나가 입을 열었다.

"할아버지, 우리 안경원에 가요."

무릎에 턱을 얹고 말했다. 아버지는 영문을 모르겠다는 표정을 지었다. 마나는 제 앞머리를 손으로 톡톡 털고 양쪽 뺨에 보조개를 띠었다.

"돋보기안경 맞추러 가자고요."

"돋보기는 이미 저기에 있어."

아버지는 TV를 올려놓은 거실 서랍장을 가리키며 말했지만, 마나는 고개를 저었다.

"저거 100엔숍에서 사셨죠? 자기 눈에 맞춰야 해요. 가는 김에 시력 검사도 받으면 좋잖아요."

괜찮은 방법이라는 생각에 데쓰야가 고개를 끄덕였다. 비전문가가 집에서 재는 것보다야 정확한 결과가 나오겠지. 손녀의 제안에 아버지도 마음이 움직인 것 같았다. 아무렇게나 자란 수염을 문지르며 말했다.

"그러고 보니 우리 채소를 가져다 쓰는 식당 점장이 꽤 그럴듯한 돋보기를 끼고 있던데."

"가볍고 멋있는 안경테도 많아요. 말 나온 김에 지금 바로 가 보죠?"

아버지는 "그러자" 하고 답하며 책상다리한 양쪽 무릎을 두 손으로 쳤다. 시원스러운 소리가 났다.

"데쓰야, 차 빼 와라."

"알았어요. 얼른 가지고 올게요."

외출하는 것은 좀 이르지 않나 싶었지만, 이 기회를 놓치면 다

른 방법이 없었다. 시력이 나빠졌다는 사실을 확인해야 아버지
도 운전을 포기하겠지. 만약 아직 괜찮은 수준이라면 누나도 생
각을 조금 바꿀지 모른다.

미즈키가 못마땅한 듯 한숨을 쉬었다. 쟁반을 들고 부엌으로
가서, 싱크대 앞에서 설거지를 시작했다. 뒷모습만 봐도 불만스
러운 기운이 다 느껴졌다.

미즈키는 아버지가 운전대를 놓길 바라고 있었다. 아마도 누
나와는 또 다른 이유로.

그날 밤, 목욕을 마치고 나와 거실 테이블에서 캔 맥주를 홀짝
홀짝 마셨다. 때마침 젖은 머리를 수건으로 감싼 미즈키가 지나
가길래 같이 마시자고 권했다. 하고 싶은 이야기가 있었기 때문
이다. 미즈키는 흔쾌히 그러자고 했다. 미즈키 역시 할 말이 있는
모양이었다.

미즈키는 자기 몫의 캔 맥주를 꺼내 테이블로 왔다. 의자에 앉
아 수건을 풀었다. 그냥 그렇게 머리를 말리려는 듯했다. 미즈키
는 머릿결이 상한다며 드라이어를 잘 쓰지 않았다.

데쓰야는 곧바로 본론을 꺼냈다.

"땅을 팔게 하고 싶어서 아버지 운전을 말리는 거야?"

테이블 위에 팔꿈치를 올린 미즈키가 씁쓸하게 웃었다. 화장
을 지우고 잠옷 대신 스웨트셔츠를 입어서 그런지 얼굴이 더 동
그랗게 보였다.

"솔직히 그런 마음도 없진 않아. 그렇지만 그 연세에 운전하시면 걱정되는 게 당연하잖아. 형님도 말씀하시던데, 내 생각에도 아버님 시력이 나빠지신 것 같아."

자기도 짚이는 구석이 있다며 미즈키가 말을 이었다.

"요즘 들어 자주 컵을 엎으시더라니까."

"아무리 그래도 일하려면 트럭이 필요하니까 그렇게 간단한 문제는 아니야."

미즈키는 어이가 없다는 듯 데쓰야를 봤다.

"사고라도 내면? 말 나온 김에 터놓고 얘기할까? 어차피 밭일도 취미 삼아 하는 자원봉사 같은 거잖아."

수지 타산이 안 맞는다며 미즈키가 말했다.

"유기농 채소를 일반 채소보다도 싸게 파는데."

"내버려둬. 돈이 궁한 것도 아닌데."

"그렇다고 쳐도, 규모를 좀 줄일 수는 있잖아."

음식점이나 유기농 식료품점 같은 거래처 납품을 그만두고 밭에서 직접 팔거나 근처에 택배를 보내는 정도로만 제한하면 운전할 일도 훨씬 적어질 것이라고 미즈키가 말했다. 그래, 일리가 있다. 운전을 아예 못 하게 하면 반발하겠지만, 이 정도 이야기라면 아버지도 받아들일지 모른다.

"알았어. 나도 아버지한테 밭 규모를 좀 줄이자고 해볼게. 그대신, 땅 팔라는 얘기는 나중에 할 거야. 말을 해도 밭 얘기가 다 끝난 다음에 해."

미즈키는 잠시 생각한 뒤 고개를 끄덕였다. 술기운에 뺨이 붉어져 있다.

"그래. 난 그거면 돼. 형님이 그걸로 만족하실지는 모르겠지만."

"시력에는 문제가 없다는데 뭐."

안경원에서 시력 검사를 한 결과 양쪽 다 1.2였다. 아버지는 당장 내일부터라도 다시 운전대를 잡을 것이다.

"형님은 혹시 녹내장이 아닐까 걱정하던데."

"녹내장?"

미즈키의 설명에 따르면 시야가 좁아지는 병이라고 했다. 치료를 안 하고 방치하면 최악의 경우 실명할 수도 있다고.

"조만간 다시 와서 안과에 가보자고 할 거래."

"또 싸우지나 않았으면 좋겠는데."

"그렇게 말하지 마. 다 걱정해서 그런 건데."

오늘따라 미즈키가 유난히 누나 편을 든다. 요즘 들어 연락도 자주 하는 듯했다. 엘리트 의식이 거슬린다며 멀리할 때는 언제고 대체 무슨 바람이 불었는지.

"혹시 땅 파는 얘기, 누나한테도 했어?"

살짝 움찔한 미즈키가 답했다.

"운전 좀 못 하게 해달라고 부탁하시길래. 그래서 나도 슬쩍 얘기했어. 그랬더니 '어머, 잘됐네' 하시던데?"

"말로만 그런 거야. 누나도 그 땅에 눈독 들이고 있는데 뭐."

미즈키는 눈을 동그랗게 떴다. 곧이어 몸을 웅크리고 기침하기 시작했다. 아무래도 맥주를 마시다 사레가 들린 듯했다.

"그게 정말이야?"

"쇼핑센터를 차리고 싶다나."

매형은 노는 땅을 사들여 건물을 세우고 작은 점포를 대량으로 유치하는 부서에서 오랫동안 일했다. 그때 만든 인맥을 활용해 아버지 땅을 잘 굴려볼 궁리를 하는 모양이었다.

"당신 나한테 그런 말 한 적 없잖아."

"말할 필요 없다고 생각했어."

아버지는 강력하게 반대하고 있다. 매형에게 농지를 뺏기는 기분이라며 당치도 않다고 했다. 데쓰야도 내키지 않았다. 유언장에도 농지는 데쓰야가 상속받기로 되어 있으니 누나 부부가 왈가왈부할 여지는 없을 것이다.

미즈키는 알았다는 듯 고개를 끄덕이는가 싶더니 금세 입을 삐죽거렸다.

"형님 좀 짜증 난다."

"그냥 내버려둬. 그건 그렇고 녹내장 얘긴 좀 신경 쓰이네."

"검사받아 보는 게 좋을 것 같아."

미즈키는 비어버린 맥주 캔을 기세 좋게 두 손으로 찌부러뜨렸다.

테니스로 길러온 악력이라 그런지 보통이 아니라고 생각하며 데쓰야는 캔 바닥에 남아 있는 맥주를 탈탈 털어 마셨다.

3

오랜만에 마주한 미조구치 사장의 분위기가 예전과는 달랐다. 환갑이 넘어서도 까맣던 머리칼이 제법 하얗게 변해 있었다. 아흔이 다 된 어머님을 간호하느라 고생이 많은 모양이었다. 혼자 사는 어머니가 쓰러져서 돌봐줄 사람이 필요한데, 예전부터 고부간의 사이가 좋지 않아 아내가 도와주는 경우는 거의 없단다.

데쓰야가 건넨 자료를 훑어본 미조구치는 심드렁하게 답했다.

"핸드워시 생산 라인을 늘리자고? 수요가 늘고 있긴 한데…."

핸드워시는 회사의 주력 상품 중 하나다. 브랜드 파워가 부족해 점유율은 별로 높지 않았지만, 인기 블로거가 품질이 좋다는 내용의 포스팅을 한 후 판매량이 증가했다. 이 분위기를 타서 생산에 박차를 가해야 한다는 것이 경영기획실장 데쓰야의 의견이었다.

"블로거들과 제휴를 맺는 방법도 염두에 두고 전략을 짜고 싶습니다"라고 데쓰야가 말했으나 미조구치의 반응은 시원치 않았다.

"호음, 글쎄. 일단 생각을 좀 해보자고."

미조구치는 몸과 마음이 완전히 지친 것 같았다. 데쓰야는 미조구치에게 들리지 않을 정도로 한숨을 쉬었다. 이 집이나 저 집이나, 다들 난리구나.

데쓰야의 주머니 속에서 핸드폰이 진동하기 시작했다. 이제

나가보라는 듯 고개를 끄덕이며 창밖을 멍하니 바라보는 사장님에게 살짝 고개를 숙인 뒤 자료를 끌어안고 복도로 나왔다. 주머니에서 핸드폰을 꺼낸다. 화면에 뜬 번호를 보니 미즈키였다. 목소리에 불안함이 묻어났다.

"한창 일할 시간에 미안해."

"무슨 일 있어?"

"아버님이 이번에는 접촉 사고를 내셨대."

어제저녁, 늘 다니는 주류전문점 주차장에서 아버지의 미니트럭과 자전거를 탄 남고생 사이에 접촉 사고가 있었다고 한다. 데쓰야는 다시 한번 긴 한숨을 쉬었다. 남학생은 무릎이 조금 까졌을 뿐이라며 병원에 갈 필요가 없다고 했다는데, 나중에 문제가 생기지 않도록 점장이 경찰을 불렀단다. 아버지는 그 자리에서 곧바로 사죄한 후 면허증 사본과 연락처를 넘겼고, 치료비가 발생하면 차후에 지급하기로 했단다. 미즈키는 조금 전 가게 점장에게 사건의 전말을 전해 들었다고 한다.

"아버지가 뭐라고 말씀 안 하셔?"

"아니, 아무 말도."

데쓰야의 속이 부글부글 끓었다.

어제 오후 누나가 아버지 댁에 들러 녹내장 검사를 받아보라고 강력하게 권했다고 한다. 아버지는 듣는 시늉도 안 하고 누나를 내쫓아 버렸는데 그 직후에 사고를 낸 것이다. 민망해서 입을 꾹 다물고 있는 거겠지. 그러나 이제 더 이상은 안 된다. 데쓰야는 지금까지 어느 정도 아버지를 동정하는 마음이 있었다. 집요하게 재촉하고 소란을 피우며 억지로 아버지의 운전면허를 반납시키려는 누나가 거슬리기도 했지만, 결과적으로는 누나가 옳았을지 모른다.

"오늘 밤은 일찍 가서 아버지랑 얘기를 좀 해봐야겠어."

미즈키는 안심한 목소리로 "알았어"라고 답한 후 전화를 끊었다.

"들을 생각도 안 한다니, 그게 무슨 말이야?"

미즈키는 화가 난 듯 소파 옆을 두드리며 말했다. 옆에 앉아 있던 마나가 겁먹은 눈으로 미즈키를 올려다봤지만 아랑곳하지 않고 언성을 높였다.

"이대로 두면 언젠가 큰 사고를 치실 거라고."

데쓰야는 냉장고에서 생수를 꺼내 마셨다. 늘 마시던 물인데 쇠 맛이 나는 것 같다. 입안이 헐었는지도 모르겠다.

조금 전까지 누나와 둘이 아버지를 붙잡고 어떻게든 설득해보려 했다. 아버지는 뒷방 늙은이 취급하지 말라며 버럭버럭 성을 냈다. 참다 참다 같이 화를 냈는데 아버지가 상을 엎어버렸다. 데쓰야가 유치원에 다닐 때 이후로 처음 보는 모습이었다. 어안이 벙벙한 채 서 있다가 얼굴로 날아온 간장병을 줍고 다다미 바닥 위에 번진 얼룩을 닦았다. 그러곤 훌쩍거리며 눈물을 흘리기 시작한 누나를 데리고 나왔다.

있었던 일을 설명하자 미즈키는 온몸으로 한숨을 쉬었다.

"그래서 어떻게 할 건데?"

"몰라."

마나가 쓰윽 자리를 피했다. 데쓰야도 잠시 떨어져 있기로 했다. 미즈키와 말다툼을 해봤자 의미가 없었다.

화장실에서 세수를 하고 심호흡하는데 복도를 사이에 둔 딸아이 방에서 목소리가 흘러나왔다. 통화 중인 모양이었다. 몰래 엿들을 생각은 아니었지만 "할아버지가" 하는 소리가 들려 무심결에 귀를 기울였다.

"엄마, 아빠가 고민이 많아. 그러니까 오빠, 집에 돌아와. 응?"

데쓰야는 숨을 삼켰다. 마나는 아들 쇼타와 통화 중이었다.

쇼타는 작년 봄, 한참 취업 준비를 할 시기에 대학을 중퇴하고 행선지도 알리지 않은 채 집을 나갔다. 얼마간 연락이 없다가 도쿄 시내에 있는 자동차 정비 공장에서 일한다는 메시지를 보내왔다. 그 이후로 가끔 생존 보고 수준의 메시지를 보내오기는 했지만 데쓰야나 미즈키가 전화를 걸어도 받지 않았고, 메시지를 보내도 답하지 않았다. 1년도 넘게 얼굴을 못 봤다. 한동안 내버려둘 수밖에 없다고 체념했는데 마나와 연락을 주고받고 있었다니….

대화는 계속됐다.

"응, 응…. 맞아. 알지. 그러고 보니 내 친구네 아빠가…."

문짝 너머에 쇼타가 있는 것처럼 느껴졌다. 데쓰야는 참지 못하고 마나의 방문을 벌컥 열었다.

침대에 누워 통화를 하던 마나가 튕겨 오르듯 몸을 일으켰다. 눈을 휘둥그레 뜬 모습이 입고 있는 티셔츠에 프린트된 토끼 캐릭터와 똑 닮았다.

"아빠 바꿔줘."

마나의 손에서 핸드폰을 빼앗았다.

"쇼타야? 너 쇼타 맞지?"

불러봐도 아무런 답이 없었다. 이미 전화를 끊은 모양이었다. 다시 전화를 걸어봤지만 받지 않았다. '쇼타'라는 소리를 들었는지 어느새 미즈키가 방문 앞에 서 있었다. 얼굴이 창백했다.

"오빠랑 통화한 거야? 연락하고 있었으면 말을 해야지. 어느 공장에서 일하는지 들었어? 주소가 어디래?"

"그냥 둬."

"어떻게 그냥 둬. 엄마, 아빠가 얼마나 걱정했는지 마나 너도 알잖니."

마나는 어깨를 으쓱하며 반항기 어린 눈빛으로 데쓰야를 올려다봤다.

"오빠도 나름대로 다 생각이 있다고."

"그딴 게 어딨어. 취업 준비하다가 맘대로 안 되니까 멋대로 대학이나 때려치우고."

마나는 벽에 몸을 기댄 채 어른 같은 한숨을 내쉬었다.

"그건 됐고, 할아버지는 어떻게 할 생각인데."

"뭐 그거야…."

"오빠가 그랬어. 이렇게까지 상황이 꼬였으면 차라리 제삼자의 도움을 받는 게 어떻겠냐고."

"쇼타가?"

"제삼자라니?"

데쓰야와 미즈키가 동시에 질문했다. 마나는 두 사람의 물음에 답하지 않고 말을 이었다.

"할아버지한테 운전면허는 '아직 나는 현역이다, 제대로 한 사람 몫을 할 수 있다'라는 증명서 같은 거야."

정비 공장에 차를 찾으러 온 나이 지긋한 손님이 쇼타에게 그런 이야기를 한 적 있단다.

"차가 없으면 불편하기도 하겠지만 그것보다는 자존심 문제 아닐까. 가족들이 이렇게 몰아세우는 것도 기분 나쁠 테고."

데쓰야는 어른들 일에 건방지게 끼어들지 말라고 하려다 입을 다물었다. 마나의 말에도 일리가 있음을 깨달았기 때문이다. 부모에게 있어서 자식은 몇 살을 먹어도 아이다. 자식들이 달려들어 지적하고 자존심을 건드리는 것은 참기 힘들지도 모른다.

미즈키가 고심하는 표정으로 뺨을 문질렀다.

"마땅한 제삼자가 있어야 말이지…."

마나는 침대 위에서 자세를 고쳐 앉았다.

"바로 그게 문제지. 근데 예전에 가족 대신 환자를 설득해 주는 선생님이 아오시마 종합병원 종합내과에 있다고 들은 적 있어."

종합내과라는 이름이 붙어 있지만 다른 의료기관처럼 내과 전반의 진료를 보는 것이 아니라 의료 상담에 특화되어 있단다. 친구의 아버지가 그 의사에게 큰 도움을 받았다고 한다.

"겉모습이 좀 특이하긴 한데 믿을 만한 사람인가 봐. 그 사람한테 상담받아 보는 게 어때?"

곧장 핸드폰으로 검색해 봤지만 아오시마 종합병원에 종합내과라는 과는 존재하지 않는 것 같았다.

"이상하네. 분명 친구한테 들었는데."

마나는 그렇게 말하며 눈으로 따라가기 힘들 정도로 빠르게 핸드폰을 조작하기 시작했다.

4

마나의 친구에게 물어보니 종합내과는 잡목림 안쪽 자갈길을 쭉 따라간 곳에 있고, 의사의 이름은 아오시마 린타로라고 했다. 자갈을 밟으며 미즈키와 그곳으로 향했다. 하늘이 푸르다. 바람이 불자 나뭇잎이 부대낀다. 미즈키는 마치 휴양지에 온 것 같다며 걸으면서 양손을 쭉 펴고 기분 좋은 듯이 숨을 들이마셨지만, 데쓰야는 불길한 예감에 휩싸였다. 이 길은 아버지가 입원했던 날 누나와 함께 걸었던 그 길이 아닌가. 설마, 그 희한한 복장을 한 남자가 종합내과의 아오시마 의사는 아니겠지.

지난번처럼 느닷없이 시야가 확 넓어지며 목조 건물이 눈에 들어왔다. 미즈키는 당황스럽다는 듯 인상을 찌푸렸다.

"저긴가? 종합내과라고 간판이 걸려 있어. 근데 좀 이상하네. 무슨 맛있는 냄새가 나는데?"

듣고 보니 달콤한 향기가 느껴졌다.

건물에 가까워질수록 향기는 더 진해졌다. 불길한 예감도 한층 강하게 밀려왔다.

그 이상한 남자가 아오시마 의사라면 아버지를 설득해 달라고 부탁하는 건 고민을 좀 해봐야겠다. 본인 스스로 옛날 사람임을 자처하는 아버지는 겉모습으로 사람을 판단하는 경향이 있었다. 무릎이 다 드러난 반바지를 입은 의사라니, 눈곱만치도 신뢰하지 않을 것이다.

데쓰야는 우뚝 멈춰 서서 미즈키에게 말했다.

"잠깐 기다려 봐."

전에 있었던 일을 간결하게 설명한 다음, 그냥 돌아가자고 제안하자 미즈키는 눈살을 찌푸렸다.

"일단 만나나 보자. 일부러 연차까지 쓰고 왔는데."

"그래도…."

"모처럼 쇼타랑 마나가 방법을 생각해 줬잖아."

맞는 말이었다. 망설이고 있는데 두 사람의 대화가 들렸는지 안쪽에서 문이 열렸다. 오렌지색 옷을 입은 작은 체구의 여성이 얼굴을 내민다. 그 남자가 '미카쨩'이라고 부르던 사람이다.

멀리서 볼 때는 몰랐는데 그녀가 입고 있는 옷은 색상이 튀어서 그렇지 간호사 유니폼과 비슷했다. 미카는 소동물처럼 작은 눈을 동그랗게 떴다.

"어머? 혹시 전에 뵀던?"

데쓰야는 마음을 다잡고 고개를 숙였다.

"아오시마 선생님께 의료 상담을 부탁드리고 싶습니다."

"마침 잘됐네요. 팬케이크가 잔뜩 있는데, 좀 드실래요?"

서로 다른 이야기를 하는 것 같았지만, 미카는 하얀 이를 드러내며 웃더니 건물 안쪽을 향해 말을 걸었다.

5분 정도 기다린 후 대기 공간 안쪽의 진료실로 안내받았다. 접이식 간이 테이블이 펼쳐져 있고, 그 위에 네 사람 몫의 접시가 놓여 있었다. 테이블 주변에는 진찰 데스크에서 가져온 듯한 팔걸이가 달린 의자와 동그란 환자용 스툴, 그리고 새것 같은 파이프 의자 두 개가 자리했다. 접시 위에는 폭신한 팬케이크가 여러 가지 베리류와 함께 담겨 있었다.

아오시마는 단정한 얼굴로 미소를 띠며 말했다.

"우선 이것부터 좀 드세요. 제가 만들었지만 맛있더라고요. 과일은 라즈베리랑 블루베리, 구스베리를 올렸어요. 구스베리는 좀 낯서실 수 있는데 새콤달콤한 맛이 일품이에요. 입에 맞으셨으면 좋겠는데."

아오시마는 오늘도 반바지를 입고 있었다. 빳빳하게 다려진 가운에 넥타이도 단정했다. 끈이 달린 가죽 구두는 고급스러운 광택이 돌았다. 본인 나름대로 잘 차려입은 것 같은데 아무리 그래도 어딘가 어색한 느낌이 들었다.

보아하니 미즈키도 그 모습이 영 마뜩잖은 기색이다. 아까는 데쓰야에게 그래도 가보자고 말했지만, 막상 직접 마주하니 역시나 당황스러운 듯했다.

하지만 두 사람 다 연차까지 써가며 어렵게 시간을 냈다. 신경 써준 아이들을 생각해서라도 그냥 돌아갈 수는 없었다.

아오시마는 두 사람에게 자리에 앉도록 권했다.

"먹으면서 얘기하시죠. 비급여 진료지만 초진 비용은 저렴하니까요, 시간은 신경 쓰실 필요 없습니다."

팬케이크는 부드럽고 폭신했다. 혀에 닿는 순간 녹아내리는 기분 좋은 식감과 고급스러운 달콤함이 입안에 퍼졌다. 다디단 음식을 좋아하시 않는 데쓰야의 입에도 맛있게 느껴졌다. 디저트를 좋아하는 미즈키는 조금 전까지 찝찝해하던 모습이 마치 거짓말이었다는 듯 신이 나서 바쁘게 포크를 움직였다.

팬케이크를 먹으면서 아오시마가 이것저것 물어봤다. 대답을 하다 보니 아버지의 현재 상황이 대략 전해진 것 같았다. 아오시마는 포크를 내려놓은 후 세 손가락으로 찻잔을 들었다.

"그렇군요. 누님 말씀대로 녹내장일 가능성도 있겠네요. 진행 속도도 느리고 두 눈이 동시에 나빠지는 경우는 흔치 않기 때문에 증상이 심해지기 전까진 눈치채지 못하는 사람이 많습니다."

트랙터와 자전거를 탄 고등학생이 현재의 시야 범위에서 벗어

난 곳에 있었기 때문에 보지 못한 것일 수도 있다고 아오시마가
말했다.

뚜렷하게 보이지 않는 것이 아니라 아예 그 대상을 보지 못했
을지도 모른다는 이야기를 듣자, 그제야 이해가 됐다.

자동차라면 몰라도 멈춰 있는 트랙터에 부딪히는 것이 어떻게
가능한지 내심 의문을 품고 있었기 때문이다. 미즈키도 고개를
끄덕였다.

"하지만 검사해 보지 않으면 실제로 어떤지는 알 수 없으니까
요. 저희 병원 안과에서 진찰을 받아보시는 게 좋겠네요."

"말씀드렸다시피 병원이라면 질색을 하셔서…."

포크로 블루베리를 찍으려던 미카가 불만스러운 말투로 중얼
거렸다.

"목줄을 채워서라도 병원에 끌고 오는 게 가족의 역할 아닌가
요? 그리고 만약 녹내장이라고 해도 뭔가 좀 이상한 거 같은데."

아오시마는 "뭐, 아무튼"이라며 미카를 제지했다. 데쓰야 쪽으
로 시선을 돌리며 묻는다.

"시내에 사시나요?"

"네."

"왕진을 가보는 게 좋겠네요. 안과 전문은 아니지만, 기본적
인 확인 정도는 할 수 있을 겁니다. 왕진료가 따로 들기는 하지
만…."

지금은 다른 방법이 없었다. 아버지는 이 순간에도 트럭을 몰

고 있을지 모른다.

"부탁드리겠습니다."

머리를 숙이자 아오시마가 자리에서 일어났다. 흰 가운을 벗어 옷걸이에 걸더니 깃이 달린 겉옷을 걸쳤다. 설마 하며 의아해하는데 아오시마가 입을 열었다.

"지금 바로 가시죠. 미카짱도 같이 좀 가줘. 노트북도 챙겨서."

미카는 아이고, 하는 표정으로 동그란 이마를 매만지더니 까딱하고 고개를 끄덕였다.

도착했을 때 아버지는 집에 없었다. 미즈키가 두 사람을 거실로 안내하는 동안 데쓰야는 아버지를 찾아 밭으로 나갔다. 밭은 걸어서 금방인 거리에 있었다.

아비지는 구멍 뚫린 비닐 시트를 까는 작업을 하고 있었다. 오늘은 햇볕이 너무 강했는지 야구모자를 쓰고 있는데도 얼굴이 빨갰다.

"손님 와 계세요. 얼른 오세요"라고 말하자, 아버지는 웬 손님이냐며 미심쩍어했지만 대충 둘러대서 모시고 돌아왔다.

아버지와 둘이서 거실에 들어서자 마치 교대하듯 미즈키가 밖으로 나갔다.

그나저나 희한한 모습이긴 했다. 아오시마의 위쪽은 멀끔한 신사 스타일이었지만, 아래쪽은 무릎이 드러난 반바지 차림이다. 책상다리로 앉은 종아리가 괜히 더 울룩불룩해 보였다. 옆에서 꼿꼿하게 정좌를 한 미카는 마치 어린아이 같았다.

"이쪽은 아오시마 선생님이랑 간호사예요."

아버지는 목에 두른 수건을 두 손으로 확 당기며 입을 턱 벌렸다. 바닥에 털썩 앉더니 두 사람의 얼굴을 번갈아 쳐다본다.

"당신, 의사야? 그쪽은 간호사고?"

아오시마는 산뜻한 미소를 지었고 책상다리에서 무릎을 꿇는 자세로 고쳐 앉았다.

"내과 전문의 아오시마라고 합니다."

아버지는 팔짱을 낀 채 얼굴을 찌푸렸다.

"그 반바지는 뭐야. 그리고 간호사 유니폼은 흰색 아니었나?"

미카가 밝은 표정으로 말했다.

"일할 때는 좋아하는 옷을 입고 기운을 내는 게 좋잖아요. 헤이조 씨가 쓰고 있는 그 모자 같은 거예요. 요미우리 자이언츠(일본의 프로야구단—옮긴이) 팬이신가 봐요."

아버지는 "알 거 없잖아"라고 말하고는 아오시마에게 용건이 뭐냐고 물었다.

"단도직입적으로 말씀드리죠. 자제분들이 헤이조 씨의 눈 상태를 걱정하고 계세요. 지금 여기서 녹내장 간이 검사를 받아보시죠."

미카가 노트북 화면을 아버지에게 보여줬다.

"이 사이트에서 검사할 수 있어요. 한번 해보세요."

아버지는 혀를 차며 데쓰야를 봤다.

"이게 다 뭐야."

"녹내장 검사라니까요."

"이런 거 필요 없어. 내 눈은 멀쩡하다고."

"그래도….'"

아버지는 데쓰야를 향해 주름진 손을 휘휘 젓더니 다시 아오시마를 쳐다봤다.

"모처럼 와줬는데 미안하네만, 그만 돌아들 가게. 내 시력은 아무 문제 없으니까."

"딱히 불편함이 없으실 수도 있습니다. 그래도 검사 좀 받는다고 손해 보실 건 없잖아요."

아버지는 수건으로 이마를 쓱 닦으며 아오시마를 노려봤다.

"퍽이나. 아주 자잘한 이상이라도 있으면 그걸 핑계로 내 면허를 뺏을 속셈이겠지. 그러거나 말거나 내 눈은 잘만 보이니까 난 계속 운전할 거야. 트럭 운전 없이는 밭일을 못 한다고."

미카가 노트북을 닫았다.

"그런 분이 사고를 두 번이나 내셨다고요."

새파랗게 젊은 사람이 나무라는 투로 말하자, 아버지가 욱했는지 심기가 불편해진 것이 훤히 보였다.

제삼자의 도움을 받는 것이 좋은 아이디어일 줄 알았는데 별로 효과가 없었던 모양이다. 아니면 사람을 잘못 고른 것일지도 몰랐다. 아버지의 얼굴에 '이 자식들 마음에 안 들어'라고 쓰여 있다.

그 사실을 눈치채지 못한 건지 아오시마는 온화한 미소를 지우지 않고 말을 이었다.

"자제분들을 위해서라도 검사를 받아주세요."

아버지는 양 무릎을 손바닥으로 탁, 하고 내려쳤다.

"적당히들 해."

위협적으로 느껴질 만큼 가라앉은 목소리였다. 아버지는 아오시마를 노려봤다.

유기농업을 본격적으로 시작한 건 아내가 세상을 떠난 후부터였다. 본인은 유기농업에 관심이 없었으나 생전에 아내가 이 일을 하고 싶어 했다. 이제 나이도 먹을 만큼 먹었으니 남은 생은 아내의 유지를 받들어 살기로 마음먹었다며, 아버지는 한 발도 물러서지 않을 듯한 강한 어조로 말했다.

"이제 막 일에 요령이 붙은 참인데 지금 그만두면 그동안의 노력이 다 물거품이 돼버리잖아. 자식들에게 걱정 끼친 건 미안하지만, 딱히 시력에 이상이 있다고 느낀 적은 없다고."

아오시마는 고개를 저었다.

"자제분들을 위해 검사를 받아보라는 건 그런 뜻이 아닙니다. 만약 선생님이 검사를 통해 녹내장 판정을 받게 되면 자녀분들의 건강에도 도움이 된다는 뜻이죠. 녹내장은 유전적인 요인과도 관계가 있으니까요."

데쓰야는 아오시마의 말을 이해할 수 없었다. 유전에 의한 병이라면 가족들의 건강에 도움이 아니라 위협이 되는 것 아닌가.

아버지도 고개를 갸웃거렸다.

"그게 무슨 소리야. 내가 녹내장이면 아들, 딸한테도 유전이 된다고?"

"꼭 그런 것은 아닙니다. 녹내장의 발병에는 유전 외의 다른 요인들도 관여하니까요. 다만 가족 중에 환자가 있으면 발병 확률이 높죠."

암에 걸리기 쉬운 체질과 비슷한 것이려나. 아버지도 그렇게 이해한 모양인지 고개를 끄덕였다. 그 모습을 본 아오시마가 설명을 이어갔다.

녹내장은 서서히 진행되기 때문에 자각 증상이 나타나기 어렵다. 본인이 문제가 있다고 느낄 때는 이미 꽤 상태가 안 좋아진 후일 확률이 높다. 한번 시야에 문제가 생기면 원래대로 회복되지 않는다.

단, 아주 초기 단계에서 발견해 치료를 시작하면 평생 불편함을 느끼지 못할 정도의 가벼운 증상에 머물 수도 있다.

"요즘은 효과가 좋은 약도 있고요. 언제 치료를 시작하느냐가 관건입니다. 자제분 모두 40대가 넘으셨죠. 헤이조 씨가 녹내장이라면 두 분도 앞으로 정기 검진을 받으시는 게 좋을 겁니다."

아오시마는 열정적으로 설득을 계속했다.

과거에는 유전적인 영향을 받는 질병을 부정적으로 얘기하곤 했지만, 반드시 그렇게 볼 수만은 없다. 스스로 위험군일 가능성이 크다는 사실을 알면 질병에 적극적으로 대처할 수 있다. 발병을 늦추거나 예방할 수 있는 여지가 있는 것이다.

아버지는 한동안 눈을 감고 있었다. 테이블에 팔을 괴고 손으로 이마를 짚은 채, 자그마한 몸을 웅크리듯 앉아 있다. 이윽고 눈을 뜨더니 고개를 크게 끄덕였다.

"알았네. 그 검사인지 뭔지 한번 받아보지. 자식을 지키는 게 부모의 임무니까."

당신이 졌다는 듯, 아오시마에게 부탁의 뜻을 담아 고개를 숙였다. 설마 아버지를 설득해 낼 줄이야….

결과가 어떨지는 아직 알 수 없다. 하지만 이것만으로도 큰 진전이었다.

미카는 다시 노트북을 준비하며 말했다.

"근데 아무리 생각해도 좀 이상한 거 같아요. 운전을 그만둔다는 게 꼭 농사를 못 한다는 뜻은 아니잖아요?"

아버지는 중간 단계 정도의 녹내장이라는 진단을 받았다. 녹내장이라고 무조건 당장 운전을 그만둬야 하는 건 아니지만, 아버지는 이미 사고를 낸 이력이 있었다. 안과 전문의는 아버지에게 더 이상 운전대를 잡지 말라고 강력하게 권고했다. 이번에는 아버지도 저항하지 않았다. 즉시 면허를 반납하고 대부분의 여름 채소 수확이 끝나는 8월 말 이후부터 밭의 규모를 축소하겠다고 했다. 그때까지는 차가 꼭 필요하면 아르바이트비를 주고 지인에게 운전을 부탁하겠단다.

아버지는 꽤 낙심한 듯 보였다. 한동안은 매일 밤 집에서 술잔을 기울였다. 몸도 예전에 비해 기력이 없어 보였다. 안쓰러워 보이기는 했지만 어쩔 수 없는 일이라 생각했다. 그리고 마음 깊이 안도했다. 더 이상 아버지가 사고를 낼까 봐 마음을 졸이지 않아도 된다.

아버지의 검사 결과를 확인하고 데쓰야와 누나 모두 검사를 받았다. 데쓰야에게는 특별한 이상이 발견되지 않았으나 누나는 아주 초기의 녹내장이라는 진단을 받았다. 누나는 곧바로 치료를 시작했다. 데쓰야도 앞으로 정기 검진을 받을 예정이다.

그러던 어느 날 아버지에게서 전화가 왔다. 수상한 남자가 밭에 왔다면서 땅을 측량하게 해달라느니 권리증서를 보여 달라느니 이상한 소리를 한다고 했다.

듣는 순간 바로 감이 왔다. 얼마 전 미즈키가 일하는 테니스 스쿨에서 또다시 토지 매입 이야기가 나왔었다. 아버지 마음이 어느 정도 정리된 다음에 물어보자고 말해뒀는데, 도저히 손 놓고 기다릴 수가 없었나 보다. 어쩌면 미즈키의 의사와 상관없이 그쪽 사장이 멋대로 움직였는지도 몰랐다. 어느 쪽이든 그냥 두고 볼 수만은 없었다.

서둘러 아버지 댁으로 가보니 정장 차림의 키 큰 남자와 아버지가 밭 입구에서 승강이를 벌이고 있었다. 밭 안쪽에서는 밀짚모자를 깊게 눌러쓴 남자가 가지를 수확하는 중이었다. 운전 아르바이트를 한다는 그 지인인가?

아버지는 지긋지긋하다는 말투로 남자에게 말했다.

"대체 몇 번을 말해. 땅 팔 생각 없다니까."

"사실…. 들은 얘기가 좀 있는데, 밭을 축소하신다면서요. 남은 땅을 그냥 놀리는 건 너무 아깝잖아요."

장신의 몸을 구부린 남자가 애원하듯 손을 모으고 말했다. 듣기 싫다는 듯 손을 젓던 아버지는 곧바로 표정을 굳혔다.

"그 얘기, 어디서 들었어."

"그게…."

미즈키의 이름이 나오면 큰일이다. 다급하게 끼어들었다.

"돌아가세요. 아버지가 싫다고 하시잖습니까."

그러나 아버지는 너는 가만히 있으라는 듯 데쓰야의 등을 툭툭 치더니 남자를 향해 말했다.

"누가 그런 말을 했는지 몰라도 밭을 줄이는 건 없던 일로 하기로 했네. 그러니 노는 땅이 생길 일도 없겠지. 알아들었으면 그만 돌아가게."

데쓰야는 귀를 의심했다.

"아버지! 밭은 줄이고 운전도 안 하기로 하셨잖아요."

아버지는 의미심장하게 웃었다. 그러더니 밭 안쪽에 있는 남자를 불렀다.

"어이."

밀짚모자를 쓴 남자가 고개를 들었다. 데쓰야는 순간, 자기 눈이 잘못된 줄 알았다. 아들 쇼타였다. 쇼타가 어떻게 여기에.

쇼타는 느긋한 걸음으로 다가와 쑥스럽게 웃었다. 못 보던 사이에 체격이 제법 다부져져 있었다. 정비사로 일하며 열심히 살고 있는지 눈빛에도 생기가 넘쳤다.

"너, 어떻게 된 거야?"

"할아버지가 쉬는 날에 운전 좀 해달라고 하셔서."

아버지는 목구멍 깊은 곳에서 큭큭 소리를 내며 웃었다.

"그 오렌지 옷 입은 간호사가 귀띔해 주더라. 후계자만 있으면 해결되는 거 아니냐고. 그거 좋은 생각이다 싶어서 차 타고 배달 다닐 때마다 조수석에서 유기농업이 얼마나 좋은 일인지 알려줬지. 그랬더니 이 녀석이 자기가 농가를 이어받겠다잖냐."

"농가를 잇겠다고?"

무심결에 큰 소리가 튀어나왔다.

키 큰 남자는 눈이 휘둥그레져서는 살짝 고개 숙여 인사하더니 그대로 발걸음을 돌렸다.

쇼타는 잠시 시선을 떨궜다가 이내 고개를 들었다. 긴장감이 묻어나는 얼굴로 작게 한숨을 쉬더니 입을 열었다.

"멋대로 대학 그만둬서 미안해. 그대로 있다가는 원치도 않는 회사에 억지로 다니게 될 것 같아서 겁이 났어. 어떻게든 그 노선에서 벗어나고 싶었어."

어린애 같은 변명에 화가 났지만 여기서 버럭 성질을 부리면 쇼타는 미련 없이 집을 떠날지도 모른다. 화를 억누르며 데쓰야가 물었다.

"아무리 그래도 농가라니…. 아버지한테는 죄송한 얘기지만 그다지 비전이 밝은 밥벌이가 아니야."

쇼타는 단호하게 고개를 저었다.

"하기 나름이지. 난 옛날부터 그렇게 생각했는데 아빠랑 엄마는 요즘 세상에 농업 같은 건 안 된다고 단정 지었어. 반론 한번 제대로 못 한 내 잘못도 있지만…."

유기농 재배 및 자연 재배를 통해 부가가치 높은 채소를 키워 안전한 식재료에 관심이 많은 소비자나 음식점을 대상으로 판매하는 새로운 형태의 도시농업에 도전해 보고 싶다고 쇼타가 말했다. 그러더니 밀짚모자를 벗고 고개를 숙인다.

"부탁드립니다. 할아버지랑 같이 농업을 할 수 있게 해주세요."

아버지는 쇼타의 어깨를 감싸안았다. 쇼타가 간지럽다는 듯 웃는다.

"내가 허락했는데 당연히 오케이지. 앞으로 10년 동안 한 사람 몫 제대로 하는 농부로 키워주마."

데쓰야는 한숨을 쉬었다. 두 사람이 이렇게 환한 미소를 지으며 말하는데 무슨 수로 반대하겠는가.

"그럼 열심히 한번 해보든가."

데쓰야의 말에 기적의 여든과 집 나간 아들이 하이 파이브를 했다.

영양제
신봉자

1

와타누키 시호리가 '화과자전문점 와타누키' 카운터에 서는 것은 실로 20년 만이었다. 고등학교 3학년 여름까지 2년 반 동안 본가에서 운영하는 이 가게에서 아르바이트를 했다. 그때 이후로 처음이었다.

지금 시호리는 도쿄 시내의 한 고등학교에서 학생들에게 국어를 가르치고 있다. 근무하는 고등학교는 소위 '아가씨 학교'라고 불리는 곳으로, 학생들도 보호자도 좋게 말하면 교양이 있고 나쁘게 말하면 콧대들이 높다. 교외의 작은 상점가에 있는 자그마한 화과자 가게에서 앞치마에 두건을 쓰고 미타라시당고(멥쌀로 만든 동그란 경단을 꼬치에 꿰 간장과 설탕을 섞은 소스를 바른 간식거리—옮긴이)를 포장하는 모습을 누가 보기라도 하면 무슨 말이 나돌지 알 수 없었다.

그렇다 보니 평소 가게를 보는 동생 스미레가 대타를 부탁했을 때는 마음이 몹시 무거웠는데, 막상 가게에 오자 향수에 잠겼다. 가게의 모습이 예전과 거의 다르지 않았기 때문이다.

2014년 소비세가 인상되면서 계산대 주변을 리모델링하긴 했으나 그것 빼고는 모든 게 똑같았다. 가게 앞에 걸린 포렴은 초록색 바탕에 흰 글씨, 포장지도 동일했다. 미타라시당고, 모란떡 등의 상품 구성부터 쇼케이스에 진열된 위치까지 예전 그대로다.

1965년부터 이어져 온 가게지만, 내년 봄을 끝으로 문을 닫기로 했다. 그러니 이제 와 새 단장을 할 필요도 없는데, 취식 코너에 있는 네모난 스툴이 자꾸만 눈에 거슬렸다. 앉는 부분에 씌워 둔 비닐이 닳아서 궁색하게 보였다. 방석이라도 좀 깔아두지.

그래도 단골들은 이 가게를 편하게 느끼는 모양이다. 지금도 40대 중반쯤 되어 보이는 남성과 앳된 얼굴의 여성이 앞쪽 테이블에 진을 치고 있었다. 가게에서 가장 인기 있는 소금찹쌀떡을 진작에 다 먹어놓고도, 여전히 얼굴을 맞댄 채 무언가 이야기를 나누었다.

카운터 일을 보는 동안에도 두 사람의 모습이 신경 쓰였다. 남성은 화사한 느낌의 미남이었지만 반소매 체크 셔츠에 반바지라는, 개성 넘치는 차림이었다. 여성은 남성보다 스무 살 정도는 어려 보였다. 화장이 화려하긴 했지만, 어쩌면 고등학생일지도 모른다.

아빠와 딸은 아닌 것 같다. 얼굴 생김새가 영 딴판이었다. 그렇다고 커플이라기엔 나이 차가 너무 많이 났다. 혹시 저게 그 '파파 활동'인가? 젊은 여성이 남성과 밥을 먹거나 차를 마셔주고 그 대가로 돈을 받는 걸 파파 활동이라 하는데, 요즘 학생을 포함한 젊은 여성들 사이에서 유행처럼 번지고 있다고 한다.

시호리가 일하는 학교에서도 문제가 되고 있었다. 며칠 전 학생 하나가 교복 차림으로 파파 활동을 한다는 제보가 들어오는 바람에 교감이 노발대발하며 난리를 피웠다. 담당 학생들을 상대로 청취 조사를 진행하라는 지시가 떨어졌지만, 교사들이 파파 활동의 실체를 자세히 알지 못해서 그런지 성과는 없었다.

이런 이유로 더욱 신경이 쓰여 귀를 쫑긋 세우고 이야기를 듣고 있었는데, 얼마 안 가 오해라는 걸 깨달았다.

"연봉 좀 올려주세요. 저랑 경력이 같은 본원 간호사랑 3만 엔이나 차이가 나다니, 불공평하잖아요. 선생님께 감사하는 마음이야 있죠. 종합내과 업무도 재미있고 지옥 같은 성추행에서 벗어난 것도 좋지만, 지금 이대로는 생활이 어려워요."

"내가 뭐 해줄 수 있는 게 있어야지. 우리는 독립 예산으로 운영되잖아. 본원이랑 비교하면 안 되지, 미카짱. 조금씩이긴 하지만 그래도 환자가 점점 늘고 있잖아. 우리의 노력은 헛되지 않았다고. 조금만 더 고생하면 분명 사람들이 우르르…."

"그런 뜬구름 잡는 얘길 어떻게 믿어요."

아무래도 두 사람은 상사와 부하 관계인 모양이었다. 그런 것치고는 여자의 말투가 꽤 거침없었지만.

미카라고 불린 여자가 어깨를 축 늘어뜨리며 한숨을 쉬었다.

"이사장님은 아직도 종합내과 개설을 반대하시나요?"

"내 동생이지만 그 속을 알 수 있어야지. 그래도 경영 수완 하나는 뛰어나잖아. 다른 이사들도 동생 말이라면 다 껌벅 죽는다니까."

시선을 느꼈는지 남자가 시호리 쪽을 돌아봤다. 황급히 눈을 돌렸으나 이미 늦은 모양이다. 남자는 밝은 목소리로 "저희 소금 찹쌀떡 하나 더 주세요" 하고 말했다.

손님이 뜸해졌을 즈음 2층에서 엄마 기누에가 내려왔다. 엄마는 가게 위층에 살고 있다. 가게와 집은 사용하는 현관이 달랐는데 시호리의 얼굴을 보러 일부러 이쪽으로 내려온 듯했다.

엄마는 누구를 만나러 가는 길인지 평소엔 좀처럼 입지 않는 치마 차림이었다. 가슴께에서 진주 목걸이가 반짝였다. 손에는 외출할 때 쓰는 가죽 토트백이 들려 있었다. 쪽 진 머리를 단정하게 가다듬으며 엄마가 말했다.

"그냥 못 온다고 하지 왜. 언제까지 장녀 노릇을 하려고 그래."

"갑자기 스미레한테 공연 의뢰가 들어왔다잖아. 흔치 않은 기회라고 부탁하는데 어떻게 거절해."

다섯 살 어린 동생은 세미프로 재즈 가수다. 가게에서 자전거로 오갈 만한 거리에 있는 아파트에서 무명 드러머인 남자 친구와 동거 중이었다.

"공연이라고 해봤자 쇼핑몰 이벤트나 노인들 위문 잔치 같은 걸 텐데."

일요일 낮에 하는 공연이야 안 봐도 뻔하다며 엄마가 말했다.

"이제 좀 제대로 된 일을 할 때도 되지 않았니? 스미레 혼자 그
러는 거면 또 몰라, 얹혀사는 남자까지 건사하고 있으니."

야무진 성격의 엄마는 기가 세다. 독설가이기도 하다. 나쁜 의
도가 있다기보다 지나칠 정도로 솔직한 것이다. 알고는 있지만
사람을 질리게 할 때가 한두 번이 아니다.

시호리의 속도 모른 채 엄마가 말했다.

"가끔은 저녁도 먹고 가고 그래. 스미레랑 같이. 너도 동생한테
따끔하게 한마디 좀 하고."

스미레의 공연은 오후 4시에 끝난다고 했고, 엄마도 5시까지
는 돌아올 예정이란다.

"저녁에 스키야키 먹자."

내일 아침 시호리는 고문을 맡고 있는 탁구부의 아침 연습에
참가해야 한다. 가게만 봐주고 얼른 집에 갈 생각이었는데. 게다
가 아직 더위가 다 가시지도 않은 9월에 스키야키라니.

그러나 엄마는 한번 입 밖에 낸 일에 관해서는 남의 의견 따위
듣지 않는다. 딸의 조언에 귀 기울이는 타입도 아니었다.

"가사노 씨한테도 그렇게 전해줘. 장은 내가 봐올 테니까"라는
말을 남기고는 들뜬 모습으로 가게를 빠져나갔다.

엄마가 나가자마자 가게 안쪽의 작업장에서 가사노가 모습을
드러냈다. 깍두기 머리에 수건을 야무지게 두르고 있다. 가사노

는 할아버지의 제자로, 오랫동안 이 가게에서 일했다. 한때 잠시 그만둔 적도 있었으나 할아버지의 요청으로 다시 돌아왔다. 지금은 이 가게의 유일한 화과자 장인이다.

그렇다고 해도 벌써 나이가 일흔이다. 내년 봄에 가게를 그만 두면 아흔세 살의 어머님이 살고 계신 야마가타의 본가로 돌아간단다. 시호리의 엄마가 가게를 접기로 한 계기이기도 했다.

가사노는 모란떡을 담은 쟁반을 들고 있었다. 팥소, 알갱이 팥소, 인절미, 이렇게 세 종류였다.

"잠깐만 비켜줄래? 내가 얼른 해치울 테니까."

쇼케이스의 유리문을 열고 집게로 모란떡을 진열하던 가사노에게 말을 걸었다.

"오늘 저녁에 시간 괜찮으세요? 스키야키 할 거라고 아저씨도 드시고 가시래요, 엄마가."

"아냐, 모처럼 모녀가 모였는데 셋이서 오붓하게들 먹어."

"아저씨가 와주시는 게 저도 더 좋아요. 안 그럼 엄마가 스미레힌데 잔소리만 잔뜩 할걸요."

아저씨가 계셔야 엄마의 독설도 좀 덜하지 않겠냐는 말에 가사노가 웃었다.

"그럼 못 이기는 척 껴서 먹고 갈까?"

밝게 답한 후 그는 다시 작업장으로 돌아갔다.

엄마는 저녁 5시를 조금 넘겨 마트 봉지를 들고 귀가했다. 가게 문은 6시에 닫는다. 가게를 엄마에게 맡기고, 2층으로 올라간 시호리는 부엌에서 스키야키 준비를 시작했다. 구운 두부가 아닌 생 모두부, 대파가 아닌 양파와 배추를 넣는 것이 돌아가신 할아버지 때부터 이어져 온 스타일이었다. 오늘도 여지없이 그 세 가지 재료가 비닐봉지에 들어 있었다. 시호리는 이 계절에 용케 배추를 구했구나 생각하면서 가격표를 보다가 깜짝 놀랐다. 4분의 1 크기의 배추가 230엔이다. 가격이 비싸든 말든 배추를 뺄 생각은 하지 않는 것 또한 엄마답다.

재료들을 손질해 큰 접시에 옮겨 담은 후 다용도실에서 발판을 가져왔다. 선반 위에 있는 탁상용 버너와 전골냄비를 꺼내는데, 스미레가 부엌에 얼굴을 내밀었다.

머리카락에 볼륨이 잔뜩 들어가 있다. 새빨간 립스틱을 발라 인상이 화려했다.

"오늘 저녁 스키야키라며?"

"응. 가사노 아저씨도 같이 먹기로 했어. 그건 그렇고 공연은 괜찮았어?"

"뭐 그냥."

스미레는 식탁에 앉아 담배를 꺼냈다.

"피우지 마. 나 담배 연기 싫어."

"환풍기 틀었으니까 괜찮아."

스미레는 일회용 라이터로 담배에 불을 붙였다.

"적어도 밥 먹을 땐 좀 참아. 아니, 그냥 좀 끊는 게 어때?"

스미레는 "예, 예" 하고 건성으로 답하며 식탁 위에 있던 반투명 플라스틱병을 들었다. 라벨을 들여다보더니 고개를 갸우뚱한다.

"이거 무슨 영양제지? 거의 다 먹었네?"

병을 흔들어 보며 말한다.

탁상용 버너를 식탁에 올려놓고 스미레가 건네주는 병을 받았다. 라벨에 적힌 것은 일본어는커녕 알파벳도 아닌 낯선 글자였다.

누가 해외에서 사다 준 건가. 그런 약은 함부로 먹지 않는 게 낫지 않나. 시호리는 직장 동료가 중국에서 사 온 수상한 위장약을 먹었다가 오히려 배탈이 나 고생했던 일을 떠올렸다.

스미레는 병을 다시 가져가더니 말했다.

"왠지 효과가 좋을 것처럼 생겼는데. 이런 거 은근히 비싸잖아. 나도 좀 나눠주지."

"스미레 너, 이런 거에 잘 속아 넘어가는 타입이었어?"

"그런 거 아니거든? 이런 영양제 같은 게 의외로 효과가 있다니까?"

미닫이문이 열리고 엄마가 들어왔다. 여전히 가게에서 쓰는 앞치마와 두건을 두른 채였다. 스미레는 엄마의 얼굴을 보자마자 말했다.

"엄마, 왠지 피부가 좋아진 거 같은데? 혹시 이 영양제 먹어서 그런 거야? 그럼, 나도 좀만 줘."

엄마는 큰 접시에 담긴 스키야키 재료를 확인하며 말했다.

"넌 먹을 필요 없어. 무릎관절 때문에 먹는 거야."

"아, 연골 어쩌고 하는 거? 그런 영양제에도 안티에이징 성분이 들어 있대. 역시 나도 좀 먹어야겠어."

엄마는 고개를 저었다.

"먹고 싶으면 네가 돈 벌어서 사 먹어. 아니면 경제력 있는 남자 찾아서 결혼하던가."

"너무하네, 진짜."

스미레가 볼을 부풀리며 눈을 흘긴다. 시호리는 엄마에게 물었다.

"엄마, 무릎 안 좋아? 그럼 병원에 가서 진찰을 받아야지."

"괜찮아. 이 영양제 먹고부터는 많이 좋아졌어."

"흐음, 이거 얼마나 하는데?"

엄마는 웃기만 할 뿐 가격을 알려주지 않았다.

"스미레, 슬슬 먹게 앞접시 좀 갖다 놔. 가사노 씨 올라올 때 다 됐으니까."

냉장고 문을 열며 말한다.

시호리는 주머니에서 핸드폰을 꺼냈다. 엄마가 뒤를 돈 틈에 아까 그 영양제의 라벨을 카메라로 찍어둘 생각이었다. 이미지 검색으로 어느 정도의 정보는 얻을 수 있을 것이다. 의미 불명의 글자 해석은 외국계 상사에 다니는 고등학교 동창에게 부탁해 봐야지.

스미레는 별짓을 다 한다는 눈빛을 보냈다. 시호리는 그 시선을 모른척하며 촬영 버튼을 눌렀다.

2

이미지 검색 결과, 엄마가 먹는 영양제는 서아시아의 어떤 나라에서 제조 판매하는 제품이라는 걸 알 수 있었다. 일본에 정식 대리점이나 판매점은 없었고, 업자들이 개인적으로 수입해 유통하는 모양인지 관련된 블로그 포스팅을 몇 건 발견했다.

내용을 읽다가 경악했다. 한 병에 4만 엔이나 한단다. 그것도 겨우 15일분이라고. 한 달이면 8만 엔, 1년이면 거의 100만 엔 돈이다. 비싼 만큼 값어치를 한다는 댓글들도 있었지만, 아무리 그래도 너무 비쌌다.

라벨에 적힌 내용은 동창이 번역 프로그램으로 해석해 주었다. 유효 성분이 심해어에서 유출한 단백질이란다.

학교에 출근해서 쉬는 시간에 화학 선생님에게 상담해 보니, 그냥 돈을 하수구에 갖다 버리는 격이라고 딱 잘라 말했다. 생물 선생님도 특별한 효과는 기대하기 힘들다며 어차피 위에서 다 소화되어 버릴 거란다.

두 사람은 입을 모아 병원에서 정식으로 진찰받을 것을 권했다. 무릎이 안 좋으시다고 하니 일단 정형외과부터 가보라는 의견이었다.

곧바로 엄마에게 전화를 걸었다. 섣불리 자극하고 싶지 않아 영양제 이야기는 꺼내지 않고, 의료기관의 진단을 받아보라는 말만 다시 전했다.

엄마는 들은 척도 하지 않았다. 의사가 처방하는 약은 영양제와 달리 부작용이 있다며 무섭다고도 했다. 하지만 그 영양제는 노인을 상대로 한 사기일 수도 있었다. 모른 척 그냥 둘 수는 없었다.

끈질기게 졸라 반은 억지로 엄마를 가게 근처의 아오시마 종합병원에 모시고 간 것은 스키야키를 먹은 날로부터 2주쯤 지난 10월 초의 토요일 오후였다.

정형외과의 젊은 남성 의사는 간단한 진찰 후 엑스레이를 찍었다. 시호리는 엄마와 나란히 앉아 설명을 들었다.

"퇴행성 무릎관절염이네요."

무릎관절의 연골이 점점 닳아 뼈가 노출되면서 뼈에 가시 같은 것이 생기거나 뼈가 변형되는 질병이라고 한다.

"여기, 이쪽을 봐주세요. 관절의 틈이 좁아져 있죠."

엄마는 돋보기를 쓰고 의사가 포인터로 가리키는 부분을 들여다봤다.

"아직은 초기 단계이고 통증도 심하진 않으니까 염증과 통증을 억제하는 약을 드시면서 운동치료를 병행해 보시죠."

의사는 "아시겠죠?"라며 확인하듯 엄마의 얼굴을 살폈다. 그러나 엄마는 꼿꼿한 표정으로 고개를 저었다.

"약 같은 건 필요 없어요. 통증은 영양제를 먹으면 가라앉으니까. 그리고 저는 장사하는 사람이라서요, 운동할 시간 같은 거 없습니다."

참다못한 시호리가 입을 열었다.

"엄마!"

엄마는 고개를 돌려 시호리를 봤다.

"내 몸이야. 내 몸을 어떻게 할지는 내가 선택한다고. 이제 가 봐도 되죠, 선생님?"

의사는 눈을 껌뻑거리며 상체를 슬쩍 뒤로 물렸다. 엄마의 기에 완전히 눌려 있었다. 그러나 온 김에 의사의 확실한 소견을 들어야 했다. 시호리는 몸을 앞으로 내밀었다.

"선생님, 시중에서 파는 이런 영양제들은 별로 효과가 없지 않나요?"

의사가 고개를 끄덕였다.

"아무래도 영양제랑 약은 다르니까요."

엄마는 눈썹을 찌푸렸다.

"내가 먹는 건 효과 있어요. 직접 먹어본 사람이 하는 말이 틀릴 리가 없잖아요. 아니면 지금 내가 거짓말이라도 하고 있다는 거예요?"

"아뇨, 그런 뜻은…."

"그럼 영양제는 계속 먹어도 되는 거죠?"

의사는 뭔가 말하려는 듯했지만, 엄마는 그가 입을 열기도 전에 자리에서 일어났다.

"말씀드렸듯이 약 처방은 필요 없습니다. 그럼."

얼른 가자는 듯 시호리에게 손짓한 엄마는 기분 나쁜 티를 마구 내며 진료실을 빠져나갔다.

　그날 밤 시호리는 스미레에게 전화를 걸었다. 딱히 도움이 될
것 같진 않았지만 달리 상담할 상대도 없었다.
　처음 이야기를 꺼냈을 때 스미레는 심드렁했다. 생명에 지장
이 있는 질병이라면야 자기도 당장 의사에게 정식으로 진찰을
받으라고 재촉할 것이다. 별거 아니라고 말하긴 좀 그렇지만, 솔
직히 무릎이 살짝 불편한 정도 아니냐. 엄마가 하고 싶은 대로
하게 놔두자.
　"효과가 있다고 믿으면 그냥 영양제만으로도 약 이상의 효과
를 보는 사람이 있다잖아. 플라세보 효과라고 하지, 아마? 엄마
도 분명 그런 걸 거야."
　"그럴지도 모르지만…."
　이어 영양제의 가격을 말하자 스미레는 "흐억!" 하고 소리를
질렀다. 그러더니 갑자기 화를 내기 시작했다.
　"그럴 돈이 있으면 차라리 자식이나 좀 도와주지. 다케시가 지
방 공연을 다니느라 아르바이트도 제대로 못 해서 당장 이번 달
생활비도 아슬아슬한데."
　듣자 하니, 엄마에게 조금만 도와달라고 했다가 단칼에 거절
당한 모양이었다. 스미레는 갑자기 태도를 바꿔 딱 잘라 말했다.
　"그 영양제 못 먹게 해야겠어."
　살짝 포인트가 다른 것 같긴 했지만, 어찌 됐든 문제가 있다는

생각을 공유하게 되어 다행이었다.

"어떻게 해야 하지?"

스미레는 잠시 골똘히 생각에 잠기더니, 그러고 보니 한 가지 의문스러운 점이 있다고 했다.

"대체 엄마는 저걸 어디서 구한 거지?"

일본어 설명이 단 한 줄도 없는 걸 보면 일반적인 가게에서 살 수 있는 물건은 아닐 거라고 스미레가 말했다.

"개인이 들여온 물건을 온라인으로 사는 게 아닐까? 찾아보니까 인터넷에서 판매하는 사람이 있더라고."

"엄마는 그렇게 사는 게 아닐걸. 왜, 그때 스키야키 먹었던 날 있잖아. 언니는 밥만 먹고 금방 갔지만 난 배불러서 잠깐 작은방에 누워 있었단 말이야."

그 방에 엄마의 가방이 있었단다. 그리고 그 안에 영양제 두 병이 들어 있는 것을 봤다고 했다.

"그 가죽 토트백?"

"어. 회색도 아니고 보라색도 아닌 희한한 색 가방 있잖아."

그날 엄마가 들고 나갔던 가방이 맞았다. 엄마는 스키야키를 먹기 전에 영양제를 사러 다녀왔던 걸까.

스미레는 아마 단순히 물건만 사는 게 아닐 거라고 말했다.

"내가 갑자기 공연하게 돼서 가게를 못 보겠다고 하니까 그날은 엄마도 약속이 있다 했거든. 그래서 언니한테 부탁한 거고."

"약속이라고? 그럼 엄마는 그날 누군가를 만나서 직접 영양제를 샀다, 이건가?"

"아마도. 잠깐만 기다려봐."

스미레는 10초 정도 통화를 멈췄다가 다시 수화기를 들더니 시호리에게 메모를 하라고 했다.

"아마 스키야키 먹은 날부터 한 달쯤 후에 또 사러 갈 거야. 그 무렵에 내가 가게 보는 날을 알려줄게."

조건에 맞는 날짜는 딱 하루뿐이라고 했다. 10월의 마지막 주 일요일. 매달 마지막 주 일요일에 구매하기로 약속이 되어 있는 건지도 모른다.

"그날 학교 쉬면 언니가 한번 따라가 봐."

"너 의외로 머리가 잘 돌아간다?"

"공부는 못 해도 이런 머리는 있거든."

스미레는 그렇게 답하고 전화를 끊었다.

3

10월 마지막 일요일. 시호리는 엄마 집의 건너편 대각선에 있는 커피 체인점에서 오전부터 진을 쳤다. 이곳은 10년 전까지만 해도 규모가 꽤 큰 주류판매점이었는데, 역 북쪽에 저렴한 리커숍이 생기면서 그 여파로 문을 닫았다. 그 후 드러그스토어를 거쳐 지금의 커피숍이 되었다.

이 가게뿐 아니라 상점가의 전반적인 모습이 시호리가 대학
진학을 위해 본가를 떠났을 때와는 많이 달라져 있었다. 새로운
세입자가 입주한 건물들은 그나마 괜찮았지만, 셔터를 내린 채
로 방치되고 있는 가게들도 허다했다. 이런 상황 속에서 '와타누
키'는 용케도 버텨주었다.

대학에 입학하고 본가를 떠날 때, 4년 뒤에 돌아오면 이 가게
도 더 이상 없을지 모른다고 각오했다. 떠나기 직전의 2년 동안
와타누키에는 재난이 끊이지 않았기 때문이다.

제일 먼저 가게의 기둥이었던 할아버지가 뇌졸중으로 쓰러져
반신불수 상태가 되었다. 데릴사위였던 아빠는 혼자서 모든 일
을 떠맡았다가 과로로 쓰러졌다.

할아버지는 아빠가 데릴사위로 들어오기 전 와타누키에서 일
하던 가사노에게 고개를 숙이며 다시 돌아와 달라고 부탁했다.
장인으로서의 경력과 실력은 아빠보다 가사노가 한 수 위였다.
엄마는 두 사람이 가게를 잘 이끌어갈 수 있을지 걱정이 이만저
만이 아니었다.

다행히도 아빠와 가사노는 꽤 잘 맞는 듯했다. 가사노가 조심
스러운 성격이었기 때문이겠지. 이걸로 한숨 돌렸다고 안심했지
만, 평화로운 시간은 오래가지 않았다. 가사노가 가게에 돌아온
지 반년쯤 지났을까, 아빠가 갑자기 집을 나가버린 것이다.

근처 술집에서 일하던 호스티스랑 도망갔다는 사실을 알게 된
건 어느 정도 시간이 흐른 뒤였다. 두 사람은 금방 헤어진 듯했

지만, 아빠는 돌아오지 않았다.

얼마 지나지 않아 변호사를 통해 이혼이 성립되었다. 시호리와 스미레는 아빠가 사는 곳이나 연락처를 알지 못했다. 어쩔 수 없는 일이라고 생각했다. 아빠는 자신들을 버렸다. 엄마가 분노에 몸서리치는 것도 당연한 일이었다.

그날 이후로 하루가 멀다고 아빠를 욕하는 엄마의 이야기를 듣는 게 고역이었다. 아빠 욕이 시작되면 스미레는 슬쩍 자기 방으로 들어가 버린다. 시호리도 그러고 싶었지만, 한편으론 엄마가 안쓰러워 차마 자리를 뜰 수 없었다.

답답하고 우울한 하루하루가 계속됐고 시호리는 점차 웃음을 잃기 시작했다. 어떻게든 엄마를 벗어나야겠다는 생각에 성적 장학금을 받을 수 있는 지방 대학에 지원했고, 바라던 대로 등록금과 기숙사비를 전액 면제받아 집을 떠났다. 그로부터 3년 후 스미레 역시 고등학교를 중퇴하고 가출하듯 집을 나왔다.

그 이후로는 연말이나 큰 명절이 아닌 다음에야 웬만해선 본가에 들르지 않는다. 스미레도 별반 다르지 않았다. 몇 년 전, 생활비를 벌기 위해 엄마에게 부탁해 와타누키에서 아르바이트를 시작한 뒤로는 일주일에 한두 번쯤 가게에서 엄마를 마주치지만, 2층에 올라가서 대화를 나누거나 하는 일은 없는 듯했다.

멍하니 옛날 생각에 빠져 있는데 핸드폰으로 메시지가 왔다. 스미레였다.

──엄마 지금 집에서 나가.

시호리는 서둘러 자리에서 일어났다. 엄마가 뒷문 쪽에서 모습을 드러냈다. 오늘도 잔뜩 치장을 했다.

시호리는 엄마와 충분한 거리를 두고 따라가기 시작했다.

스미레에게 빌린 무대용 가발을 쓰고, 큼직한 마스크로 얼굴을 가렸다. 언뜻 봐서는 절대 못 알아볼 테지만, 아무리 그래도 상대는 엄마였다. 눈이라도 마주치면 여지없이 들킬 것이다.

엄마의 발걸음은 신이 난 듯 가벼워 보였다. 역 반대 방향의 상점가 쪽으로 걸음을 재촉했다.

뒤를 밟던 시호리는 고개를 갸웃거렸다. 이쪽으로 가면 시립 공원밖에 없는데? 나무가 울창하고, 연못을 둘러싼 산책로가 있는 녹음 짙은 곳이었다. 어릴 때는 스미레와 함께 그 연못에서 가재를 잡곤 했었다.

그런 곳에 무슨 볼일이 있을까.

엄마는 공원으로 들어갔다. 운동화를 신기는 했지만 무릎관절이 안 좋은 사람으로는 보이지 않는 경쾌한 발걸음이었다. 이내 엄마는 산책로 주변 벤치에 앉았다. 누굴 기다리는지 한 번씩 몸을 쭉 펴고 주위를 둘러봤다.

시호리는 자동판매기에서 음료수를 사고 조금 떨어진 벤치에 앉아 엄마를 지켜봤다.

몇 분 뒤, 정장 차림의 키 큰 남자 한 명이 나타났다. 시호리의 눈앞을 잰걸음으로 지나쳤다. 나이는 시호리와 비슷해 보였다. 이목구비가 뚜렷한 꽃미남 스타일이었다.

옆눈으로 슬쩍 엄마를 살폈다. 엄마는 자리에서 일어나 가슴 언저리에서 작게 손을 흔들었다. 독설을 서슴지 않는, 기 센 엄마가 지금은 마치 소녀 같았다.

남자는 정중하게 인사를 했다. 그러고는 엄마의 옆자리에 앉아 들고 온 서류 가방에서 예의 영양제 두 병을 꺼냈다. 엄마는 시호리가 본 적 없는 애교스러운 모습으로 남자에게 말을 걸었다.

30분쯤 흘렀을까, 엄마에게 돈을 받은 남자는 시간을 확인하더니 다급히 자리에서 일어났다. 엄마는 자리에 앉은 채 아쉬움 가득한 표정으로 남자를 올려다봤다. 남자는 몇 번이고 엄마를 향해 고개 숙여 인사하고는 주차장 쪽으로 걸어갔다. 엄마는 만남의 여운을 음미하기라도 하듯, 가슴 앞에 두 손을 모은 채 남자가 떠나는 뒷모습을 바라봤다.

시호리는 벤치에서 일어나 남자를 따라갔다. 엄마에게 들킬 위험이 있었지만, 지금으로선 그러든 말든 상관없었다. 일단 저 남자부터 잡아야 했다.

시호리는 남자가 주차 정산을 마칠 때까지 기다렸다가 말을 걸었다.

"저기, 잠깐만요."

남자가 몸을 돌려 시호리를 봤다. 까만 눈에 속눈썹도 길었다. 향수라도 뿌렸는지 상쾌한 향이 느껴졌다.

"저한테 무슨 볼일이라도…."

"아까 우연히 봤는데, 혹시 관절에 좋은 영양제 같은 거 판매하시나요?"

남자는 눈을 크게 뜨며 말했다.

"네, 맞습니다."

"얼마 전에 친구한테 추천받은 거랑 모양이 비슷하길래 혹시 팸플릿이라도 한 장 받을 수 있을까 해서요."

남자의 왼쪽 뺨에 선명하게 보조개가 파였다. 무척 다정한 미소였다. 덩달아 따라 웃게 될 것 같은 얼굴이었다.

"흔치 않은 우연이네요. 운이 좋으세요. 잠시만요."

서류 가방을 열어 전단지 한 장을 건네준다. 시호리는 눈으로 내용을 쓱 훑었다. 일단 일본어로도 상품명이 있긴 했다. '걸음도 가볍게'라니, 별로 고민한 흔적도 없는 이름이다.

"해외에서도 인기가 너무 많아서 쉽게 못 사는 상품이에요. 사장님이 지인을 통해 고객님들 몫을 따로 구해오죠. 효과가 무척 뛰어난데, 일반 의약품과 달리 부작용도 없어서 반응이 아주 뜨겁습니다."

남자는 흰색 차를 가리키며 말했다.

"저 차에 여분이 좀 있는데 혹시 현금 가지고 계시면 바로 챙겨드릴 수도 있고요."

"아, 친구한테 확인 한번 해보고 제가 다시 연락드릴게요."

남자는 살짝 끄덕이고는 안주머니에서 명함을 꺼냈다. 회사명은 헬시포트. 남자의 이름은 기타바야시 아키라였다.

"택배도 가능합니다. 물론 원하시면 아까 보신 것처럼 제가 근처까지 가져다드리기도 하고요."

"직접 가져다주시려면 꽤 힘드시겠어요."

"영양제에 대한 이해가 부족한 가족들과 같이 사는 고객님도 계시니까요. 이해는 갑니다. 워낙 조악한 상품을 파는 악덕 업자들이 많다 보니. 저희 회사도 그런 거라고 오해하시고 못 사게 하는 가족분들이 계세요."

기타바야시는 직거래를 하면 가족에게 들키지 않고 영양제를 살 수 있어 쓸데없는 분란을 방지할 수 있다고 말했다.

들을수록 고령자를 대상으로 한 사기가 틀림없다는 확신이 들었다. 기타바야시의 말솜씨는 더할 나위 없이 깔끔했다. 외모는 '국민 남친'이라 불리는 젊은 남자 배우를 연상케 했다. 사기꾼 같은 분위기는커녕 영업사원의 느낌조차 나지 않는다. 오히려 그래서 더 수상하다. 오직 선의만으로 30분이 넘도록 노인네를 상대해 주는 젊은이라니, 세상에 그런 사람이 몇이나 될까.

한편으로는 이해가 안 됐다. 엄마는 똑 부러지는 사람이다. 오랜 세월 장사를 한 만큼, 겉모습에 현혹되지 않을뿐더러 상대의 본성을 꿰뚫는 눈도 충분히 있다고 생각했는데. 도대체 왜 이런 남자에게 넘어가고 만 걸까.

시호리의 속마음을 알 턱이 없는 기타바야시는 생긋 웃으며 고개를 숙였다.

"그럼, 연락 기다리고 있겠습니다."

상점가에 있는 소바집에서 가게 일이 끝난 스미레와 만났다. 예전에는 소박한 분위기에 이렇다 할 장점도, 단점도 없는 평범한 식당이었는데 3년 전 자식이 가게를 물려받으면서 인테리어를 싹 바꾸고 정통 니하치二八소바(밀가루 2, 메밀가루 8의 비율로 만든 소바—옮긴이)를 팔기 시작했다.

손님이 꽤 있어서 오히려 그 덕에 안쪽에 있는 룸으로 안내받을 수 있었다. 금연석이라는 말에 스미레는 투덜거렸지만 시호리로선 환영할 일이었다.

술을 못 마시는 시호리는 무난해 보이는 삼색소바 세트를 주문했다. 스미레는 소바는 나중에 먹겠다며 맥주와 모둠튀김, 고추냉이어묵 등 다양한 메뉴를 시켰다.

"어땠어?"

시호리는 엄마가 기타바야시라는 판매원에게 영양제를 산 사실을 보고했다.

이야기 도중에 홀 담당 직원이 주문한 음식을 가지고 왔다. 시호리는 소바를 먹고, 스미레는 맥주를 마시며 대화를 이어갔다.

"엄마가 논을 뜯기고 있는 건 확실해 보여. 이거 먹고 같이 집에 가서 설득해 볼까?"

라벨에 적힌 글의 일본어 번역본을 보여주며 화학 선생님과 생물 선생님 등 동료들에게 들은 내용을 전해주면 어떨까. 주성분은 심해어에서 추출한 단백질이다. 생물 선생님 말로는 위에서 다 소화되어 버리기 때문에 별다른 효과가 없을 거라고 했다.

"차분하게 설명하면 알아듣지 않을까. 엄마, 원래 꽤 합리적인 사람이잖아."

스미레는 말이 없었다. 맥주만 홀짝거리고 있을 뿐이다.

"아니면 가사노 아저씨한테 도와달라고 할까? 엄마가 아저씨 말은 그래도 좀 듣던데."

스미레는 턱을 괸 채 한숨을 쉬었다.

"왠지 그렇게 밀어붙여서 해결할 일이 아닌 것 같은데. 엄마도 비밀로 하고 싶어 하고."

"그래도 그냥 보고만 있을 순 없잖아."

"그건 그렇지. 참, 나 저번에 가게 보다가 아저씨한테 들었는데."

엄마가 그렇게 멋을 내고 외출하기 시작한 건 4월부터라고 스미레가 말했다.

"그 무렵부터 매달 마지막 일요일에 가게를 봐달라고 부탁받았거든."

벌써 7개월이 흘렀다. 56만 엔이나 털렸네, 라고 속으로 생각했다.

"우리 말고 의사 선생님한테 제대로 설명을 듣는 게 낫지 않을까 싶은데. 아, 정형외과 의사가 한 얘기는 들은 척도 안 한댔나?"

"응. 젊은 선생님이라 더 그랬던 것도 같고."

"어디 정형외과였어?"

"아오시마 종합병원."

스미레는 뭔가 떠올랐는지 테이블 위에 올려둔 팔꿈치를 내리며 말했다.

"아, 생각났다. 우리 단골 중에 소금찹쌀떡을 좋아하는 의사가 한 명 있거든. 그분이 아오시마 종합병원 종합내과에서 의료 상담을 한다던데? 그 선생님한테 한번 물어볼까?"

예전에 명함을 받아두었다며 집에 가면 찾을 수 있을 거라고 했다. 의료 상담이라, 글쎄 별로 잘될 것 같지가 않다.

수상한 영양제에 푹 빠진 엄마를 어떻게 좀 해주세요, 라니.

자신들에게는 나름 절실한 문제다. 하지만 이런 문제가 의료 상담의 대상이 될 수 있을까?

"그런 곳은 더 복잡한 의학 상담 같은 거 해주는 데 아냐? 치료 방식에 관한 거라든가, 주치의 외 전문가한테 의견을 듣고 싶을 때 찾아가는."

시호리의 말에 스미레가 큭, 하고 웃었다.

"그게 그렇지도 않은가 봐. 가게에 손님 없을 때 같이 얘기해 본 적 있거든? 근데 거기 오는 사람들 상담 내용이 우리랑 별반 다르지 않더라고."

"그래? 그럼 한번 가볼까? 상담료는 얼마나 하려나."

"첫 상담은 단돈 1000엔. 내용에 따라 다르긴 한데 두 번째부터는 1, 2만 엔 정도 드는 모양이야."

비급여에 해당하는 자유 진료인 듯했다. 비싸다는 생각이 들었지만 금방 마음을 바꿔 먹었다. 1년에 1000만 엔 가까이하는 영양제값을 생각하면 비교도 안 될 정도로 적은 돈이다.

"그럼 예약 한번 잡아봐."

"알았어. 아무튼 최대한 원만하게 해결해 보자고. 언니는 가끔 앞뒤 재지 않고 정의의 펀치를 날려버리잖아."

"무슨 그런 실례되는 말을. 내가 언제?"

"언니 그래. 뭐, 엄마도 마찬가지지만. 그래서 더 걱정된다고."

스미레는 술기운 때문인지 살짝 게슴츠레해진 눈으로 그렇게 말하고는 테이블 위의 호출 벨을 눌러 직원을 불렀다.

다음 토요일, 시호리는 아오시마 종합병원으로 향했다. 스미레가 예약할 때 듣기로 종합내과는 본원이 아닌 잡목림 안 별채에 있다고 한다.

말이 별채지, 철근 콘크리트도 아닌 데다가 폐가와 다름없는 모습을 하고 있어 당황했다. 문을 열고 들어갔을 때는 더욱 놀라고 말았다. 늘 가게에서 소금찹쌀떡을 먹던 젊은 여성이 접수처에 서 있었기 때문이다. 이름이 미카였지 아마. 오늘은 오렌지색으로 된 유니폼 같은 걸 입고 있다.

미카는 시호리가 들고 있는 봉투를 보고 눈빛을 반짝였다.

"혹시 그거…."

"아, 네. 소금찹쌀떡이에요. 괜찮으시면 좀 드시라고."

미카는 얼굴 앞으로 손을 짝 모았다.

"잘됐다! 실은 혹시 가져오시지 않을까, 내심 기대하고 있었거든요."

그러더니 안쪽에 있는 문에 대고 말했다.

"선생님, 상담자분 오셨어요. 소금찹쌀떡도 주셨어요. 제 말이 맞죠?"

진료실 문이 열렸다. 예상대로 얼굴을 내민 이는 그날의 남성이었다. 자상한 눈빛을 보고 금방 알았다.

"이야, 감사합니다. 아오시마 린타로입니다."

시호리는 살짝 긴장한 채로 인사했다. 이어서 기타바야시에게 받은 영양제 전단지와 친구가 번역해 준 라벨 내용을 프린트한 종이를 건넸다.

이야기를 마친 시호리가 고개를 숙이며 부탁했다.

"이런 상황인데 저희 엄마 좀 설득해 주시겠어요? 최대한 빨리 그만 먹게 하고 싶어요."

아오시마는 턱을 문지르며 말했다.

"요즘 자주 보이는 타입의 영양제네요. 전단지와 라벨 내용이 사실이라면 몸에 해가 되진 않을 겁니다."

시호리는 납득할 수 없었다.

"효과는 없는 거잖아요. 일종의 사기 아닌가요?"

"그러네요. 가격도 터무니없이 비싸고 라벨에 일본어 표기가 없는 것도 문제고요."

"역시 그렇죠? 엄마는 퇴행성 무릎관절염이라는 진단을 받았어요. 이런 영양제를 먹을 게 아니라 제대로 병원 치료를 받는 게 맞잖아요?"

아오시마는 복잡한 표정으로 아무 말이 없었다. 뭔가를 고민하는 듯했다.

"선생님은 혹시 이런 영양제를 인정하시나요?"

몰아붙이는 말투에 아오시마가 황급히 고개를 저었다.

"아뇨, 그런 뜻은 아닙니다. 저는 사이비 의료나 사기성 짙은 건강 관련 상술은 방치하면 안 된다고 생각합니다."

모든 종류의 민간 치료법을 부정할 생각은 없다. 환자의 상황이나 체질에 따라 도움이 될 수도 있다. 문제는 환자와 가족의 불안을 자극해 효과 없는 제품을 비싼 가격에 파는 악덕 업자들이다. 아오시마는 그렇게 말했다.

"그럼 당연히….."

"다만 지금 이야기를 들어 보니, 어머님 일은… 조금 더 상황을 지켜보는 게 나을 것 같습니다."

영 석연치 않았다. 그냥 놔두라는 말과 다를 바가 없지 않은가. 믿음이 가지 않는 표정으로 아오시마를 바라봤다.

"외람되지만, 좀 무책임한 얘기 아닌가요?"

"그렇게 말씀하시면 마땅히 대답할 말이 없네요. 하지만 시호리 씨도 차분하게 생각해 보시는 게 좋을 겁니다. 어머님이 기가 세고 야무진 성격이라고 하셨죠. 그런 분이 그렇게 쉽게 사기를 당할까요? 전 그 부분이 걸립니다."

깜짝 놀랐다. 시호리 역시 그 부분에 의문을 품고 있었다. 스미레라면 또 몰라도 엄마가 설마 그런 사기에 걸려들다니.

진찰대에 올라앉아 있던 미카가 크게 고개를 끄덕였다.

"아마 어머님은 수상하다는 걸 알면서도 영양제를 사시는 걸 거예요."

"네? 대체 왜."

"분명 판매원과 만나는 시간이 즐거우신 거겠죠. 그 사람을 좋아하시는 게 아닐까요?"

미카는 마치 노래를 흥얼거리듯 말했다.

"설마요"라고 말하려다 이내 입을 다물었다. 확실히 기타바야시와 함께 있을 때의 엄마는 행복해 보였다. 만나러 갈 때도 한껏 치장을 했고 꽤 들떠 보이기도 했다. 아무리 그래도 연애 감정은 아닐 테다. 아들뻘 되는 사람이었다.

의문스러워하는 시오리를 눈치챘는지 미카가 입을 열었다.

"아이돌이나 스포츠 선수를 응원하는 마음 같은 거 아닐까요?"

아, 그렇다면 이해가 된다. 엄마는 기타바야시의 팬인 것이다. 그의 영업 실적에 공헌하기 위해 영양제를 구매한다. 무심코 한숨이 새어 나왔다.

"아무리 그래도 그냥 두고 볼 순 없어요. 사기를 당하고 있는 셈이잖아요."

아오시마 역시 한숨을 쉬었다.

"그건 맞는 말이에요. 일단 영양제를 한 알만 가져다주실 수 있나요? 아는 연구원한테 연락해서 성분을 분석해 볼게요."

처음부터 그렇게 나왔으면 좋았잖아, 하고 속으로 생각하며 시호리는 고개를 끄덕였다.

"그럼 부탁드릴게요. 결과가 나오면 그걸로 엄마를 설득해 주세요."

아오시마는 허리를 쭉 폈다. 그러고는 시호리의 눈을 똑바로 보며 말했다.

"알겠습니다. 다만 한 가지만 기억해 주세요. 최종 결정은 시호리 씨가 아니라 어머님이 하시는 겁니다."

미카는 "그게 맞죠"라고 맞장구치듯 끄덕끄덕했다.

두 사람이 자신을 비판적으로 보고 있다는 걸 그제야 눈치챘다. 순간적으로 풀이 죽었지만 여전히 납득할 수 없었다.

"아까도 얘기했지만, 이건 사기나 다름없다고요."

"네, 그렇지만 어머님이 어떤 물건인지 알고도 사셨다면, 과연 사기라고 소란을 피우며 영양제를 못 사게 하는 게 최선일까요?"

"저도 같은 생각이에요. 이제 나이도 생각해서 술 좀 그만 마시라고 자식들이 하도 성화라 술집에 발길을 끊는 어르신들 계시잖아요. 의외로 그런 분들이 갑자기 기운이 떨어지고 건강이 급격히 안 좋아지는 경우도 많거든요."

"그렇지만…."

반론하려 했으나 아오시마는 틈을 주지 않았다.

"성분 분석부터 서두릅시다. 그러고 나서 피해가 되지 않는다는 결론이 나오면 좀 더 상황을 지켜보는 걸로 하죠."

멋대로 결정한다는 생각에 욱했지만, 문득 스미레의 말이 떠올랐다.

——그렇게 밀어붙여서 해결할 일이 아닌 것 같은데.

——언니는 가끔 앞뒤 재지 않고 정의의 펀치를 날려버리잖아.

눈앞의 두 사람도, 그리고 스미레도 똑같은 지적을 하는 듯했다.

"알겠습니다. 그럼 앞으로 한두 달 더….."

"그게 좋겠어요. 어머님도 슬슬 깨달으실지 모릅니다."

그러면 다행인데. 시호리는 입술을 깨물었다.

4

11월의 마지막 일요일에도 엄마는 영양제를 사러 나갔다. 스미레가 가게 일을 마치고 2층에 올라가 보니, 새 영양제 병이 늘 있던 자리에 놓여 있었다고 한다. 성분 분석 결과 특별히 해가될 성분이 없다는 것이 그나마 다행이었지만, 결국 또다시 8만엔이 물거품처럼 사라져 버렸다. 자신의 돈은 아니지만, 그래도 화가 난다.

아오시마와 미카의 말대로 엄마가 스스로 깨닫는 날이 정말 오기는 할까. 설령 정신을 차린다 한들, 그때 이미 엄마의 돈이 바닥나 있다면 방도가 없다.

애태우며 또 한 달을 보냈고, 12월도 거의 저물어가고 있었다. 50년 넘는 역사를 자랑하는 '화과자전문점 와타누키'로선 마지막 연말연시에 돌입했다.

이런 중요한 시기에도 엄마는 영양제를 사러 나갈 작정일까.

동지가 지났을 무렵, 엄마는 스미레에게 "마지막 일요일에 가게 좀 봐줘"라고 요청했다. 스미레는 그날 공연이 잡혀 있다며 거절했고 결국 시호리에게 연락이 왔다.

"오전 10시 반부터 점심시간까지만 나와도 돼. 겨울 방학인데 집안일도 돕고 그래야지. 네가 대학에서 공부하고 선생님이 될 수 있었던 것도 다 이 가게 덕분 아니니?"

고등학교 때까진 덕을 봤지만, 대학은 자력으로 졸업했다. 어차피 엄마에게 따져봐야 시간만 낭비할 뿐이지만.

그날 가게에 도착했을 때 엄마는 막 집을 나서고 있었다. 핑크빛 스카프를 두르고 비슷한 색의 마스크를 썼다. 오늘도 잔뜩 멋을 내고 공원에 가서 그 남자와 수다를 즐길 생각이겠지.

엄마는 "부탁 좀 할게!"라는 말만 남기고 서둘러 문을 나섰다.

연말이긴 해도 오전의 화과자 가게는 한가한 편이다. 카운터 안쪽 스툴에 앉아 차를 마시고 있는데 가사노가 작업장에서 나왔다. 오늘도 변함없이 깍두기 머리에 수건을 둘렀다.

"시호리, 수고가 많네."

미타라시당고가 가득 담긴 트레이를 쇼케이스에 넣으며 말한다.

"사장님은 또 영양제 사러 공원에 가셨나?"

"스미레한테 들으셨어요?"

"응. 도저히 믿기지 않는단 말이야. 사장님이 그런 사기성 물건에 손을 대시다니. 나라도 슬쩍 말을 꺼내볼까?"

그러는 편이 좋을지도 모른다. 아오시마는 믿을 수 없다. 게다가 가사노는 아빠가 떠난 후 쭉 가게를 지켜주었다. 엄마는 가사노에게 은혜를 입었다고 생각하기 때문에 다른 사람한테 하듯 고압적으로 굴지 않을 것이다.

"부탁 좀 드려도 될까요?"

"알겠어. 그 전에 먼저 공원에 가서 상황을 좀 보고 올게. 마침 오전 작업이 얼추 끝나서 조금 일찍 나가 점심을 먹고 올까 했거든."

가사노는 다시 안으로 들어가더니 작업복 위에 다운재킷을 걸치고 나왔다. 머리에 두른 수건은 그대로였다. 외출하려면 수건은 푸는 게 낫지 않을까 싶었지만 무척 진지한 표정이라 굳이 말을 꺼내지는 않았다.

얼마 후 돌아온 가사노는 표정이 복잡해 보였다. 손에는 수건을 꼭 쥔 채였다. 손님이 뜸해지자마자 시호리는 작업장을 들여다보았다.

"엄마, 어때 보였어요?"

커다란 냄비에 팥소를 끓이던 가사노의 얼굴에 곤란한 기색이

비쳤다.

"미안한데, 내가 사장님한테 말씀드리기는 좀 어려울 것 같아."

"네? 왜요?"

"판매원이라는 사람, 그 남자랑 너무 닮았어. 쌍둥이인 줄 알았다니까."

무슨 말이냐고 자세히 물어보려 했지만, 그 말을 끝으로 가사노는 시호리와 눈도 마주치려 하지 않았다. 말을 걸어봐도 입을 꾹 다문 채 고개만 저을 뿐이다.

작업장 밖에서 손님이 찾는 소리가 들렸다. 시호리는 답답한 마음을 안고 다시 매장으로 나갔다.

1월 중순경 주말, 시호리는 스미레와 함께 독립 후 처음으로 본가에서 하룻밤을 보내기로 했다. 남자 친구와 사는 스미레는 오지 않을지도 모른다고 생각했지만, 엄마에게 '여자 등이나 쳐먹는 인간' 취급을 받는 드러머 남자 친구가 오랜만에 우쓰노미야에서 공연을 한단다.

남자 친구의 공연인데 안 가봐도 되나 싶었지만 스미레는 그럴 맘이 없어 보였다. 호텔비를 아끼기 위해 이동 차량에서 밴드 멤버들과 차박을 할 거라는 말에 동행을 거절했다고 한다.

가정용 그릴을 꺼내 저녁으로 곱창구이를 해 먹었다. 시호리로서는 아쉬운 메뉴였다. 엄마와 스미레는 맥주를 마시며 안주 삼아 곱창을 먹었지만, 지방 가득한 곱창은 밥반찬으로는 맛이 너무 단조로운 데다 은근히 매웠다.

식사를 마치고 시호리와 스미레가 그릴과 접시 등을 치우는 동안 엄마는 부엌에서 큼지막한 병에 담긴 정종과 귤을 들고 왔다. 그러고는 텔레비전 바로 앞에 자리를 잡았다. 추억의 노래 특집이 방송되고 있었다. 엄마는 이런 유의 프로그램을 무척 좋아한다. 아는 노래가 나와 같이 따라 부르는 순간을 고대하며 홀짝홀짝 술을 마신다. 그러다 이내 방석을 베개 삼아 잠들어 버리는 것이다.

오늘도 술병의 3분의 1을 비웠을 즈음, 엄마는 잠들어 버렸다. 옛날의 습관이 지금까지 이어지고 있음에 감사하며, 시호리는 스미레에게 눈으로 신호를 보낸 후 방을 나왔다.

물건을 쌓아둔 1평 남짓의 창고 방으로 들어갔다. 선반 가장 아래 칸에서 유성펜으로 '앨범'이라고 적어둔 낡은 상자 두 개를 꺼냈다.

먼지가 날리는 통에 스미레가 기침을 했다. 상자 하나를 들어 올리러 했지만 꿈쩍도 하지 않았다.

"스미레, 너도 같이 들어."

두 사람이 달라붙었는데도 팔이 끊어질 것 같았다. 두 상자를 어떻게든 어릴 때 쓰던 방으로 옮기고, 미닫이문을 꽉 닫은 후 뚜껑을 열었다.

빛바랜 표지의 앨범이 차곡차곡 쌓여 있었다. 돌아가신 할아버지가 정리해 둔 것이었다. 곰팡이와 먼지가 뒤섞인 듯한 냄새가 주변에 퍼졌다.

"어디 한번 찾아보자. 할아버지는 엄청 꼼꼼한 분이셨으니까 깔끔하게 정리해 두셨을 거야."

"응. 확실히 정리해 뒀더라고. 아빠랑 언니가 집 나간 후에 나 혼자 몰래 본 적 있어서 알아."

흠칫 놀라 스미레의 옆얼굴을 바라봤다. 이런 얘기는 처음 들었다.

그 무렵 시호리는 엄마에게서 도망치기 위해 필사적이었다. 스미레는 엄마와 별문제가 없어 보였기 때문에 집에 둘만 남아도 괜찮을 줄 알았는데, 그렇지 않았을지도 모르겠다.

이제 와 새삼스럽지만 미안했다고 사과하는 게 좋으려나. 그러나 스미레에게 딱히 침울한 기색은 느껴지지 않았다.

"빨리 봐봐. 가사노 아저씨가 옛날에 일하던 때의 직원들 사진을 찾아보자고."

"아, 그래."

며칠 전 가사노가 했던 말이 신경 쓰였다. 판매원인 기타바야시가 누군가를 닮았다고 했다. 이야기의 흐름상 가사노와 엄마가 알고 있는 사람일 것이다. 그렇다면 이 가게에서 오래전에 일했던 직원이 아닐까.

첫 번째로 펼친 앨범을 보던 시호리의 가슴이 울렁거렸다. 그리운 추억들에 마음이 먹먹해진다.

사진에 찍힌 자신과 스미레, 그리고 아빠. 시호리가 초등학생,

스미레가 유치원에 다니던 시절인 듯했다.

아빠는 두 아이를 팔로 꼭 끌어안고 영락없는 딸바보의 모습을 하고 있었다. 그러나 10년도 채 지나지 않아 다른 여자와 바람이 나서 처자식을 다 버리고 집을 나갔으니, 사람 일은 정말이지 알 수가 없다.

"언니, 감상에 젖어 있을 때가 아니라고. 더 오래된 앨범 좀 찾아봐. 난 그 판매원 얼굴을 못 봤잖아. 언니가 찾아야 된다고."

스미레의 말에 정신을 차렸다. 일단 앨범을 죄다 바닥에 펼쳐두고 구석에 있는 것부터 들춰보기 시작했다.

네 번째 앨범의 중간쯤까지 봤을 때였다. 시호리의 눈이 한 장의 사진에 꽂혔다. 새해맞이 나무 장식이 걸려 있는 걸 보니 신년 업무를 시작하기 전에 직원들이 모두 모여 찍은 사진 같았다. 가운데에는 할아버지가, 그 옆에는 가사노가 서 있었다. 스무 살 남짓의 엄마, 당시에는 살아 계시던 할머니의 모습도 보였다. 문제는 엄마 옆에 서 있는 젊은 남자였다.

시호리는 몸을 잔뜩 웅크려 얼굴을 사진에 바짝 갖다 댔다.

기타바야시를 쏙 빼닮았다. 이목구비는 물론, 보조개의 위치까지 똑같아서 가사노의 말대로 쌍둥이라 해도 믿을 것 같았다.

"이 사람이야."

손가락으로 짚은 곳을 스미레가 들여다봤다.

"상당한 미남이잖아. 엄마, 이 사람을 사랑했던 걸까."

"아마도."

첫사랑이었을지도 모른다. 엄마에게는 그야말로 아이돌과 다름없는 존재겠지. 그런 사람이 50년이 훌쩍 지난 지금 그때와 같은 모습으로 눈앞에 나타났으니, 마음을 빼앗기는 것도 무리는 아니다.

그렇다고 한들, 기타바야시와 사진 속 남자는 다른 사람이다. 게다가 사기나 다를 바 없는 짓을 하고 있다.

그때 갑자기 미닫이문이 열렸다.

"너희들 뭐 하니?"

엄마가 졸음 가득한 눈으로 서 있었다. 화장실에 가려고 잠깐 깬 것 같았다. 급하게 앨범을 덮으려 했지만, 엄마의 얼굴이 일그러지는 것이 먼저였다. 눈이 휘둥그레져서는 사진을 뚫어져라 쳐다보고 있다.

"엄마, 이 사람….."

엄마는 황급히 두 손으로 얼굴을 가렸다. 그러더니 몸을 돌려 복도로 뛰쳐나갔다.

"언니….."

스미레를 향해 고개를 끄덕인 시호리는 씁쓸한 마음을 곱씹었다. 이럴 줄 알았으면 아오시마와 미카의 말대로 엄마가 스스로 정리할 때까지 기다릴 것을. 엄마의 마음에 함부로 파고들어 상처를 줄 필요까진 없었는데.

그다음 주, 시호리는 가게 문 닫을 시간에 맞춰 소바집 룸으로 가사노를 불렀다. 가사노도 무슨 용건인지 눈치를 챘는지 곧바로 와주었다.

맥주와 몇 가지 안주를 주문하자 가사노가 물었다.

"사장님한테 무슨 일 있어?"

일주일 내내 울적해 보였다고 한다.

사실은 옛날 앨범을 찾아봤다고, 시호리는 솔직하게 털어놨다.

"그 판매원이랑 닮은 남자 사진을 발견했거든요. 근데 엄마한테 그걸 들키는 바람에….."

한숨을 쉰 가사노는 왠지 그럴 것 같았다고 말했다.

"내가 괜한 말을 했네."

"엄마가 사랑했던 사람 맞죠? 혹시 첫사랑이었나요?"

가사노는 한동안 말이 없었다. 맥주와 안주가 나오자 조용히 입을 다문 채 젓가락만 이리저리 움직였다. 그러다 마침내 고개를 들더니 생각에 빠진 듯한 표정으로 말했다.

"늘 마음의 숙제처럼 남아 있었어. 언젠가는 시호리랑 스미레에게 진실을 말해줘야 한다고. 사장님을 생각하면 조심스럽지만, 나도 봄에는 여기를 떠나니까. 그러면 너희를 다시 만날 기회도 없을 테고."

무언가 중요한 비밀이 밝혀질 것 같았다. 시호리는 젓가락을 내려놓았다.

"사진 속 남자의 이름은 미네카와 스스무. 사장님과는 연인 사이였지."

그때 엄마는 스무 살 남짓이었다.

"실은 아이도 가졌었어. 선대 사장님은 노발대발했지만, 아이가 생긴 이상 인정할 수밖에 없었지. 미네카와를 데릴사위로 들여 장차 가게를 이어받게 하려고 했어."

그러나 그는 데릴사위로 살기 싫다며 아이를 가진 엄마를 남겨두고 도망가 버렸다.

"낳네, 마네 싸우기도 많이 싸웠어. 두 사람 다 고집이 보통이 아니라서 그야말로 아수라장이었지."

결국 엄마는 할아버지네 시골로 가서 아이를 낳았다고 한다. 그렇게 태어난 아들은 먼 친척 집으로 입양되었다. 아이를 꼭 낳아야겠으면 입양을 보내라는 것이 할아버지가 내놓은 조건이었다.

그 후 할아버지와 엄마는 과거를 숨긴 채 시호리의 아빠를 데릴사위로 들였다.

"과거를 흘려보내는 게 꼭 나쁜 것만은 아니니까. 그렇게 상황이 정리되나 싶었는데…"

문제는 엄마가 결혼 후에도 계속 미네카와와 몰래 만났다는 것이다. 그러다 그 현장을 아빠인 고스케에게 들키고 말았다. 그렇게 아빠도 바람을 피웠고, 끝내 집을 떠났다.

시호리는 목이 쩍쩍 말랐다. 물을 마셔도 타들어 가는 갈증은 점점 더 심해지기만 했다.

아빠가 집을 나간 배경에 그런 사정이 있을 거라고는 상상도 못 했다.

가사노는 말을 이었다.

"고스케랑 알고 지낸 건 고작해야 반년 정도였지만, 난 그 친구가 참 좋았어. 여러모로 내가 거슬릴 수 있는 상황이었는데도 항상 날 치켜세워 줬지. 집을 나갔을 때는 다들 일방적으로 고스케만 나쁜 놈이라고 욕하니까 마음이 좀 짠하더라고."

아빠는 집을 떠난 직후, 바람을 피웠던 여자와 헤어지고 엄마에게 돌아와 용서를 빌며 다시 시작하자고 했단다. 그러나 엄마는 아빠를 용서하지 않았다.

가사노는 바지 수머니에서 핸드폰을 꺼냈다.

"고스케랑은 지금도 가끔 연락하고 있어. 자기는 자식을 버린 놈이라면서 너희를 만날 자격이 없다고 그랬지만, 그래도 혹시 전화번호를 원하면…."

아빠는 지바에 있는 화과자 가게에서 일하고 있으며, 3년 전 열두 살 아래의 싱글 맘과 재혼했다고 가사노가 말했다.

시호리는 고개를 끄덕였다. 당장은 아빠를 만날 결심이 서지 않았지만 언젠가는 만나고 싶어질지도 모른다. 하지만 그 전에, 지금 바로 묻고 싶은 것이 있었다.

"설마 그럴 리야 없겠지만 혹시 그 판매원이 엄마의 아들이라거나….”

만약 그렇다면 영양제를 핑계로 아들을 도와주고 싶었던 것일지도 모른다. 생이별한 아들과 재회한 거라면 얼마든지 그럴 수 있었다.

그러나 가사노는 고개를 저었다.

“그건 나도 모르겠어.”

얼마 지나지 않아 엄마에게 전화가 왔다.

“영양제 이제 안 사.”

툭툭대는 말투로 가사노에게 이야기를 들었다고 덧붙였다.

“설마 가사노 씨가 그런 얘기까지 했을 줄이야. 그 말을 듣는데 갑자기 피가 싹 식는 것 같더라. 꿈에서 깬 기분이야.”

“그래….”

“스미레한테도 말했어?”

“아니.”

시호리도 아직 마음의 정리를 다 하지 못했다. 이 상태에서 스미레에게 이야기를 꺼낼 수는 없다고 생각했는데 엄마는 명령하듯 말했다.

“그럼 네가 말해. 아빠는 만나고 싶으면 만나.”

벌써 20년도 더 지난 일이라며, 아빠의 가출 소동은 이제 다 지나간 옛이야기일 뿐이라고 말했다.

어지간히 제멋대로인 말투였다. 뭐, 엄마답기는 했다. 시호리는 머릿속에서 떠나지 않던 질문을, 용기 내어 입에 담았다.

"엄마, 하나만 말해줘. 혹시 그 판매원이 엄마 아들이야?"

만약 그렇다면 앞뒤가 착착 들어맞는다. 그런 거라면 다른 방식으로 지원해 줄 수도 있을 터였다. 그러나 엄마는 다른 답을 해왔다.

"그 애는 어릴 때 병으로 죽었어."

기타바야시가 공원을 산책하는 엄마에게 말을 건 순간, 엄마는 죽은 아들이 살아 돌아온 걸지도 모른다고 생각했단다. 그래서 수상쩍은 물건인 줄 알면서도 살 수밖에 없었던 것이다.

"하나 말해 두겠는데, 아빠랑 이혼했을 때는 이미 미네카와랑 헤어진 뒤였어. 그 사람도 때가 됐다고 생각한 거겠지."

엄마는 미네카와에게도 가정이 있었다고 말했다.

그 이후로 엄마는 쭉 혼자였다. 할아버지는 돌아가셨고 두 딸도 도망치듯 엄마 곁을 떠났다.

엄마의 거짓말을 용서한 것은 아니었다. 하지만 그 고독을 생각하년 이제 와 그런 게 다 무슨 소용인가 싶었다.

시호리가 큰맘 먹고 말을 꺼냈다.

"가게 닫고 나면 스미레랑 셋이 온천이라도 갈까?"

엄마는 작게 웃었다.

"무슨 바람이 불었대? 근데 여행은 안 돼. 상황이 좀 바뀌었거든."

엄마는 과거를 털어내고 나니 마음이 가벼워졌다고 했다.

"왠지 모르게 의욕이 생기더라고. 가게를 좀 더 해볼까 싶어서 가사노 씨를 설득했지. 가사노 씨가 떠나면 너무 적적할 거 같다고 다행히 영 마음이 없진 않은 모양이더라고."

"어머, 정말?"

"그렇긴 한데 나도 이제 나이가 있고, 확실히 무릎도 안 좋긴 해서. 아오시마 종합병원 정형외과에 다시 한번 가볼 거야. 운동 치료 같은 것도 한번 받아보고."

그런 이야기라면 대찬성이다.

"가는 김에 종합내과에도 들러봐. 거기 선생님이 우리 가게 소금찹쌀떡 무지하게 좋아하거든."

"그러니? 그럼 좀 가져다드려야겠네."

엄마와 다정하게 대화를 나눠본 게 얼마 만인지.

시호리의 눈가에 눈물이 번졌다.

××××××××××××××

종합내과,
문을 열다

바닥에 왁스 칠을 하는 사이, 나무 창틀에 칠한 하얀 페인트가 깔끔하게 말랐다. 고이즈미 미카는 페인트가 묻지 않도록 창틀 바깥쪽에 붙여둔 비닐 테이프를 벗겨내며 슬쩍 시계를 봤다. 시계는 오후 5시 20분을 가리키고 있었다.

미카는 잠시 손을 멈추고 고개를 갸웃거렸다. 오늘은 저녁 알림 방송에서 흘러나오는 노래 〈저녁노을 어스름〉을 못 들은 것 같다. 매일 4시 반에 울리는 그 멜로디는 사실 아이들에게 집에 갈 시간임을 알리는 것이지만, 미카에게는 퇴근이 30분 남았다는 신호다(일본의 각 자치단체에서 재난 대비 무선 설비 관리를 위해 하계와 동계 일정한 시각에 시보 방송을 실시한다—옮긴이).

왜 못 들었지? 의아해하던 것도 잠시, 바로 이유를 깨달았다. 3월에 접어들면서 음악이 나오는 시간이 한 시간 늦춰진 것이다.

"벌써 시간이 이렇게 됐네."

미카의 말에 반대쪽 창문 앞에서 같은 작업을 하던 아오시마 린타로가 고개를 돌렸다. 작업용으로 산 듯한 새 방수복을 위아래로 입고 수건을 머리에 두르고 있었다. 아이의 운동회에 억지로 끌려간 운동 신경이라곤 없는 아빠 같은 모습이었다. 한마디로 어지간히 안 어울렸다. 남들 눈에는 훨씬 더 이상해 보일 반바지 차림에 익숙해져서 그렇게 보이는 걸까.

린타로는 두 손을 모으더니 미카에게 절하는 흉내를 냈다.

"미안, 퇴근 시간을 깜빡했네. 적당히 마무리하고 가봐. 나머지는 내가 할 테니까."

"아니에요, 약속도 없는데 그냥 다 하고 갈게요."

"고마워. 덕분에 끝내겠네. 오늘 안에 창틀 마무리하고 내일은 소파 좀 손봐야겠어. 오전에 홈센터 가서 재료 좀 사 올게. 미카 짱은 오전에는 집에서 좀 쉬다가 오후에 나오는 걸로 하지?"

"네, 뭐 그건 상관없는데…."

미카는 하려던 말을 삼키고 다시 손을 움직이기 시작했다.

린타로는 내일도 환자가 한 명도 없을 것이라 예상한 듯했다. 앉아서 환자가 오기만을 마냥 기다리기엔 시간이 아깝다. 그래서 남는 시간에 건물을 손보기로 한 것도 이해는 간다. 다만, 계속 이대로 있어도 되는 걸까?

린타로가 아오시마 종합병원 부지 한구석에서 쓰러져 가던 건물에 종합내과를 개설한 지도 어느덧 1년 가까이 되었다. 이름은 종합내과지만 지금은 비급여 진료인 의료 상담만을 진행하고 있다. 그런 곳에 개업하자마자 환자가 몰릴 것이라고는 기대하지 않았지만, 아무리 그래도 하루에 방문하는 환자가 한 명, 많아야 두 명이라니…. 린타로의 말에 따르면 종합내과는 아오시마 종합병원과는 별개의 조직이라 독립적으로 예산을 운용하고 있다. 건물 임대료는 낼 필요 없다. 의료 상담이라는 업무 특성상 경비는 광열비와 인건비, 그러니까 린타로와 미카의 월급 정도다.

그렇다 하더라도 여전히 수지 타산이 안 맞는다. 아마도 미카의 월급은 린타로가 사비로 지급하고 있을 터다. 작년 여름쯤부터 월급을 올려달라고 했으나, 내부 사정을 빤히 알게 된 지금은 도저히 그런 말을 꺼낼 수가 없다.

이대로 있다간 폐업할 수밖에 없지 않을까. 그런 상황에서 이렇게 느긋하게 건물 수리나 하고 있어도 되는 걸까. 너무 태평한 것 아닌가.

미카의 불안과 불만을 감지했는지 린타로가 가볍게 기침을 했다.

"미카짱, 그렇게 초조해해 봤자 아무 소용 없어. 환자가 없는 건 인지도가 낮기 때문이야. 그건 누구의 잘못도 아니라고. 우리는 그냥 우리가 할 수 있는 일을 하면 돼."

"맞는 말씀이긴 한데….."

"그래도 난 종합내과를 열길 잘했다고 생각해. 아직 상담한 환자 수가 많지는 않지만 다들 만족하고 고마워하잖아."

"네."

"우리는 이 세상에 꼭 필요한 일을 하는 거야. 미카짱도 꽤 즐거워 보이던데? 몸 상태도 전보다 훨씬 좋아지지 않았어?"

"그거야…."

멀리서 〈저녁노을 어스름〉이 들려왔다. 린타로가 그 멜로디에 맞춰 콧노래를 흥얼거리기 시작한다.

미카는 테이프를 벗겨내며 본원에서 일하던 때를 떠올렸다.

× × ×

1

아오시마 종합병원의 내과는 그날도 환자들로 붐비고 있었다. 미카가 진료실에서 마지막 환자를 배웅했을 때는 이미 저녁 7시가 넘은 때였다.

미카는 양손으로 허리를 짚었다. 골반을 흔들흔들, 전후좌우로 움직이는 체조를 했다. 더 크게 골반을 움직이자 아프면서도 시원한 감각이 온몸에 퍼졌다.

최근 들어 허리에 통증이 느껴지기 시작했다. 아무리 요통이 간호사의 직업병이라지만 미카는 이제 겨우 스물다섯이었다. 잠깐 아프고 말겠지 싶었는데 너무 안일한 생각이었나 보다. 수술실에서 병동으로 근무처를 옮긴 후로 상태는 급격히 악화했다.

병동 업무는 병상에 누운 채 움직이지 못하는 환자들의 몸을 닦아주거나 환자를 안아 휠체어로 옮기는 등 허리에 부담이 가는 일이 많기 때문이다.

정형외과에서 엑스레이를 찍어봤지만, 뼈에는 이상이 없다길래 진통제를 먹고 파스를 붙이면서 조금 더 상황을 지켜보기로 했다.

처방받은 약이 전혀 효과가 없는 건 아니었다. 그러나 예상치 못한 순간, 극심한 통증이 덮쳐왔다. 인터넷에서 발견한 허리 통증에 좋다는 운동도 해보고 사비를 털어 마사지도 받아봤지만 좋아질 기미가 보이지 않았다.

얼마 지나지 않아 아침에 침대에서 일어나는 것조차 힘들어졌다. 이대로는 안 되겠다 싶어 간호부장에게 담당 업무를 변경해달라고 요청했다. 물론 병동에 오기 전에 일했던 수술실이나 외래도 온종일 서 있기는 마찬가지였다. 하지만 허리를 굽혔다 폈다 할 일이 많은 병동보다야 부담이 덜 갈 것 같았다.

부장은 환자를 돌보는 요령이 생기면 허리에도 무리가 덜 갈 것이라고 했다. 그럴지도 모른다는 생각에 버텨봤으나, 보다 못한 정형외과 선생님의 입김도 한몫해 결국 외래로 옮기게 되었다. 이동한 지 일주일밖에 안 됐는데도 그사이 허리 통증이 많이 가라앉았다. 그러나 마냥 신나지만은 않았다.

"어이, 고이즈미."

가키즈카 쇼스케가 진찰 데스크에서 미카를 불렀다. 흰머리가 듬성듬성한 숱 많은 긴 머리칼을 사자 갈기처럼 늘어뜨린 이 의사는 내과부장과 부원장을 겸임하고 있는 실력자였다.

미카는 돌아보지 않고 답했다.

"정리 때문에 그러시죠? 지금 바로 하겠습니다."

"그 전에 나부터 좀 도와주지? 전자 진료기록 카드 작성이 영 어려워서 말이야. 아, 거기 문도 좀 닫아줘. 내가 소리에 민감하잖아. 복도 소음이 거슬리네."

미카는 속으로 한숨을 쉬었다. 문은 일부러 그냥 열어두고 가키즈카의 옆으로 갔다.

가키즈카는 거북이처럼 고개를 쑥 내민 채 모니터 화면을 보고 있었다.

"뭐 때문에 그러세요?"

미카가 묻자 가키즈카는 얼굴을 늘며 앞머리를 쓸어 올렸다. 고개를 살짝 갸웃거리고는 눈꼬리를 접으며 미소 짓는다.

"미안, 이 파일 좀 저장하고 싶은데."

기본 중의 기본 조직이다. 방법을 모를 리가 없다고 생각하며 손가락으로 클릭할 버튼을 가리켰다.

"여기 클릭하시면 될 거예요."

"응? 어디?"

가키즈카는 오른손으로 마우스를 움직이면서 왼쪽 머리통을 미카의 옆구리 근처에 갖다 대었다.

어제도, 그제도 이랬다. 어제 퇴근 전에 수간호사인 노기에게 상담했으나 "우연이겠지. 너무 예민한 거 아냐?"라는 대답을 들었다. 그때는 자신도 자의식과잉일지 모른다고 생각했다. 그러나 지금 이 행동으로 확신했다. 분명히 의도적으로 하는 짓이었다.

몸을 뒤로 빼려 하자 이번엔 갑자기 엉덩이를 만졌다. 노골적인 추행에 숨이 멎을 뻔했다.

가키즈카는 밝고 가벼운 목소리로 말했다.

"허리가 많이 안 좋다며? 대둔근을 잘 풀어줘야 해. 내가 좀 해줄까? 여기를 이렇게…."

손바닥을 펼쳐 엉덩이를 쓰다듬듯 만지며 중얼댄다. 등줄기에 소름이 쫙 돋았다. 이번에는 완전히 몸을 뒤로 뺐다.

"이러지 마세요."

작은 목소리로 날카롭게 말하자 가키즈카는 놀랐다는 듯 눈을 크게 뜨며 주름이 자글자글한 입술을 오므렸다. 긴 머리를 쓸어 올리더니 당황스럽다는 듯한 눈빛으로 미카를 올려다본다.

"뭘 그렇게 무서운 얼굴을 하고 그래? 마사지법을 가르쳐준 거뿐인데."

미카는 가키즈카에게서 고개를 돌리고 진료실을 정리하기 시작했다. 무시와 무언으로 '수작에 넘어가지 않겠다'고 의사를 표현했으나 가키즈카에게는 통하지 않는 듯했다.

"배워둬서 나쁠 건 없지 않나? 생각 있으면 언제든 말해."

뻔뻔한 말을 던진 가키즈카는 크게 기지개를 켰다.

직원 탈의실에는 아무도 없었다. 미카는 한숨을 쉬며 벤치에 앉았다.

분노보다 더 큰 비참함이 덮쳐왔다. 가키즈카의 성추행에 화가 난 것은 말할 것도 없고, 수간호사인 노기의 대응 또한 실망스러웠다.

아까 있었던 일을 보고했더니 노기는 이런 답을 내놓았다.

"그건 그냥 가키즈카 선생님 나름의 소통 방식이잖아. 딱히 나쁜 뜻이 있는 것도 아니고. 전임 간호사는 '아이참, 선생님도' 하면서 적당히 잘 받아주고 넘기던데, 그렇게 좀 못 하나?"

앞부분은 어떻게든 이해해 보려고 했다. 운송 회사에서 사무를 보고 있는 엄마가 말하길, 70~80년대만 해도 회사의 아저씨들이 인사 대신 여사원의 엉덩이를 만질 정도였다고 하니 백번 양보해 가키즈카의 감각이 여전히 그 시대에 머물러 있다고 치자.

그러나 뒷부분은 도저히 납득할 수가 없었다. 미카는 남자보다 더 씩씩한 엄마, 날라리 오빠, 애니메이션 오타쿠 남동생의 틈바구니에서 살았다. 그래서인지 싫은 건 싫다고 확실히 말하는 성격이다. 마음속으론 싫다고 생각하면서 대충 분위기를 맞추는 일은 죽어도 못 한다. 애초에 성추행을 일삼는 인간에게 왜 맞춰줘야 하는데?

"나쁜 뜻이 있든 없든 성추행은 성추행이잖아요."

미카의 말에 노기는 불편한 표정을 지었다.

"뭐, 그야 그렇지. 근데 괜한 소란을 일으켜서 좋을 게 뭐가 있어? 우리끼리니까 하는 말이지만…"

가키즈카는 워낙 실력이 뛰어나 환자들 사이에서 인기가 좋다. 모셔가려는 병원들도 많다. 괜히 이런 이야기를 꺼냈다가는 가키즈카가 이 병원을 그만둔다고 할지도 모른다.

"그러니까 일단은 적당히 넘기려고 노력해 봐. 잠깐 그러다 말지도 모르잖아? 그러고 보니 화장이 좀 진하지 않나? 좀 수수하게 하고 다녀보지 그래?"

노기는 그렇게 말하고는 도망치듯 자리를 떴다. 미카는 경악할 수밖에 없었다.

가키즈카가 병원에서 제일가는 베테랑인 것은 사실이다. 아무리 그래도 2020년대에 아직도 성추행을 눈감아 주라는 말을 하다니, 믿을 수가 없었다. 게다가 이 병원은 병상수가 350개 정도로 규모가 크다고 할 수는 없지만, 도쿄 다마 지역에서 가장 선진적인 병원으로 알려져 있지 않은가.

아오시마 종합병원은 올해로 창업 70주년을 맞는다. 작은 사철 역에서 버스로 25분 거리에 있어 입지는 그리 좋지 않지만, 그만큼 부지가 넓다. 병동 북쪽에는 무사시노 잡목림이 남아 있고 입원 환자나 문병객들이 이용할 수 있는 산책로도 마련해 놓았다. 병원 자체에는 이렇다 할 특징이 없어 '주변 환경이 좋은 것이 유일한 세일즈 포인트'라는 말을 듣기도 했지만 1년 반 전, 이사장이 바뀐 후 건물을 새로 지으면서 약진하기 시작했다.

기수 역할을 한 것은 선대로부터 이사장 겸 병원장직을 이어

받은 아오시마 류지였다. 당시 막 마흔이 됐던 터라 경험 부족을 걱정하는 이들도 있었으나, 의사면허는 물론 미국 일류 대학에서 MBA까지 취득한 그는 EBM으로 통칭되는 '에비던스 베이스드 메디신', 즉 '근거 중심 의학'을 적극적으로 추진했다. 세대교체를 이뤄내는 동시에 최신 의료기기를 갖춘 새로운 병동을 가동하기도 했다. 그 결과 아오시마 종합병원은 도쿄 다마 지역에서 가장 선진적인 병원으로 주목받았다. 유명 주간지가 매년 봄에 선정하는 '도쿄 시내 베스트 민간 병원 랭킹'에서 작년까지는 순위 밖이었으나 올해는 무려 7위로 급부상했다.

미카가 3년 정도 일했던 수술실도, 약 한 달가량 짧게 일했던 병동도 그때를 기점으로 분위기가 좋아졌기 때문에 새로운 이사장을 높게 평가하는 이들이 많았다. 그런데 외래가 이런 상황일 줄이야, 상상도 못 했다.

노크 소리와 함께 스기우라 아키호가 안으로 들어왔다. 수술실에서 근무하는 선배 간호사다. 미카가 신입이었을 때 여러모로 도움을 빌었다. 하얀 피부, 단아한 인상의 고전풍 미인인데 오늘은 무척 지친 모습이었다.

그러고 보니 아키호도 수술실에 근무하기 전에는 외래에서 일했다고 들었다.

"저기, 뭐 좀 여쭤봐도 될까요?"

말을 걸자 아키호는 눈짓으로 가볍게 괜찮다는 표현을 했다.

"제가 지금 가키즈카 선생님의 외래 담당인데요, 자꾸 성추행을 하셔서."

옷을 갈아입던 아키호의 손이 순간 멈칫했다. 작은 입술을 삐죽거리며 눈썹을 치켜올렸다.

"미카 씨도 건드렸어?"

"네. 수간호사님께 말씀드렸는데 딱히 대응이 없으셔서."

"가키즈카 선생님의 눈 밖에 나고 싶지 않겠지. 그 사람이 인사권을 쥐고 있는 거나 마찬가지니까."

"그래요?"

작년 가을, 세대교체가 무사히 끝나 이제 안심이라는 듯 이사장이 세상을 떠났다. 그 직후 오랫동안 일한 몇몇 의사들은 병원을 떠났다. 본인들의 경험과 방식을 중시하던 그들은 지금의 이사장 류지가 추진하는 근거 중심 의학에 소극적이었기 때문이다. 젊은 류지를 대신해 그들을 밀어내는 데 앞장선 사람이 가키즈카였다고 한다.

"아무리 그래도 대충 맞춰주라니 도저히 받아들일 수 없어요. 화장을 옅게 하라는 말도 이해할 수 없고요. 간호부장님과 의논하는 게 나을까요."

아키호는 난처한 표정을 지었다.

"글쎄, 그게 좋은 방법일까…. 저기, 나한테 들었단 얘기하지 마?"

왠지 불온한 느낌이 드는 말이라 생각하며 미카는 고개를 끄덕였다. 아키호는 미카와 눈을 마주치지 않고 이야기를 시작했다.

"미카, 허리가 안 좋아서 병동에서 외래로 옮겼잖아. 그 일로 부장님께 불평했던 사람들이 몇 있거든."

허리 아픈 사람이 어디 한둘이냐. 고이즈미가 호들갑을 떠는 것뿐이다. 독신에다 부모님 집에 사는 주제에 야근하기 싫어서 외래로 내뺀 거 아니냐, 치사하다.

미카는 할 말을 잃었다. 동료들에게 그런 빈축을 사고 있을 줄은 꿈에도 몰랐다.

"정말로 허리 상태가 심각해서 그런 거였는데…."

아키호가 살짝 끄덕였다.

"알지. 근데 그때 항의한 사람 중 한 명은 남편 직장이 지방이라 야간 근무를 하는 동안 초등학생 아이를 집에 혼자 두고 있었다나 봐. 꽤 오래전부터 외래로 이동시켜 달라고 요청했던 모양인데 일손이 부족하다면서 계속 미루고 있었대. 부장님은 원래 미카도 이동시킬 생각이 없었지만 미카가 정형외과 선생님까지 끌어들인 모양새가 됐으니."

"그건 오해예요. 제가 해달라고 한 게 아니라 선생님이 보다 못해서…."

거기까지 말한 순간, 문득 깨달았다.

"설마 부장님이 다른 간호사들의 불만을 잠재우려고 일부러 저를 가키즈카 선생님한테 보낸 건가요?"

미카를 손버릇 나쁘기로 악명 높은 가키즈카 담당으로 보내면 항의하던 사람들도 더는 토를 달지 않을 터였다.

아키호는 고개를 저었다.

"거기까지는 나도 잘 몰라. 그래도 상황이 이런데 부장님한테 상담하는 게 맞나 싶어서."

미카는 무거운 마음으로 고개를 끄덕였다. 아키호는 격려하는 듯한 눈빛으로 미카를 바라봤다.

"우선은 끝까지 단호하게 거부해 보는 게 어때?"

"제 딴에는 확실히 거부한 건데요."

"미카는 체격도 작고 어려 보이니까 확실히 화난 티를 내지 않으면 못 알아들을지도 몰라."

그런 문제인 걸까…. 화장이 진해서, 얼굴이 어려 보여서. 대체 그게 뭐가 나쁜 건데. 아무리 생각해도 뭘 잘못한 건지 모르겠다.

미카는 자신도 모르게 미간을 찌푸렸다. 양손 검지로 주름을 펴고 있자 아키호가 미카의 등을 살짝 두드렸다.

"기분도 풀 겸 한잔하러 갈래? 멋있는 사장님이 있는 레스토랑 아는데."

배려는 고마웠지만, 그럴 기분이 아니라 미카는 고개를 저었다.

2

이후로도 가키즈카의 성추행은 점점 더 심해졌다. 허리 마사지를 운운하며 엉덩이를 만지는 일은 일상다반사였다. 미카가 자기 어깨를 두드리고 있으면 견갑골 주변을 멋대로 누르기도 했다.

그런 식의 접촉이 불쾌한 건 말할 것도 없고, 아무리 거부해도 상황이 나아질 기미가 보이지 않는다는 사실이 더 괴로웠다. 가키즈카의 행동이 명확한 강제추행으로 판단되면 형사 고소든 뭐든 해볼 텐데, 왠지 묘하게 경계에 있는 느낌이었다. 게다가 호의로 하는 일이라고 둘러대고 있지 않은가. 효과 좋은 마사지 비법을 전수한다느니, 업무 환경을 밝게 하기 위해서라느니.

그런 사람을 상대로 계속 화를 내려니 허탈하기만 했다. 두더지 잡기라도 하는 기분이었다. 온 신경을 집중해 있는 힘껏 두더지의 머리통을 내리찍어도 금방 다른 구멍에서 쏙 하고 얼굴을 디미니 그야말로 신물이 났다.

미카는 수산호사인 노기와도 재차 면담을 했다.

일을 크게 벌일 생각은 없다. 그저 가키즈카가 본인의 행동이 성추행이라는 걸 자각하고 멈춰주기만 하면 그걸로 됐다.

이 정도까지 양보하자 노기도 알았다며 고개를 끄덕였다. 그러나 문제 해결을 위해 움직이는 기색은 보이지 않았다. 고민 끝에 간호부장에게 메일을 보내 고통을 호소했으나 일주일이 지나도록 답변이 없었다.

동료와 상의할 수도 없었다. 미카는 요통을 핑계로 야근에서 도망친 사람 취급을 받고 있었다. 힘든 이야기를 털어놓아 봤자 싸늘한 눈초리만 돌아올 것이다. 말을 걸어주는 사람이라고는 배려심 많은 스기우라 아키호밖에 없었다.

어느 날 밤, 같이 사는 엄마와 남동생에게 현재 상황을 털어놨다. 운송 회사의 사무직으로 30년 넘게 일해온 엄마의 의견은 명쾌했다. 외부인, 이를테면 변호사 같은 사람에게 도움을 요청해야 한다고 했다. 그게 싫으면 그만두는 편이 나을 거란다.

평소에는 별로 말이 없는 남동생도 쌍수를 들고 엄마 편을 들었다. 이제 막 시스템 엔지니어 일을 시작한 박봉의 신입 주제에 "다음 직장 찾을 때까지 누나 생활비는 내가 댈 테니까 걱정할거 없어"라고 큰소리를 쳐서 눈물이 찔끔했다.

두 사람의 의견이 옳다는 것을 알면서도 그만둘 결심이 서지 않았다. 미카는 피해자였다. 피해자가 그만둬야 할 이유는 어디에도 없었다.

근처 아파트에 사는 오빠에게 전화로 상담했더니 엄마보다 더 딱 잘라 답했다. "끝까지 싸워." 오빠는 "사람들이 널 만만히 봐서 그래"라며 옛날에 놀 만큼 논 여자 친구까지 불러 무서운 목소리 내는 법 등을 미카에게 전수했다.

과연 그것들이 도움이 될지는 의문이었으나, 오빠의 여자 친구에게 아주 유익한 조언 하나를 들었다. 성추행 가해자들에게 "이러지 마세요"라고 부탁하듯 말하는 건 뭔가 잘못됐다는 것이다. "그만해", "당장 멈춰"라는 명령조로 충분하단다. 맞는 말이었다.

다음 날, 지치지도 않고 다시 손을 뻗어오는 가키즈카에게 "성추행 좀 그만하시죠!" 하고 일갈했다. 가키즈카는 눈을 크게 뜨더니 금세 배를 잡고 웃기 시작했다.

"뭐야, 너 같은 어린애한테 내가 성적 매력이라도 느낀다는 거야? 성추행은 무슨, 그냥 소통하는 거지, 커뮤니케이션."

분노의 수준을 넘어 온몸에서 힘이 빠졌다. 이제 일일이 지적하기도 귀찮을 뿐, 지금 한 말도 성추행 그 자체였다.

미카의 불안과 분노는 점점 몸집을 키웠다. 마음의 상태가 이렇다 보니 몸까지 덩달아 안 좋아졌다. 아침에 일어나면 가슴에 납덩이가 얹어진 기분이었고 눈 안쪽부터 관자놀이까지 묵직한 통증이 계속되었다. 식욕도 떨어졌다. 가장 좋아하는 음식 중 하나인, 엄마가 직접 만든 하이난 닭고기덮밥을 반 이상 남기자 엄마는 이제 때가 됐다고 말했다.

다음 날 외래 진료가 끝나자 가키즈카가 장난스럽게 미카를 껴안았다. 귓가에 후덥지근한 숨이 생생하게 느껴진 순간, 미카 안에서 무언가가 우두둑 소리를 내며 터져버렸다.

젖 먹던 힘까지 끌어올려 가키즈카를 내동댕이치고 복도를 달려 엘리베이터로 향했다. 목적지는 8층의 이사장실이었다. 이제 이사장에게 모든 걸 밝힐 생각이었다. 만약 이사장이 가키즈카를 감싼다면 미카에게도 생각이 있었다.

문 앞에서 잠시 숨을 고른 후, 손가락을 접어 노크했다.

"들어오세요."

안쪽에서 힘 있는 목소리가 들려왔다. 미카는 숨을 삼키며 문을 열었다.

종합내과, 문을 열다

손님용 테이블 앞에 두 남자가 앉아 있었다. 창을 등지고 앉아 있는 사람이 이사장 아오시마 류지다. 이마를 드러낸 말끔한 헤어스타일, 옷매무새가 돋보이는 슬림한 정장, 거기에 날카로운 안광까지. 의사보다는 능력 있는 사업가 같은 분위기였다. 그는 미카의 얼굴을 보더니 의아하다는 표정으로 고개를 갸웃거렸다.

"어어, 어디에 누구…."

"내과 외래에서 일하는 고이즈미 미카라고 합니다."

문을 등지고 있는 남자가 고개를 돌려 미카를 봤다. 부드러운 웨이브가 들어간 머리에 밝은 초록색 니트를 입고 있었다. 쌍꺼풀이 선명한 눈이 인상적이다.

미카는 말을 이었다.

"이사장님께 드릴 말씀이 있었는데 손님이 계시니 이따가…."

나중에 다시 오겠다고 말하려는데 이사장이 고개를 저었다.

"상관없어. 이쪽으로 와서 앉지."

웨이브 머리의 남자가 이사장에게 항의하듯 말했다.

"내 얘기 아직 안 끝났어."

"더 들을 얘기 없어. 아까도 말했지만, 내과 업무 전반을 담당하는 거면 몰라도 무엇이든 물어볼 수 있는 상담소라니, 그런 시대에 뒤떨어진 일이나 하는 종합내과는 허가 못 해."

"그게 오히려 최첨단이라니까. 이따 기획서 보낼 테니까 한번 읽어봐. 상담이야말로 종합내과의 근간이라는 걸 알게 될 거야."

그렇게 말한 남자는 자리에서 일어나며 미카를 바라봤다. 그때까지 소파 등받이에 가려져 보이지 않던 남자의 하반신이 시야에 들어온 순간, 미카는 눈을 크게 떴다. 12월에 반바지 차림이라니. 설령 지금이 여름이라 해도 이사장실을 방문하기엔 부적절한 복장이었다. 도대체 뭐 하는 사람이지 싶어 멀뚱히 서 있는데 남자는 생글생글 웃으며 미카를 향해 손짓했다.

"이쪽으로 오세요."

누군지도 모른 채 고개 숙여 인사하자, 남자도 살짝 머리를 숙였다.

"소개가 늦었네요. 저는 아오시마 린타로라고 합니다. 이 병원 이사 중 한 명이에요."

남자의 말에 상황을 파악했다. 이사장에게는 두 살 많은 형이 있다고 들었다. 두 사람은 전혀 다른 분위기를 풍겼으나 자세히 보니 쭉 뻗은 콧날과 다부진 입매가 퍽 닮아 있었다.

"자, 어서 앉아요. 저도 같이 들을 테니."

린타로가 다시 미카를 불렀다. 이사장은 대놓고 못마땅한 표정을 짓고 있었다.

"형이랑은 상관없잖아."

"간호사가 이사장을 직접 찾아온 걸 보면 보통 일은 아닐 거 아냐. 나도 이사잖아. 어디 같이 들어보자고."

린타로는 상황 파악 능력이 뛰어난 것 같았다. 이사장과 단둘이 이야기하는 것보다는 제삼자가 있는 편이 더 좋을지도 몰랐다. 동석한 사람이 있으면 고발 자체가 없었던 일이 될 위험은 적어지겠지.

미카는 다시 한번 인사를 한 후 두 사람에게 다가갔다. 린타로 옆자리에 앉아 허리를 꼿꼿하게 세웠다.

"가키즈카 선생님에게 성추행을 당하고 있습니다. 가벼운 접촉이라고 우기면 가벼운 접촉처럼 보이겠지만, 제 몸을 자꾸 만지시는 게 몹시 불쾌합니다."

이사장의 얼굴이 어두워졌다.

"어쩌다 우연히 손이 닿거나 한 게 아니고?"

"류지, 끼어들지 마."

린타로는 날카로운 말투로 제지하며 이야기를 이어 나가도록 했다. 미카는 그가 어디를 만졌는지, 몇 번이나 그런 일을 당했는지 담담하게 설명했다.

"소송을 걸겠다거나 그런 얘기가 아닙니다. 본인의 행위가 성추행이라는 걸 자각하고 멈춰주길 바라는 게 전부예요."

이사장은 알겠다며 고개를 끄덕였다. 꼭 벌레 씹은 표정이었다.

"최대한 빨리 수술실로 옮겨주지. 그 뒤의 일 처리는 간호부장에게 얘기해 놓겠네. 그럼 되겠나?"

잠시 생각하던 미카가 고개를 저었다. 그런 식으로는 근본적인 문제를 해결할 수 없다. 게다가 이사장의 말 한마디로 다시 발령이 나면 동료들 모두가 자신을 비겁한 사람 취급하며 차갑게 대할 것이 뻔했다.

"후임 간호사가 또 다른 희생자가 되면 제가 이동하는 의미가 없어집니다."

"걱정하지 마. 만만치 않은 베테랑 간호사를 보낼 테니까."

그런 문제가 아니다. 대체 왜 이해를 못 하는 걸까. 미카는 이사장 쪽으로 더 가까이 앉으며 고개 숙여 요청했다.

"그런 방법보다, 이사장님이 직접 가키즈카 선생님께 말씀해 주시면 안 될까요?"

누가 뭐래도 그의 행동은 명백한 성추행이다. 30, 40년 전이면 몰라도 요즘 세상에 그런 짓은 더 이상 통하지 않는다는 사실을 똑바로 알려주고 싶었다.

이사장은 두 손을 모아 무릎 사이에 끼우며 한숨을 쉬었다.

"일을 크게 만들고 싶지 않아. 가키즈카 선생님은 이 병원에 꼭 필요한 의사라고. 그리고 사실 성추행이라는 건 여자 쪽이 어떻게 받아들이느냐에 따라 달라지는 부분도 있잖아? 좋아하는 사람이 하면 기분 좋은 거고, 싫어하는 사람이 하면 성추행이라고들 하던데."

"아니, 그건⋯."

하다못해 데이트에서 생긴 일이라면 그나마 류지가 말하는 상황이 가능할지도 모른다. 그러나 연인 관계도 아닌 상대가 몸에 손을 대는 건 완전히 다른 이야기다. 혹여 호감이 있는 상대였다 해도 마음대로 자기 몸을 만지면 환멸만 들지 않을까.

이사장이 벽에 걸린 시계를 봤다.

"회의 들어갈 시간이네. 이동 건은 오늘 안에 간호부장에게 전해두지. 가키즈카 선생님께도 주의를 줄 테니 일단 그 정도로 넘어가자고."

미카는 입을 꾹 닫고 옆에 앉은 린타로를 바라봤다. 린타로는 눈을 감은 채 팔짱을 끼고 있었다. 누가 봐도 미카의 시선을 피하고 있는 모양새였다.

마치 얽히고 싶지 않다는 듯한 태도. 아까는 상황 파악에 능한 사람인 줄 알았는데, 실망스러웠다.

"자, 그럼 이 얘기는 끝난 걸로."

이사장의 재촉에 미카는 절망감에 짓눌린 채 자리에서 일어났다.

직원용 출입구를 빠져나온 미카는 하늘을 올려다보았다. 카시오페이아자리가 선명하게 보였다. 오늘 밤엔 하늘이 맑으려나.

옷을 갈아입는 동안 미카는 결심을 굳혔다. 엄마 말대로였다. 대화가 통하지 않는 사람들을 붙잡고 설득해 봤자 자기만 피폐해질 뿐이다. 내일 아침 출근하는 대로 간호부장에게 사표를 내자.

미련이 남지 않는 것은 아니었다. 이사장에게 직접 찾아가기까지 했으니. 그래도 나름대로 최선을 다해 싸웠다. 이제 됐다. 오빠는 이왕 그만둘 거면 가키즈카의 뺨이라도 후려갈기라고 했지만 그렇게까지 할 마음은 들지 않았다.

문 쪽으로 걸음을 옮기려는데 뒤에서 발소리가 들렸다. 돌아보니 린타로가 종종걸음으로 다가오고 있었다. 짧은 울코트를 걸쳤으나 여전히 반바지 차림이다. 찬바람을 고스란히 맞고 있는 무릎이 시려 보였다.

린타로는 양손을 주머니에 꽂은 채로 가볍게 머리를 숙였다.

"아깐 미안했어요."

목례하고 자리를 뜨려는데 린타로가 미카의 옆에서 나란히 걷기 시작했다.

"류지는 가키즈카 선생님한테 싫은 소리 하기가 쉽지 않을 거야. 하지만 성추행을 묵인할 수는 없지. 아까 그쪽이 방에서 나가고 난 후에 류지한테 잘 말하긴 했는데…."

이제 와 무슨 소용이겠는가. 입을 다물고 있자 린타로가 물었다.

"그만둘 생각인가?"

"글쎄요."

"그만둘 필요 없어. 더 이상 못 건드리게 할 테니까. 당신 말대로 그냥 두면 또 다른 희생자가 생길 거야. 그렇다고 류지한테 다시 요청한들 소용없겠지."

동생은 자기가 옳다고 믿는 사람이다. 본인의 결정을 뒤집고 싶어 하지 않을 것이다. 차라리 다른 방법으로 접근하는 편이 나을 것이라고 린타로가 말했다.

"나한테 생각이 있어. 딱 일주일만 기다려 주겠나?"

그 한마디에 조금 전까지의 결심이 흔들렸다.

미카도 할 수만 있다면 계속 다니고 싶었다. 옆눈으로 슬쩍 린타로를 봤다. 진중해 보이는 눈빛으로 올곧게 시선을 맞춰온다.

한번 믿고 맡겨보기로 했다. 혹시 뒤통수를 맞더라도 이제 와 더 상처받을 것도 없을 테니까.

"알겠습니다" 하고 답하자 린타로가 안심한 듯 웃었다.

"혹시 지금 시간 괜찮아? 사과의 의미로 맛있는 거 사주고 싶은데."

린타로는 역 맞은편에 있는 카페에 같이 가자고 권했다.

"숨겨진 맛집이야. 요리는 딱 그 가격대의 맛인데 바나나 시폰 케이크가 끝내주거든. 그 정도 수준의 시폰케이크는 긴자나 아오야마에 가도 못 찾을걸."

미카는 자기도 모르게 걸음을 멈췄다. 본인도 쉬는 날에 종종 들르는 카페였다.

"지난번에 거기 직원한테 들었는데 필리핀 어디 섬에 있는 농가에서 재배하는 특별한 바나나만 쓴대요."

린타로의 얼굴에 미소가 확 번졌다. 정말이지 기분 좋은 미소였다. 마치 커다란 꽃이 활짝 피어난 것 같았다.

"우리 코드가 잘 맞는 거 같은데?"

린타로가 가자, 하고 말을 걸듯 미카의 등을 가볍게 두드렸다. 미카는 린타로의 얼굴을 바라보며 미소를 지으려다 멈칫했다. 아까 류지에게 들었던 이야기가 떠올랐기 때문이다.

더군다나 린타로는 병원 측 사람이다. 지금은 미카를 다 이해하는 것처럼 말하지만 끝까지 제 편이 되어줄 거라는 확신은 없었다.

"사양하겠습니다. 엄마가 집에서 밥해놓고 기다릴 거예요."

작게 말하고는 도망치듯 발걸음을 재촉했다.

그날의 마지막 환자는 당뇨병 치료를 위해 통원 중인 요시즈미 고노스케라는, 수다쟁이 어르신이었다. 30년 전쯤에 심장발작으로 쓰러졌다가 전 이사장이 집도한 수술로 목숨을 건진 이래 이 병원을 자주 방문했다. 풍성한 흰머리가 핑크빛 피부에 잘 어울렸다. 바다거북의 등껍질로 만든 장식이 달린 루프타이를 목 언저리에 걸고 있었다.

요시즈미는 과거 인권 변호사였다고 한다. 지난주에 진찰받으면서 이런저런 자랑과 무용담을 늘어놓았다. 오늘도 진찰용 스툴에 앉자마자 따발총처럼 이야기를 쏟아놓기 시작했다. 한마디로 요약하면 몸 여기저기 안 쑤신 데가 없다는 내용이었다. 귀도 잘 안 들리는지 목소리가 필요 이상으로 컸다.

가키즈카는 짐짓 진지한 얼굴로 맞장구를 쳤지만, 짜증 난 기색이 역력했다. 미카노 슬슬 질려가고 있었다.

요시즈미는 열도 없었고 특별히 나빠 보이는 곳도 없었다. 3주분의 약을 받아 간 지 일주일도 채 안 됐으니 그럴 만도 했다. 접수 종료 직전에 의사 선생님을 꼭 좀 만나야겠다며 병원으로 달려왔는데, 솔직히 뭐 때문에 진찰을 받는지조차 알 수 없었다.

이야기가 끝나기만을 기다렸다는 듯 가키즈카가 입을 열었다.

"아까도 말씀드렸다시피 딱히 이상은 없어요. 한동안 처방해

드린 약을 드시면서 상황을 보시죠."

요시즈미가 민망하다는 듯 웃었다. 자신이 너무 오래 떠들었다는 걸 깨달은 것 같았다.

"아이코, 실례, 실례. 나도 이제 늙어서 여기저기 내 맘 같지가 않아. 약 좀 먹었다고 젊었을 때처럼 쌩쌩할 수야 없겠지. 우리 의사 선생의 귀한 시간을 뺏어서 미안하네."

가키즈카는 머리를 쓸어 넘기며 고개를 살짝 기울인 채 미소 지었다. 늘 하는 제스처다.

"무슨 말씀이세요, 아직 이렇게 젊으신데. 이제 100세 시대라고들 하잖아요."

"선생도 참"이라며 손사래를 쳤지만, 자리에서 일어나는 요시즈미의 기분은 꽤 좋아 보였다.

문을 열어둔 채로 뒷정리를 시작하는데 가키즈카가 미카를 불렀다.

"고이즈미 씨, 미안한데 좀 도와줄래? 이거 입력이 잘 안되네."

미카는 또 시작인가 생각하며 작게 고개를 저었다.

가키즈카는 눈썹을 씰룩이며 고개를 갸웃거리고는 씁쓸한 웃음을 지었다.

"또 이상한 생각하는 거야? 오해라니까 글쎄. 고이즈미 씨한테 흑심 같은 거 없으니까 얼른 좀 봐줘. 이걸 입력해야 외래 진료가 끝나지."

가키즈카의 곁으로 다가갔다. 옆에 서서 모니터 화면을 들여다봤다.

"여기 말인데⋯."

불쾌한 온기가 느껴지는 손이 미카의 허리 근처로 다가왔다.

왜 또 이런 일을 당해야 하지? 정말 지긋지긋했다. 린타로가 말한 기한까지는 이틀이 남았지만, 이제는 인내심의 한계였다.

이참에 오빠의 조언대로 해보는 것도 나쁘지 않겠네, 생각하며 왼손을 들어 올렸을 때였다. 등 뒤에서 날카로운 목소리가 쩌렁쩌렁 울렸다.

"당장 그 손 치우지 못해!"

처음에는 자신에게 하는 말인 줄 알았는데 아니었던 모양이다. 미카의 허리에 얹어진 가키즈카의 손이 순식간에 떨어졌다.

돌아보니 입구에 요시즈미가 우뚝 서 있었다. 화가 난 건지 얼굴이 벌겋다.

"내과부장이 성추행이라니 부끄러움을 몰라도 정도가 있지. 간호사분이 싫어하는 거 안 보여, 어?"

예상치 못한 상황에 순간 망설였던 미카는 이내 고개를 힘껏 끄덕였다. 가키즈카는 어느새 자리에서 벌떡 일어나 있었다.

"선생님, 오해하신 겁니다."

요시즈미는 가키즈카를 노려보며 들고 있던 지팡이 끝을 들이댔다.

"대충 넘어갈 생각 마! 아무리 늙고 병들었어도 나, 인권 변호사였던 사람이라고!"

요시즈미가 쩌렁쩌렁 고함을 질렀다. 그 소리에 무슨 일이 있나 싶어 진료실 안을 힐끗거리는 사람들이 생기기 시작했다. 가키즈카는 하얗게 질린 얼굴로 연신 머리칼을 쓸어 넘겼다.

소란이 일어났다는 소식을 들었는지 수간호사인 노기가 나타났다. 요시즈미에게 무슨 일이냐고 묻는다. 요시즈미는 들고 있던 지팡이를 내려놓으며 노기를 향해 시선을 돌렸다.

"두고 온 물건이 있어서 다시 왔다가 가키즈카 선생이 성추행을 저지르는 현장을 목격했네."

노기는 어색한 표정을 지으며 애원하는 눈빛으로 미카를 바라봤다. 미카가 오해라고 한마디만 해준다면 상황이 정리되겠지만, 그럴 생각은 추호도 없었다. 미카는 재빨리 시선을 돌렸다. 옆눈으로 노기의 얼굴이 일그러지는 것이 보였지만 괘념치 않았다.

요시즈미는 엄숙한 목소리로 노기에게 명령하듯 말했다.

"당장 이사장 불러와. 요시즈미 변호사가 부른다고 하면 알 테니까."

"네? 그렇지만…."

"개인적으로 전 이사장과 친분이 있네. 그 집에도 자주 갔었고, 지금의 이사장이 중학생일 때부터 같이 장기 두던 사이라고."

노기는 흔들리는 눈빛으로 가키즈카를 봤다. 몸을 웅크린 채 의자에 앉아 있는 가키즈카는 체념한 모양인지 아무 말이 없었다. 요시즈미가 뭘 우물쭈물하냐는 듯 매서운 목소리로 말했다.

"안 불러올 건가? 내가 직접 이사장실로 가?"

흠칫한 노기가 이내 허리를 곧게 펴며 답했다.

"금방 모셔 오겠습니다."

노기가 허겁지겁 나가자마자 아오시마 린타로가 모습을 드러냈다. 린타로는 미카와 눈이 마주치자 슬쩍 윙크를 날리고는 아무 일도 없었다는 듯 시치미를 떼며 사라졌다.

그제야 상황 파악이 되었다. 진료실에 물건을 두고 갔다는 건 다 거짓말이구나. 요시즈미는 추행을 저지르는 현장을 덮치기 위해 일부러 진료실에 돌아온 것이다. 린타로의 부탁을 받고.

미카는 진찰용 스툴에 앉아 있는 요시즈미를 바라봤다. 바닥에 세워둔 지팡이 위에 두 손을 올리고 허리를 꼿꼿이 편 채 상체를 뒤로 젖히고 있었다. 핑크빛 피부가 반질반질했다. 큰일을 해결한 후의 생기 넘치는 표정이었다.

요시즈미의 말에서 유추해 보면 린타로 역시 요시즈미와 안면이 있을 터였다. 린타로는 요시즈미가 이 병원에 자주 온다는 걸 알고 연락했을 것이다. 성추행 현장을 잡아 가해자를 처벌하고 싶다고 말하면 인권 변호사였던 이 노인이 적극적으로 협력할 것이라 예상했겠지.

복도에서 발소리가 들리더니 어두운 표정의 이사장이 나타났다. 요시즈미가 한 손을 들어 알은척을 한다.

"오랜만이구나, 류지."

"이런 일이 생기다니 정말…."

악몽 같은 날들이 마침내 막을 내렸다. 이토록 허무하게.

굳었던 얼굴이 스르르 풀릴 뻔했지만 미카는 정신을 다잡았다. 아직 끝난 게 아니다. 중요한 것은 이 사건이 어떻게 마무리되는가였다.

3

가키즈카는 이사장에게 엄중한 주의를 받았다. 또한 자진해서 3개월간 10퍼센트의 감봉 처분을 받았다. 가키즈카의 외래는 당분간 노기가 담당하게 되었고 미카는 수술실로의 이동이 결정되었다.

처분이 확정된 날 가키즈카는 요시즈미를 통해 미카에게 직접 사과하고 싶다는 의사를 밝혀왔다. 요시즈미의 동석 아래 자리가 마련됐다.

고급 초콜릿이 담긴 커다란 상자를 들고 병원에 있는 응접실을 찾은 가키즈카는 눈이 움푹 들어가고 뺨이 야윈 모습이었다. 깊게 고개를 숙인 후 미카의 눈을 똑바로 바라보며 사죄의 말을 전했다.

"제 무례하고 몰상식한 행동으로 고이즈미 씨에게 큰 상처를 줬습니다. 성추행에 대한 지식이 부족했고 고이즈미 씨를 포함한 간호사분들을 존중하지 않았습니다. 이 모든 것은 제 자만에서 비롯되었고 변명의 여지가 없습니다."

가키즈카는 치료에 필요한 모든 비용은 물론, 정신적 피해에 대한 위자료까지 지불하겠다고 했다.

준비한 문장을 외운 듯 부자연스럽기는 했지만, 그의 눈빛에서 무척 초췌한 상태라는 것은 알 수 있었다. 미카는 가키즈카의 사과를 받아들였고 위자료는 필요 없다고 전했다.

일련의 사건으로 병원 안에서 이런저런 소문이 돌기는 했으나 공표되는 일은 없었다. 요시즈미는 너무 가볍게 넘어가는 것 아니냐며 안타까워했지만 미카는 일을 크게 만들고 싶지 않았다. 환자들 사이의 인기에서도 알 수 있듯 가키즈카도 본성이 나쁜 사람은 아니었고 의사로서의 실력만큼은 확실했다. 오래된 가치관을 바로잡을 기회를 미처 얻지 못한 것일 수도 있다. 충분히 반성하고 태도를 바꾼다면 미카도 잊고 살 생각이었다.

그 주 주말, 동생이 위로 파티를 열어준다길래 동네 고깃집에서 가족들 네 명이 모두 모여 잔뜩 먹고 마셨다. 엄마와 동생은 가장 이상적인 형태로 마무리된 것 같다며 기뻐했다. 그러나 오빠만큼은 성에 차지 않았는지 "지금이라도 늦지 않았으니 위자료를 받아내야지. 내가 방법을 찾아볼 거야" 하고 말했다. 아무리 그래도 술김에 그 자리에서 병원에 전화한 건 좀 심했다. "위자료 얘기를 해야겠으니, 이사장 바꿔"라며 으르렁대는 오빠의 손에서 억지로 핸드폰을 뺏어 수화기 너머의 직원에게 진심으로 사과했다. 운 좋게도 전화를 받은 직원은 안면이 있는 중년 여성이었다. 미카가 부탁하기도 전에 이 전화를 받았단 사실을 누구에게도 말하지 않겠다고 약속해 주었다. 신뢰할 수 있는 사람이 전화를 받아 정말 다행이었다.

어느덧 연말이 되었다. 거리에 불빛이 켜지고 크리스마스 캐럴이 흘러나오기 시작했지만, 미카는 그런 것에 관심조차 주지 않고 일에만 전념했다. 수술실 일은 외래와 병동의 업무보다 미카의 적성에 잘 맞는 듯했다. 집도의에게 메스 등의 도구를 건네는 짧은 순간에도 눈치와 배려는 필요하다. 그러나 병동이나 외래처럼 다른 사람의 기분을 살필 필요는 없으니 편한 마음으로 열심히 일할 수 있었다.

그러던 어느 날 저녁, 미카는 큰 수술의 조수 역할을 무사히 마치고 같은 팀이었던 스기우라 아키호와 휴게실에서 잡담을 나누고 있었다. 아키호는 성추행이 시작됐을 때부터 꾸준히 미카를 챙겨준 몇 안 되는 선배였다. 그녀에게만큼은 모든 일을 숨김없이 털어놓았다.

갑자기 난폭하게 문이 열리는 소리가 났다. 그곳에는 수간호사 노기가 서 있었다.

분노에 가득 차서 가녀린 몸을 떨던 노기가 입을 열었다.

"고이즈미 씨, 이사장님 호출이야. 당신 도가 너무 지나쳤어."

"네? 무슨 말씀인지."

노기는 턱을 당겨 금테 안경을 고쳐 쓰며 미카를 노려봤다.

"가키즈카 선생님, 병원 그만둔대."

미카의 탓을 하고 싶은 모양인데 정작 당사자는 상황을 알 수 없었다. 어리둥절하고 있는 사이 아키호가 대신 질문을 던졌다.

"무슨 일이 있었나요?"

노기는 가소롭다는 듯 미카를 한번 훑어보더니 이야기를 시작했다.

어제 가키즈카 씨 자택에 봉투 하나가 도착했다. 발신인에 '성추행 피해자'라고 적혀 있는 것을 보고 깜짝 놀란 가키즈카의 아내가 남편이 돌아오기 전에 봉투를 열어봤다. 그 안에는 컴퓨터로 쓴 편지가 들어 있었다. 거기에는 가키즈카에게 성추행당한 내용이 상세하게 적혀 있었고 마지막 문장의 글귀는 이랬다.

──선생님 얼굴을 볼 때마다 그때의 기억이 절 괴롭힙니다. 당장 병원을 그만두세요. 안 그러면 선생님을 상해죄로 고소하겠습니다.

편지를 읽은 아내는 약간의 공황 증세를 보였다. 가키즈카가 성추행 소동에 관해 아내에게 일언반구도 하지 않았던 탓이다.

당장 집으로 불러온 가키즈카는 그런 소동이 있었음을 인정하면서도 이미 끝난 일이라고 아내를 설득했다. 그리고 요시즈미 변호사에게 연락하려고 했다. 왜 미카가 이제 와 이런 행동을 하는 건지 이해할 수가 없었다.

그러나 아내는 피해자를 자극하는 행동은 하지 말라며 당장 사표를 내라고 다그쳤다. 그도 그럴 것이, 요즘 큰딸의 혼담이 오가는 중이었다. 상대는 체면을 신경 쓰는 고위직 관료였다.

아내와 딸이 모두 울면서 병원을 그만두라고 간청하는 바람에 가키즈카도 따를 수밖에 없었다. 가키즈카는 실적이 좋은 인기 의사였다. 아오시마 종합병원에 꼭 남아 있어야 할 이유도 없었다.

오늘 점심시간에 가키즈카는 담담한 표정으로 이사장을 찾아가 사의를 표했다. 이사장은 최선을 다해 만류했지만 가키즈카는 이미 결심을 굳힌 모양이었다.

"너, 나한테 일 크게 만들 생각 없다고 하지 않았나? 근데 왜 그랬어?"

"저 아니라니까요."

"가키즈카 선생님의 짓궂은 장난에 불만을 표한 사람은 너 말고 한 명밖에 없어. 그 사람은 작년에 이미 그만뒀는데 이런 짓 할 사람이 너밖에 더 있어? 협박을 잘하는 것도 집안 유전인가 보지?"

"무슨 말씀이세요?"

"너희 가족이 위자료를 내놓으라고 병원에 전화했다며. 소문 다 났어."

의기양양하게 하는 말에 미카의 얼굴에서 핏기가 사라졌다.

오빠의 행동이 잘못됐다는 건 인정한다. 하지만 이렇게 억지로 그 일과 연결을 시킬 줄은 몰랐다. 더군다나 노기가 대체 어떻게 오빠가 전화했던 사실을 알고 있단 말인가. 전화를 받았던 직원은 분명 아무에게도 말하지 않겠다고 굳게 약속했는데….

바로 다음 순간, 갑자기 떠오른 일이 있었다. 오빠가 그런 섣부른 실수를 했다는 이야기를 털어놓았던 사람. 이 사실을 아는 사람이 병원에 딱 한 명 더 있었다. 미카는 옆에 앉아 있는 아키호에게 시선을 돌렸다.

"아키호 씨, 혹시…."

"왜? 뭐가?"

아키호는 부자연스러울 정도로 미카의 시선을 피했다. 자신이 여기저기 소문내며 떠벌리고 다녔음을 인정하는 꼴이었다.

격한 분노가 끓어올랐다. 늘 곁에서 친절하게 이야기를 들어주길래 믿고 털어놨는데. 이런 식으로 뒤통수를 칠 줄은 상상도 못 했다. 어쩌면 문제의 편지를 보낸 사람도 아키호가 아닐까. 그녀 역시 예전에 가키즈카에게 성추행을 당한 적이 있다고 했다.

여기까지 생각이 미치자 섬뜩했다. 서글픔과 후회가 가슴에 요동쳤다. 숨쉬기 버거울 정도였다.

미카는 자리에서 일어났다. 1초라도 빨리 이 공간에서 벗어나고 싶었다. 노기가 여전히 뭐라고 떠들어댔지만, 귀에 들어오지 않았다.

미카는 그날로 사표를 제출했다.

이사장에게는 오빠의 결례를 사과한 뒤 협박장을 보낸 건 자기가 아니라고 호소했다. 그는 "증거도 없잖아. 딱히 자네를 비난할 생각도 없고"라고 말했으나 '그냥 그만두지?' 하고 종용하는 듯한 눈빛을 보내왔다. 이사장을 설득할 의지조차 생기지 않아, 이제 끝이라는 마음으로 이사장실을 나와 그길로 간호부장에게 향했다.

직원용 출입구를 빠져나오는 순간, 마치 이 타이밍을 기다리고 있었다는 듯 미카의 핸드폰이 울리기 시작했다. 액정 화면에는 모르는 번호가 찍혀 있었다. 평소 모르는 사람에게서 걸려온 전화는 받지 않는 편이지만, 관계자일지도 모른다는 생각에 통화 버튼을 눌렀다.

"전화받아서 다행이네. 아오시마 린타로예요. 병원을 그만둔다고?"

신경 쓰지 말라고 말하려는데 린타로는 그럴 틈조차 주지 않았다.

"전에 말했던 역 앞 카페 있지. 바나나 케이크가 맛있는 곳. 거기서 좀 만납시다."

거절할 생각이었으나 린타로는 기다리겠다는 말만 남기고 전화를 끊어버렸다.

오랜만에 방문한 카페는 예상보다 붐볐다. 이제 더 이상 숨은 맛집이라 할 수는 없을 듯했다. 거의 모든 손님이 바나나 시폰케이크를 먹고 있었다.

린타로는 이미 자리에 앉아 있었다. 그럴 거라고 대충 예상은 했지만 오늘도 역시 반바지 차림이었다. 린타로를 제외한 손님은 모두 여성이었는데 위축된 기색도 없이 느긋하게 음료를 마시고 있었다. 미카와 눈이 마주치자 부드럽게 웃으며 왼손을 들었다.

미카가 주문한 바나나 케이크와 홍차가 나오자 린타로가 입을 열었다.

"갑자기 불러내서 미안. 그래도 사표가 정식으로 수리되기 전에 말하는 게 낫겠다 싶어서."

린타로는 협박장을 보낸 사람은 따로 있다고 류지에게 말해주겠다고 했다.

"네? 저를 믿어주시는 건가요?"

"나도 당신을 다 알지는 못하지. 하지만 적어도 도움을 준 요시즈미 선생님 얼굴에 먹칠할 사람이 아니라는 것 정도는 알겠어. 요시즈미 선생님도 그렇게 말씀하셨고. 만약 지금이라도 사표 낸 걸 철회하고 싶으면 힘을 모아주시겠대."

린타로는 딸기무늬 냅킨으로 입가를 닦으며 말했다.

"편지를 보낸 사람은 가키즈카 선생님한테 내려진 처분이 너무 가볍다고 생각한 다른 피해자일 거야. 원래 크게 신경 안 쓰는 척하는 사람일수록 깊은 상처를 안고 있는 경우가 많으니까."

미카는 깜짝 놀랐다. 본인도 완전히 똑같은 생각을 하고 있었기 때문이다.

포크로 케이크를 떠서 입에 넣었다. 진한 바나나 향과 과당의 부드러운 맛이 입안 가득 퍼졌다. 역시 이곳의 케이크는 최고다.

편지를 보낸 사람은 아키호일 거라고 추측했다. 그러나 누가 됐든, 비난하고 싶진 않았다. 그 사람도 결국 성추행 피해자일 테니까. 미카보다 더 민감한 성격일 수도, 미카보다 더 큰 상처를 받았을 수도 있다. 만약 그렇다면 가키즈카에 대한 미카의 대응이 지나치게 미온적이라고 느꼈을 테고, 용서할 수 없는 마음이 들 법도 했다.

"아무리 그래도 당신이 누명을 쓸 필요는 없지 않나?"

"그 말이 맞을지도 모르죠. 그렇지만 이제 아무래도 상관없어요. 솔직히 말하면 지치기도 했고요."

설령 실제로 보낸 사람이 밝혀진다고 해도 이 모든 소동은 미카가 요통을 이유로 부서 이동을 요청하면서 시작된 것이다. 상사나 동료들이 앞으로 그 일을 말끔히 잊어줄 거라고는 기대하지 않는다. 트러블메이커 소리를 듣고 얽히면 피곤한 사람 취급이나 당하며 계속 다니느니 차라리 심기일전해서 새 직장에 들어가 깔끔하게 다시 시작하는 편이 낫겠지.

미카는 미소를 지었다.

"그래서 사표는 철회하지 않을 생각이에요. 그래도 신경 써주셔서 감사합니다."

"음, 알겠어."

린타로는 마지막 바나나 케이크 조각을 입에 쏙 넣었다. 황홀한 표정으로 삼킨 후 홍차로 입안을 적셨다. 컵 받침 위로 컵을 돌려놓으며 린타로가 말했다.

"그럼, 나랑 같이 일해보는 건?"

뜻밖의 제안에 당황했다. 어디서부터 물어봐야 할지 망설이고 있는데 린타로가 설명을 시작했다.

병동 북쪽에 잡목림이 펼쳐진 곳이 있다. 거기에 오래된 단층집이 있는데 이 병원의 창업자인 작은할아버지 아오시마 노보루가 제2차 세계대전이 끝나고 얼마 되지 않은 시기에 세운 진료소였다고 한다. 몇십 년 동안 방치되어 지금은 폐가에 가까운 모습이지만 그곳을 수리해 내년 봄부터 사설 의원을 운영할 거란다.

"대학병원에서 일하시는 거 아니셨어요?"

"진작에 그만뒀어. 아니, 사실 새해부터 아오시마 종합병원 내과에서 일할 예정이긴 했는데 류지랑 영 의견이 안 맞아서. 어쩔수 없이 그냥 나는 나대로 하고 싶은 일을 하기로 했지."

종합내과라는 간판을 단 의원이긴 하지만 실제로는 의료에 특화된 상담실에 가깝다고 린타로가 말했다.

"류지는 케케묵은 시시한 아이디어라면서 돈도 안 될 거라지만, 내 생각은 다르거든. 의미도, 찾는 사람도 분명 있을 거야."

환자는 의사에게 묻고 싶은 것이 무척 많은 법이다. 자신의 증상이나 검사 결과를 해석하는 법 등 궁금한 것이 산더미다. 그러나 지금의 의료 현장에서는 쉽지 않다. 좌우지간 시간이 부족하기 때문이다. 예전에 근무했던 대학병원은 악명 높은 '3분 진료'가 만연했고, 아오시마 종합병원의 사정도 별반 다르지 않았다. 차분하게 상담받을 수 있는 장소는 오늘날의 의료 현장에 꼭 필요한 존재였다.

"검사를 하고, 병명을 알려주고, 약을 처방하거나 수술을 권하는 것도 꼭 필요한 일이지만 그것만으로는 부족해."

린타로는 병이 아닌, 사람과 제대로 마주하고 싶다고 덧붙였다.

"환자분 중에는 고지식한 가치관 때문에 고생하는 사람도 있고, 남들 눈에는 우스워 보일 정도로 건강염려증이 심한 사람도 있지. 가족들이 환자를 어떻게 대해야 할지 몰라 고민하는 경우도 많고. 원인은 제각각이지만 진심이라는 건 모두 똑같아. 그런 사람들과 제대로 마주하며 대화를 나누다 보면 새롭게 보이는 것들이 많지. 그런 것들이 차곡차곡 쌓이면 의사로서의 재산이 될 거라 믿어. 간호사도 마찬가지일 테고. 분명 좋은 거름이 될 거야. 연봉은 지금보다 좀 낮아질지 모르지만…."

린타로가 열정적으로 말을 이어갔다.

미카의 가슴속에 온기가 피어났다. 지금껏 그런 식으로 생각한 적은 없었다. 그러나 그것이 무척 중요하다는 사실만큼은 알 수 있었다.

외래에서 일한 기간은 무척 짧았지만, 그사이에도 설명이 부족해 불안한 얼굴로 진료실을 나서는 환자와 가족을 여럿 보았다.

게다가 린타로와 함께라면 왠지 즐거울 것도 같았다. 스타일은 조금 특이했지만 말과 행동은 더할 나위 없이 건실해 보였다. 눈앞에 새로운 세계가 펼쳐질 듯한 예감이 밀려왔다.

다만, 불안한 마음도 있었다.

"제가 환자들을 상대해야 하는 건가요?"

"그렇지. 하지만 특별히 어려운 일은 없을 거야. 당신이 착실하고 배려심 있는 사람인 건 충분히 알았으니 그냥 자유롭게 일해봐. 환자들에게도, 나에게도 솔직하게 말해줬으면 좋겠어. 꾸밈없는 본인의 언어로."

착실하고 배려심 있다는 평가를 들은 건 처음이었다. 쑥스러움을 감추며 장난스럽게 받아쳤다.

"자유롭게요? 그럼 화장이나 옷도 마음대로 해도 되나요?"

"물론이지."

린타로는 테이블 아래로 자기 무릎 언저리를 두드리며 말했다.

"나도 지금 이 스타일 그대로 가운만 걸칠 생각이거든."

대체 왜 저렇게까지 반바지에 집착하는 거지? 알 수 없는 사람이다. 그렇지만 바로 그런 점이 마음에 들기도 해서 미카는 고개를 끄덕였다. 그러면서 생각했다. 오렌지색 유니폼을 입으면 어떨까. 제일 좋아하는 색이다. 어릴 때 동경한 구조대의 제복과 비슷한 색의 산호복을 만들어봐도 좋을 것 같다. 튀는 옷 색깔 덕에 기분 전환을 할 수 있으면 더 좋고.

×××

생각해 보면 그리 오래되지도 않았는데 마치 아주 옛날 일처럼 느껴진다. 린타로와 함께 일하는 동안 미카 역시 변한 것 같다. 아니, 본래의 모습으로 돌아왔다고 해야 하나. 일련의 사건으로 이런저런 말을 듣는 바람에 자신감을 완전히 잃을 뻔했으나 원래 미카는 자유분방한 사람이었다. 종합내과 일에 보람도 느꼈다. 세상에는 단추를 살짝 잘못 끼우거나 인간관계에서 갈등이 생겨 괴로워하는 사람이 아주 많다. 예전에 미카 자신이 그랬듯이. 그런 이들에게 도움이 될 수 있다면 그보다 기쁜 일은 없을 것이다.

작업을 마친 린타로는 갖은 고생을 하며 벗겨낸 테이프를 쓰레기봉투에 쑤셔 넣고 있었다. 서툰 손짓으로 봉투를 묶더니 깊은 한숨을 쉬었다.

"고생 많으셨어요."

미카의 말에 린타로가 머리에 두른 수건을 풀며 고개를 끄덕였다. 그러고는 콧등에 맺힌 땀을 닦으며 답했다.

"내일도 잘 부탁해."

"물론이죠. 환자가 오면 행운이고, 혹시 안 오면 수리를 하면 되니까요."

"바로 그거야."

린타로는 밝게 말하며 뺨을 문질렀다. 하얀색 페인트가 손끝에 묻어 있었던 걸까. 린타로의 뺨에 고양이 수염 같은 세 줄의 선이 생겨났다.

XXXXXXXXXXXX

이상적인
파트너

1

이시다 하나가 약혼자 마쓰노 겐토와 함께 아와카모가와역 플랫폼에 내린 것은 오후 2시쯤이었다. 도쿄역을 출발한 지 약 두 시간이 지난 시점이었다.

"특급을 탔는데도 생각보다 오래 걸렸네."

하나가 개찰구 쪽으로 걸어가며 말하자 겐토는 씁쓸하게 웃었다.

"소부 쾌속선에서 소토보선으로 갈아타면 지금보다 40분은 더 걸려. 차로 가도 특급이랑 비슷하고."

"그렇구나."

겐토의 본가까지 접근성이 별로 좋지 않은 건 어쩌면 행운일지도 모른다. 하나의 고교 시절 친구 한 명은 손자 얼굴이 보고 싶다며 시어머니가 주말마다 집에 오려 한다고 투덜거렸다. 그에 비해 교통편이 불편할 뿐, 거리 자체는 그리 멀지 않다는 것도 마음에 들었다. 무슨 일이 생겼을 때 곧바로 달려갈 수 있다는 건 든든한 일이었다.

마침내 도착이구나, 생각하며 나란히 걷고 있는 겐토의 얼굴을 바라봤다.

오늘 겐토는 니트 소재의 남색 재킷과 깅엄체크 셔츠에 밝은 베이지색 팬츠를 받쳐 입고 하얀 스니커즈를 신었다. 캐주얼한 스타일이었지만 적당한 세련미와 약간의 화려함이 느껴지는 멋진 복장이었다.

하나는 새로 맞춘 셔츠 원피스의 옷깃을 다듬었다. 청초한 느낌을 주고 싶었는데 겐토의 가족들 눈에 너무 수수해 보이진 않을까 걱정이었다. 겐토의 본가는 전쟁 전 보소반도(도쿄만과 태평양에 접한 반도로, 지바현 대부분을 차지한다—옮긴이) 남부 굴지의 선주였다는데, 지금도 큰 규모의 수산물 가공 회사를 운영하고 있다.

개찰구를 나오자 남의 시선 따위는 신경 쓰지 않는 듯한 편안한 모습의 남자가 하나와 겐토를 향해 손을 흔들고 있었다. 목이 늘어난 티셔츠를 입고 목덜미에 수건을 둘렀다. 남자는 얼굴을 다 무너뜨리며 활짝 웃었다.

"우리 형, 유지야."

사장이라길래 적당히 무게 잡는 시골 신사를 상상했는데, 전혀 젠체하지 않는 정반대의 타입인 것 같아 하나는 오히려 안심했다.

미래의 아주버니는 수건으로 이마의 땀을 닦으며 자못 긴장한 모습으로 하나를 향해 인사했다. 하나도 다급히 고개를 숙였다.

"처음 뵙겠습니다. 이시다 하나라고 합니다."

유지는 손가락으로 코밑을 문지르며 쑥스럽다는 듯이 웃었다.

"멀리서 오시느라 고생하셨겠네. 누나랑 아내가 음식 해놓고 기다리고 있으니까 얼른 가자."

겐토는 변리사다. 간단히 말하면 특허 신청 절차와 관련된 일을 하는 거라고 했다. 지인과 함께 운영하는 도쿄 시내의 국제특허사무소가 꽤 잘 굴러가는 모양이라 연봉이 1500만 엔을 넘었다. 그가 3년 전 구매한 워터프런트 타워 맨션은 넓은 거실의 커다란 통창으로 야경이 내려다보이는 방 세 개짜리 구조였다. 부모님은 이미 세상을 떠나셨고, 둘째 아들이자 막내라 가업을 책임져야 할 가능성도 매우 낮았다. 거기다 외모도 호감형이었다.

첫 만남은 작년 여름. 하나가 2년 정도 동거하던 프렌치 레스토랑 셰프와 헤어진 직후였다. 연봉도 시원찮고 미래도 보이지 않아 이별을 결심했다. 이후 친구의 제안으로 몇 번인가 참가했던 커플 매칭 파티에서 겐토가 먼저 말을 걸어왔다. 자기소개가 적힌 종이를 쓱 훑어보다 깜짝 놀랐다. 구혼 시장에서 최우수 레벨로 꼽히는 귀한 남자였다. 자신에게는 어울리지 않는 과분한 사람이라고 생각했는데 겐토는 이런저런 질문을 던져왔다. 좀 그럴듯하게 꾸며서 말해볼까 하는 마음도 들었지만, 어차피 들킬 거짓말은 하지 말자는 생각에 대부분 솔직하게 답했다.

하나는 전문대를 졸업한 후 중견 주택 브랜드에 입사했으나 전시장에서 고객을 접대하는 일이 적성에 맞지 않아 반년 만에 그만두었다. 그 후 2년 동안은 아르바이트로 생계를 꾸렸다. 지금은 액세서리를 제작하고 판매하는 작은 회사의 사무원으로 일하며 혼자 살고 있다.

이렇다 할 취미도, 특기도 없었다. 그래서 다소 뜬금없는 말인 줄 알면서도 자기소개용 프로필에 '건강만큼은 자신 있습니다'라고 썼다. 본가는 아버지의 월급으로 생계를 이어가는 지극히 전형적인 중산층 가정이었다. 셰프와의 동거 사실은 묻어두었다.

며칠 뒤 파티를 주최한 업체로부터 겐토가 따로 만나고 싶어한다는 연락을 받았다. 세 번째 데이트에서 결혼을 전제로 사귀고 싶다는 말을 들었다. 어떤 부분이 마음에 들어 이런 결심을 하게 됐냐고 묻자, 잠시 생각하던 겐토는 "평범해서"라고 답했다. 함께 있으면 안심이 된단다. 그렇구나. 그런 것도 결혼의 기준이 될 수 있겠다는 생각에 겐토의 제안을 받아들였다.

그렇게 연애를 시작한 후 알게 된 겐토는 온화한 성격의 소유자였다. 또한 건실했다. 다소 냉정한 면이 있다는 게 옥에 티이긴 했으나 하나는 겐토가 마음에 들었다. 솔직히 말해 이전에 동거하던 상대에게 품었던 연애 감정 같은 것은 없었지만, 같이 있을 때 안도감이 들었기 때문이다.

교제한 지 반년이 조금 넘었을 때 마침내 겐토에게 프러포즈를 받았다. 하나는 망설임 없이 청혼을 받아들였다.

자신이 이렇게 큰 행운을 잡았다는 사실이 믿기지 않았다. 겐토는 전업주부로 살고 싶어 했던 하나의 꿈을 이뤄주었다. 그것 만으로도 충분히 기쁜 일이었으나, 사실 하나에게는 꿈이 하나 더 있었다. 그렇게 되면 얼마나 좋을까 싶은, 흐릿한 꿈이었지만 겐토의 경제력이라면 불가능한 꿈도 아니었다.

세 사람을 태운 회사 소유의 차가 어느새 주택가에 들어섰다. 조수석에 앉은 겐토가 뒤를 돌아보며 말했다.

"다 왔어."

겐토가 가리키는 곳에는 위풍당당한 분위기의 일본식 저택이 있었다. 검은색 기와지붕이 자못 엄숙한 인상을 풍겼다. 대문에 서 현관까지의 거리가 10미터는 족히 되어 보였다. 대문 안쪽에 는 옛날식 곳간까지 있었다.

형님인 유지의 차림새와 태도를 보고 생각보다 서민적인 집인 가 하고 대수롭지 않게 여겼는데 역시나 제법 알려진 유력가의 집다웠다. 어쩌면 다른 식구들은 유지만큼 털털하지 않을지도 모르겠다. 하나는 다시 긴장하기 시작했다.

자동차 소리를 들었는지 한 여성이 현관문을 열고 나왔다. 인 사를 하려던 하나는 흠칫 놀라고 말았다. 그녀가 상당한 거구였 기 때문이다.

잔 꽃무늬 튜닉의 소매 밖으로 평균 체형 여성의 허벅지쯤 되 어 보이는 팔뚝이 툭 튀어나와 있었다. 배구공 크기의 가슴과 쌀 자루 같은 배가 보기만 해도 무거웠다. 뺨은 마치 공기를 넣은 듯 빵빵하게 살이 차올라 있었다.

초면인 사람을 뚫어져라 쳐다보는 건 실례인 줄 알면서도 도저히 눈을 뗄 수가 없었다.

체형과 달리 그녀의 발걸음은 경쾌했다. 성격은 명랑해 보였다. 크게 입을 벌려 웃으며 차 안에 있는 하나에게 양손을 열심히 흔들었다.

남의 외모에 대해 이러쿵저러쿵 말하는 게 무례하다는 사실은 잘 알았다. 하나도 어릴 때 지나치게 마른 체형과 길쭉한 팔다리를 조롱하는 사람들 때문에 불쾌했던 적이 한두 번이 아니었다.

하지만 아무리 그래도 저 몸은….

그녀에게 인사하며 무릎 위의 손을 꽉 쥐었다.

저 사람이 유지의 아내인 걸까. 하나는 제발 그랬으면 좋겠다고 기도했다.

겐토는 어처구니없다는 말투로 말했다.

"못 본 새 몸이 더 커졌나 봐?"

유지가 핸드 브레이크를 쭉 당겼다.

"누나는 평생 성장기네."

그다음 주말에는 겐토가 도쿄에 있는 하나의 부모님 댁으로 인사를 드리러 갔다. 겐토를 만나기 전까지는 내심 불안해했던 부모님도 그의 차분한 언행에 안심한 것 같았다. 결혼식도, 피로연도 하지 않을 거라는 말에는 다소 불만스러운 기색을 보였지만 요즘은 그렇게 하는 사람도 많긴 하더라, 하며 결국에는 받아들였다.

신접살림을 겐토의 멘션에 차릴 예정이라 가전제품과 가구 등을 하나씩 새로 들이고 있다. 요코하마의 호텔에서 일가친척들만 모시고 식사를 한 후 길일을 잡아 혼인신고와 이사를 하는 것으로 일정을 정했다.

얼마 후 주문해 둔 반지가 완성되었다. 행복의 절정이어야 할 시기였으나 하나는 어딘가 기분이 무거웠다.

혹시 겐토의 집안사람들은 비만이 되기 쉬운 체질인 걸까. 만약 그렇다면 겐토와 결혼해서 딸을 낳았을 때 그 체질이 대물림될 수도 있다. 살찌기 쉬운 유전자를 물려받는다면 하나가 간직해 온 또 다른 꿈은 물거품이 될 터였다.

멋진 사람과 결혼해서 바라던 대로 전업주부의 삶을 살게 됐다. 이것만으로도 과분한 행복이잖아.

이렇게 자신을 타일러 봐도 답답한 기분은 좀처럼 나아지지 않았다.

누군가에게 털어놓고 싶은 마음에 어느 금요일 밤, 고등학교 때부터 친구인 쇼지 나쓰코에게 전화를 걸었다. 5년 전에 결혼한 그녀는 이제 한 아이의 엄마였다.

"지금 통화 괜찮아?"

"나이스 타이밍. 지금 막 아이가 잠들었거든. 남편은 한 시간 뒤에나 올 테고."

혼인신고 날짜가 정해졌음을 알리자 나쓰코는 자기 일처럼 기뻐해 주었다.

"축하해. 결혼식이나 피로연은?"

"나나 그 사람이나 화려한 걸 별로 안 좋아해서 결혼식도, 피로연도 다 안 하기로 했어."

"그랬구나. 너답긴 하다."

"응…."

하나의 목소리가 어두워진 것을 눈치챘는지 나쓰코가 무슨 일이 있느냐고 물었다.

"예전에 말한 적 있잖아. 결혼해서 딸을 낳으면 발레리나로 키우고 싶다고."

"그 얘기 자주 했지. 할머니가 발레리나셨다고 했나? 하나 너도 다치지만 않았으면 발레리나가 됐을 거라며."

할머니는 프리마돈나까진 아니었으나 프로로서 무대에 서는 발레리나였다. 할머니의 응원을 받으며 어릴 때부터 발레를 했던 하나 역시 중학교 2학년 때 다리를 크게 다치기 전까지는 국내 유수의 발레 학교 특기생이었다.

"그 꿈 말이야… 어쩌면 포기해야 할지도 모르겠어."

한동안 말이 없던 나쓰코가 조심스러운 목소리로 물었다.

"아이를 낳기 어려울 수도 있다는 말이야?"

"그게 아니라 겐토의 누나를 만났는데, 그 누나가… 엄청 뚱뚱하더라고. 그 집안 체질이 그런 걸지도 몰라."

발레의 인기가 높은 러시아에서는 아이에게 영재 교육을 시킬지 말지 결정할 때 엄마는 물론, 할머니의 체형까지 확인한다는 이야기를 들은 적이 있다. 겐토의 누나 기미코는 장래에 태어날 아이에게 고모가 된다. 엄마나 할머니만큼 직접적인 혈연은 아니지만, 영향이 없을 거라 장담할 수는 없었다. 겐토의 누나는 겉과 속이 다르지 않은 서글서글한 성격 같았다. 시누이로서는 이상적인 사람이다. 스스로 몇 번이나 그렇게 되뇌었지만, 솔직히 꺼림칙한 기분은 사라지지 않았다.

하나의 이야기를 들은 나쓰코는 당황스럽다는 듯 말했다.

"할머니 세대까지 신경을 쓴다니, 무슨 경주마도 아니고. 왠지 좀 그렇다."

너무 무례한 표현이라고 생각했다. 그래서 반박하려는데 나쓰코가 먼저 말을 이었다.

"너도 걱정이 너무 과한 거 같아. 겐토 씨는 날씬하잖아."

"응. 잘 먹는 편인데도 몸은 말랐지."

"다른 가족들은 어떤데?"

"형님은 보통 체형이었어. 사진으로 보기엔 부모님도 다 날씬한 편 같았고."

"그럼, 어쩌다 누나 한 명만 뚱뚱한 것뿐이잖아."

별거 아니라는 말투에 짜증이 확 솟구쳤다.

"발레리나가 되려면 어릴 때부터 발레만을 위해 살아야 해. 공부며 친구며 다 포기하고 발레에만 매달려도 살이 찌면 그걸로

끝이라고. 살이 잘 붙는 체질이라면 발레 같은 거 시키고 싶지
않아."

"체형이 무슨 상관이야. 본인이 좋아하면 그냥 시키는 거지. 꼭
발레리나가 되기 위해 발레를 해야 하는 건 아니잖아."

나쓰코는 아무것도 모른다.

"그런 문제가 아니라고!"

나쓰코는 몇 초 동안 아무 말이 없다가 하나에게 물었다.

"너 설마 그것 때문에 결혼을 다시 생각한다든가 그런 건 아니
지? 만약 그렇다면 말도 안 되는 생각이야. 태어나지도 않은 딸
의 체형이 걱정돼서 이상적인 결혼을 포기하다니."

"나도 머리로는 그렇다는 거 알아. 근데 도저히 이 찝찝함이
사라지질 않는다고."

나쓰코는 한숨을 쉬너니 "메리지 블루 아니야?" 하고 말했다.

"그렇게 걱정되면 차라리 겐토 씨한테 비만 유전자가 있는지
검사 한번 받아보라고 해. 나도 잘은 모르지만 잡지 특집 기사에
서 보니까 그런 게 있다더라."

유전자 검사를 통해 비만 체질 여부를 알 수 있을 거라고 나쓰
코가 말했다. 금액대는 몇천 엔부터 몇만 엔까지 다양하며 검사
기관에 따라서는 우편으로 검체를 보내면 결과 역시 우편으로
받을 수도 있단다.

"겐토 씨가 비만 체질이 아니란 게 검사로 증명되면 안심할 수
있을 거 아냐."

"반대의 결과가 나오면?"

"서른 중반까지 날씬하게 산 사람이 비만 체질일 리 있겠어?"

설령 그렇다 하더라도 실행에 옮기기는 쉽지 않을 것이다. 비만 유전자가 있는지 확인하고 싶으니 검사를 받아달라고 하면 겐토가 기분 나빠하진 않을까 걱정도 된다.

"그거야 괜찮은 방법을 잘 찾아봐야지. 결혼 후 식단에 참고하고 싶으니 같이 받아보자고 권하든가."

말이 좋아 괜찮은 방법이지 그럴싸하게 포장한 거짓말일 뿐이다. 그 점이 살짝 마음에 걸리기는 하지만 그런 이유라면 겐토가 승낙해 줄 것도 같았다.

그때 나쓰코가 깜짝 놀란 목소리로 말했다.

"어머, 벌써 시간이 이렇게 됐네! 이제 슬슬 남편 식사 준비해야겠다."

이야기를 들어줘서 고맙다는 말을 남기고 하나는 전화를 끊었다.

2

토요일 아침, 하나는 미용실 예약을 취소하고 본가 근처에 있는 아오시마 종합병원을 찾았다. 전날 밤 엄마가 이 병원의 종합내과에서 의료 관련 상담을 해준다고 전화로 알려줬기 때문이다.

엄마가 다니는 테니스 스쿨의 강사가, 거기 의사가 훌륭하다고 칭찬을 많이 했단다.

비급여 진료라 가격이 좀 비싸지만, 초진 비용만큼은 무척 저렴하다길래 가보기로 했다. 엄마에게 듣기로는 종합내과는 병원 부지 안쪽의 잡목림 깊은 곳에 있단다. 병원의 정식 시설이 아니기 때문에 병원 접수처에 위치를 물어봐도 잘 알려주지 않는다고. 어딘가 수상한 느낌이 들긴 했으나 고민을 해결할 다른 방법이 마땅히 생각나지 않았다.

나쓰코와 통화한 후 인터넷에 검색해 보니 비만 유전자 검사 서비스를 제공하는 업체를 쉽게 찾을 수 있었다. 신청만 하면 검사 키트를 우편으로 보내준다고 한다. 키트에 들어 있는 도구로 입안의 점막을 채취해서 반송하면, 한 달 후쯤 결과를 우편으로 보내주는 시스템이다. 가격도 3000엔 남짓이라 별로 부담이 없어 하니는 곧바로 두 사람 몫의 키트를 주문했다.

그런데 주문한 직후, 검사에 관한 후기 사이트를 발견했다. 사람들이 말하길 비만 유전자 검사는 점을 보는 것과 그리 다르지 않은 수준이란다. 진짜 궁금한 점은 하나도 해소되지 않았다고 분개하는 사람도 있었다.

겨우 그 정도 수준이라면 굳이 겐토에게 거짓말까지 해서 받게 할 필요가 있나 싶었다. 그런 검사 결과에 일희일비하는 건 너무 우습지 않은가.

한편 후기 중에는 '내 체질을 알게 돼서 큰 도움이 됐다'라는 글도 여럿 있었다. 비만에도 다양한 종류가 있고, 종류에 따라 다이어트 방법도 달라진다고 한다. 흥미롭기는 했지만 하나가 알고 싶은 것은 오직 한 가지, 겐토에게 비만 유전자가 있느냐 없느냐, 그 여부뿐이다. 과연 이 검사로 그 결과를 알 수 있을까. 전문가의 의견을 듣고 싶었다.

아오시마 종합병원을 방문한 것은 이번이 처음이었다.

집을 나설 때부터 하늘빛이 어둡더니 결국 가랑비가 내리기 시작했다. 하나는 병원 정문을 들어서자마자 보이는 시설 안내도를 핸드폰 카메라로 찍은 다음, 부지 안을 탐색했다.

우선 잡목림 속 산책로를 따라 걸어가 보기로 했다. 우산을 쓰고 어두침침한 수풀 속을 혼자 걷는 기분은 썩 좋지 않았다. 뱀이라도 튀어나오면 비명을 지를 것만 같았다.

산책로를 한 바퀴 다 돌았는데도 찾고 있는 건물이 보이지 않았다. 산책로 입구로 다시 돌아와 주변을 둘러봤다. 그러다 담벼락을 따라 나 있는 좁은 자갈길을 발견했다. 아까는 미처 보지 못했는데 발밑에 작은 안내 표시가 있었다. 가까이 가서 보니 종합내과라는 글자와 함께 화살표가 그려져 있다. 하나는 우산을 고쳐 들고 발걸음을 재촉했다.

자갈길을 따라 걷다 보니 남루하다는 표현이 딱 어울리는 단층집 하나가 눈에 들어왔다. 설마 저 건물이 내가 찾던 곳이라고? 반신반의하며 다가가자 입구에 '종합내과'라고 적힌 간판이 보였다. 창문 사이로 불빛이 새어 나오는 걸 보니 진료 접수를 받긴 하는 모양이다.

하나는 현관의 문턱으로 올라가는 낮은 계단 앞에 잠시 멈춰 섰다. 어느 정도 각오는 했지만 이 정도로 수상쩍은 곳일 줄은 몰랐다. 그런데도 그냥 돌아가야겠다는 생각은 들지 않았다. 겐토에게 검사를 받게 할지 말지, 혼자 고민하며 망설이는 것도 이제 지겨웠다.

마음을 굳게 먹고 계단을 올라 문을 두드리자 예상외로 기운 찬 목소리가 들렸다.

"어서 오세요!"

조심조심 문을 열었다.

바로 눈앞에 대기실이 있었디. 겉모습과 마찬가지로 건물 안역시 허름했다. 벤치는 여기저기 고쳐 덧댄 흔적이 있고 마룻바닥도 들뜨거나 벗겨진 곳이 많았다.

접수대 안쪽에 오렌지색 간호복을 입은 작은 체구의 여성이 서 있다. 얼굴이 작아서 그런지 눈과 코가 괜스레 더 뚜렷해 보였다.

의료 상담을 받고 싶다고 했더니 마치 노래를 부르듯 "네에" 하고 답한 여성이 문진표를 가지고 왔다.

"앉아서 작성해 주세요"라고 하길래 낡은 벤치에 살짝 걸터앉아, 바인더에 끼워진 종이에 글자를 적어 내려가기 시작했다.

상담 내용란에는 비만 유전자 검사의 신빙성에 대해 알고 싶다고 적었다. 발레리나 이야기는 설명하기도 번거롭고 자의식과잉으로 보일 것 같아 쓰지 않았다.

작성이 끝나자 여성이 진료실 문을 열어주었다. 안으로 들어가니 흰색 가운을 입은 부드러운 인상의 남자가 사람 좋아 보이는 미소를 지었다.

"아오시마 린타로라고 합니다. 앉으세요."

나이는 40대 중반 정도려나. 웃는 모양을 따라 생기는 눈가 주름이 고상해 보였다. 건물은 낡고, 간호사인지 원무과 사람인지 알 수 없는 직원은 남다른 색의 옷을 입고 있었지만 그나마 의사는 멀쩡해 보여서 다행이었다. 하나는 "잘 부탁드립니다"라고 고개를 숙여 인사하다가 깜짝 놀라고 말았다. 의사가 베이지색 반바지를 입고 있었기 때문이다.

하나가 당황하고 있는 사이 아오시마는 오렌지색 옷을 입은 여성에게 말했다.

"미카짱, 문 좀 닫아줘."

제대로 된 의사 같다는 판단은 아무래도 섣부른 짐작이었던 모양이다. 의사가 환자 앞에서 간호사를 저렇게 부르다니, 흔치 않은 일이다.

그렇지만 미용실 예약까지 취소하고 온 곳이었다. 게다가 두 사람의 인상은 그리 나쁘지 않았다. 저렇게 기이한 복장도 뭔가 이유가 있을지 모른다. 이를테면 환자들에게 더 친숙하게 다가

가기 위해서라든지…. 일단 대화를 좀 해봐야겠다. 결심을 굳힌 하나가 스툴에 앉았다. 아오시마는 문진표를 눈으로 훑더니 온화한 말투로 입을 열었다.

"유전자 검사라, 그러시군요. 일단 기본적인 내용부터 말씀드리죠."

아오시마는 유전자 검사를 크게 두 종류로 나눌 수 있다고 했다.

"하나는 병원에서 진행하는 검사. 또 하나는 시판 키트를 사용한 검사입니다. 혼동하기 쉬운데 이 두 가지는 엄연히 달라요."

병원의 검사는 질병을 진단하거나 약효의 여부, 질병의 유전 가능성 등을 확인하기 위해 이뤄지는 의료 행위다. 반면 시판 키트 검사는 특정 질병에 걸리기 쉬운 체질인지 아닌지를 알아보는 목적으로 쓰인다. 위험 요소를 예측해 예방을 돕는 것이 목적이며, 의료 행위에는 포함되지 않는다. 기업뿐 아니라 의원 등에서도 이 검사를 진행하는 곳이 있다고 린타로가 설명했다.

"비만 유전자 검사는 여기서 후자, 즉 시판 검사에 해당하죠."

하나는 고개를 끄덕였다. 이왕이면 공적인 의료기관에서 비만 유전자 검사를 받고 싶어 검색해 봤으나 찾지 못했다. 바로 그런 이유에서였구나.

"그럼 이제 비만 유전자가 어떤 것인지 설명해 드릴게요."

비만 유전자는 에너지 대사와 관련된 유전자라고 했다. 아오시마는 데스크 위에 놓인 메모장을 펴서 '$\beta 3AR$'이라고 적었다.

"예컨대 이 유전자에 변이가 있으면 체내에서 중성지방이 잘

분해되지 않아요. 기초대사량이 낮죠. 에너지 절약형 유전자를 가지고 있다고도 말할 수 있습니다."

아주 옛날, 인류가 굶주림에 노출되는 일이 많았던 시절에는 이런 에너지 절약형 체질이 생존에 유리했다. 하지만 지금은 포식의 시대. 이 유전자에 변이가 생기면 비만이 되기 쉽다.

"일본인의 경우 세 명 중 한 명에게 이런 변이가 일어납니다."

"꽤 확률이 높네요."

아오시마는 고개를 끄덕였고, 이번에는 메모장에 'UCP1'이라는 글자를 썼다.

"이 유전자에 변이가 있는 사람은 에너지를 태우는 지방 세포의 움직임이 약합니다. 역시 기초대사량이 떨어지는 경향이 있죠."

이 유전자의 경우에는 네 명 중 한 명에게 변이가 일어난다. 그런 거구나, 하고 감탄하며 듣는데 아오시마가 살짝 웃었다.

"이해가 쏙쏙 되시죠?"

"네."

"그런데 실제로는 이렇게 단순하지가 않습니다."

아오시마는 이것 외에도 비만과 관련된 유전자로 밝혀진 것이 여러 개 있다고 말했다.

"대강 세어봐도 50개 이상은 될 거예요. 그런데 시판 키트를 통한 검사에서 확인할 수 있는 건 몇 가지밖에 없습니다."

그것만으로는 확실한 판단을 할 수 없다고 아오시마가 덧붙였다.

"하나의 유전자를 조사해서 이 사람의 경우 살이 찐다면 내장 지방이 특히 쌓이기 쉽다, 같은 식의 예상은 어느 정도 가능할지 모르지만, 그것만으로는 아무것도 확신할 수 없습니다. 비만 여부는 유전자보다 생활 습관의 영향을 더 크게 받기 때문이죠. 그러니 그 검사 결과는 참고 자료 정도로만 보는 게 좋을 겁니다."

혹시 몰라 다시 확실히 물었다.

"받아봤자 의미가 없을 거란 말씀이신가요?"

아오시마는 어깨를 으쓱하며 답했다.

"생활 습관을 개선하는 계기로 활용한다면야 나름의 의미가 있지 않을까요? 다만, 저라면 받지 않을 테고 가족이나 친구에게도 굳이 권하지는 않을 겁니다."

이런 대답이면 그 검사를 전적으로 부정하는 것과 다름없었다. 아쉽지만 겐토의 비만 체질 여부를 유전자 검사로 알아내기는 어려울 듯했다. 그렇다면 검사해 봤자 별 의미가 없겠네. 결국 또 원점으로 돌아가는 건가.

낙담하고 있는데 진찰대에 걸터앉아 다리를 달랑거리고 있던 미카가 쿡, 하고 웃음을 터뜨렸다.

"저는 그 검사, 선생님이 한번 받아봤으면 좋겠어요. 매일 단 걸 먹는데도 살이 안 찌다니, 숨겨진 유전자의 비밀이 있을지도 모르잖아요."

그 순간 아오시마의 눈빛이 험악해졌다.

"유전자를 농담거리로 삼으면 안 돼. 굉장히 민감한 문제라고."

뜻밖의 날카로운 말투였다. 미카의 얼굴이 굳어졌다. 진찰대에서 내려와 "죄송합니다" 하고 고개를 숙였다.

아오시마는 표정을 누그러뜨리고는 하나에게 머리 숙여 사과했다.

"큰 소리를 내서 죄송합니다. 의료기관이 아닌 곳에서 아무렇지도 않게 유전자 검사를 받을 수 있는 요즘의 상황이 도저히 마음에 들지 않아서요."

법적으로 금지된 것은 아니지만 여러 가지 문제를 야기할 우려가 있다고 했다.

"유전자는 극히 민감한 개인정보입니다. 유출되면 엄청난 문제가 되죠. 특정 질병에 걸릴 위험이 높은 유전자를 가졌다고 판정되면 결혼과 취직 등 여러 면에서 차별받을 우려가 있습니다. 유전자 검사가 널리 보급되고 있는 외국에서는 벌써 일어나고 있는 일이죠."

갑자기 차별이라는 묵직한 단어의 등장에 하나는 당혹감을 느꼈다. 아오시마는 이야기를 이어갔다.

"유전자 검사는 어디까지나 위험 요소를 예측하는 검사입니다. 어떤 병에 걸릴 확률이 높다는 판정을 받는다 한들 실제로 그 병에 걸릴지는 알 수 없죠. 대부분의 질병은 유전자뿐 아니라 생활 습관과도 밀접한 관련이 있으니까요. 우연을 탓하게 되는 사례들도 얼마든지 있고요. 게다가 유전자와 질병의 관계에 대해서는 아직 밝혀지지 않은 부분이 많습니다. 몇 년 후에는 지금의 검사 결과가 옳지 않다는 걸 알게 될 수도 있죠. 현재의 기술 수준으론 극히 일부의 질병 외에는 정확한 예상이 어렵습니다. 겨우 이런 걸로 차별이 행해질 수 있다니, 이 얼마나 말도 안 되는 일인가요. 애초에 차별이란 것 자체가 다 말이 안 되는 거지만요."

열변을 토하는 아오시마를 보던 하나가 눈을 내리깔았다.

전혀 자각하지 못했으나 자신이 겐토에게 하려던 행동이야말로 유전자 차별일지 모른다고 깨달은 것이다.

자신이 남을 차별하는 사람이라니, 그런 생각은 한 번도 해본 적 없었다. 머리를 한 대 맞은 듯한 느낌이었다. 무언가에 씐 것 같은 기분마저 들었다.

유전자 따위 아무럼 어때. 살찌기 쉬운 타입이든 아니든 겐토는 겐토일 뿐이다. 자신은 겐토와 결혼을 하려는 것이지, 비만 유전자가 없는 사람과 결혼하려는 것이 아니었다.

그래, 유전자 검사 같은 건 잊자. 딸을 발레리나로 키우겠다는 꿈…. 그 또한 마음에 담아두지 않는 것이 좋겠다. 꼭 발레리나가 되기 위해 발레를 배울 필요는 없다던 나쓰코의 조언은 어쩌면 무척 합당했을지도 모른다. 생각해 보면 자신도 프로가 되지 못했지만 발레를 해서 좋았다고 생각한다. 그렇게 멋진 체험을 했다는 것 자체에 의미가 있는 것이다.

가슴속에 맺혀 있던 무언가가 녹아내리듯 말끔하게 사라졌다. 하나는 후련한 기분으로 말했다.

"검사, 안 받는 걸로 할게요."

아오시마는 "잘 생각하셨어요"라고 말하며 미소 지었다.

집에 돌아와 택배함을 열어보니 작은 상자가 들어 있었다. 송장에 찍힌 발송인의 이름을 확인한 후 쓴웃음을 지었다.

유전자 검사 키트였다. 이제는 쓸 일이 없어졌으니 반품할 생각으로 주문 메일을 확인하자, 키트가 미개봉 상태라도 20퍼센트의 취소 수수료와 배송비가 든다고 적혀 있었다.

취소 수수료를 낼 바에야 재미 삼아 검사를 받아보는 게 낫지 않나…. 온갖 신문물에 흥미가 많은 엄마도 관심을 보일지 모른다. 결과는 아오시마가 말했듯 참고 정도로만 삼으면 되니까.

하나는 택배 상자를 열고, 그 안에 들어 있는 키트를 꺼냈다.

A4 크기의 비닐 안에 몇 장의 서류와 시험관 형태의 투명한 용기가 들어 있었다. 용기 안에는 면봉처럼 생긴 물건이 있다. 검사에 필요한 시료를 채취하는 기구인 모양이다.

동봉된 설명서를 펼쳐 일러스트로 정리된 시료 채취 방법을 확인했다.

녹색의 뚜껑을 열고 뚜껑에 달린 면봉 모양의 채취봉을 꺼낸다. 채취봉을 입안에 넣고 뺨 안쪽 살에 열 번 이상 회전시키며 문질러 점막 세포를 채취한다. 채취봉을 다시 용기 안에 넣고 뚜껑을 닫으면 작업 완료다.

의외로 엄청 간단하다고 생각하던 하나는 흠칫 놀랐다. 채취봉을 다시 한번 살펴본다.

이와 같은 물건을 본 적이 있었다. 게다가 분명 자신의 입안에 들어왔었다.

숨 막힐 정도의 갑갑함이 목구멍 안쪽에서부터 치밀어 올랐다. 설마 그럴 수가….

하나는 핸드폰을 꺼냈다. 겐토에게 메시지를 보낸다.

──할 얘기가 있어. 지금 집으로 가도 돼?

곧바로 답이 왔다.

──집에서 일하는 중이야. 5시에 끝날 것 같으니까 그때쯤 와.

하나는 '알겠어'라고 짧은 답장을 보낸 후 그대로 쓰러지듯 침대 위에 누웠다.

3

겐토가 문을 열어주었다. 스트라이프 니트에 남색 칠부바지, 하나가 사준 홈웨어 차림이었다. 오늘은 하루 종일 집에 있었던 모양인지 수염이 거뭇하게 올라와 있었다.

겐토는 하나의 빈손을 보며 의아한 표정을 지었다.

"마트 안 들렀다 왔어? 지금 냉장고에 치즈랑 맥주 같은 거밖에 없어."

"밥은 됐어. 할 얘기가 있어서 온 거야."

"난 배고픈데."

정신없이 일하느라 점심 먹을 타이밍을 놓쳤다고 한다.

"나가서 밥 먹으면서 얘기하자. 일단 들어와. 대충 샤워만 하고
얼른 옷 갈아입고 나올게."

하나가 대답하기도 전에 겐토는 몸을 돌렸다. 가죽 슬리퍼가
바닥을 끄는 소리를 내며 침실로 들어갔다.

하나는 문을 닫고 들어와 신발장에서 본인의 슬리퍼를 꺼내
신었다. 덴마크제 원단을 쓴 고가품이었다. 결혼 후에도 계속 쓸
생각으로 큰맘 먹고 사두었다.

이 방에는 이것 말고도 하나의 물건이 많았다. 세면도구나 화장
품은 물론, 4단 캐비닛 서랍의 가장 아래 칸도 하나 전용이었다.

개인용품은 아니지만 수건도 싹 바꿨고 침대 커버 역시 새것
이다. 이 집에 드나든 지 약 반년. 집은 조금씩 하나의 공간이 되
어가고 있었다. 남은 건 블라인드와 커튼, 가구, 가전 등 큼지막
한 것들뿐이다. 그것들도 다음 달에는 새로 싹 바꿀 예정이었다.

본격적인 신혼 생활을 시작하기 전, 하나보다 먼저 이 집에 드
나들었을지도 모를 다른 여자의 흔적을 지우고 싶었다. 연애가
처음이 아닌 것은 하나도 마찬가지였다. 불평할 마음은 없지만,
이 공간의 무언가를 다른 여자가 썼을지도 모른다고 생각하면
기분이 상했다.

거실에 들어서자 블라인드가 활짝 걷혀 있는 모습이 보였다.
해 질 녘이라 하늘이 붉게 물들고 있었다. 아름다운 도쿄타워가

눈에 들어온다.

하나는 블라인드를 내리고 소파에 앉았다. 무릎 위에 가방을 올려놓고 겐토를 기다렸다. 가슴이 두근거렸다. 품고 있는 의문을 어떻게 전해야 할지 잘 모르겠다. 하지만 반드시 확인해야 했다.

세면대 쪽에서 드라이어 소리가 들렸다. 구태여 방에까지 들어가 저녁 먹을 생각이 없다고 말하기도 뭣해서 가만히 겐토가 돌아오기를 기다렸다.

드디어 모습을 드러낸 겐토는 머리를 다듬고 수염을 깎아 산뜻한 모습이었다.

"가까운 데가 좋지? 걸어서 갈 만한 곳은 중국집이랑 이탈리안인데."

하나는 고개를 저었다.

"아까 말했잖아. 식사는 됐다고."

하나는 식탁 쪽으로 갔다.

"할 얘기가 있어. 앉아봐."

겐토는 순간 미간을 찌푸렸지만, 점잖게 맞은편 자리에 앉았다.

어떻게 말을 꺼내야 할지 망설이고 있는데, 겐토가 먼저 입을 열었다.

"설마 결혼식이랑 피로연 안 하는 거 때문에 장인, 장모님이 뭐라 하셔?"

"그런 거 아냐. 물어보고 싶은 게 있어서…. 화 안 낼 테니까 솔직하게 말해줘."

겐토는 곤혹스럽다는 듯 눈을 깜빡거렸다.

황금연휴가 시작되기 얼마 전이었다. 가까운 슈퍼에서 저녁밥 재료를 사서 이 집에 왔었다. 식사 시간까지 여유가 있길래 잠깐 쉬기로 했고, 겐토는 차를 끓였다. 차를 마시면서 대화를 나누는 와중에 참기 어려울 정도로 잠이 쏟아졌다. 양해를 구하고 잠시 소파에 누웠다가 곧바로 깊은 잠에 빠지고 말았다.

얼마나 잤는지는 정확히 기억나지 않는다. 다만 눈을 떴을 때의 상황만큼은 생생하게 기억한다. 입 주변이 왠지 불편했다. 입 속에 뭔가 들어와 있는 느낌이 들었다.

눈을 뜨자 바로 앞에 겐토의 얼굴이 있었다. 바닥에 무릎을 꿇고 하나의 얼굴을 보고 있다. 눈이 마주치자 그는 동요하며 뒤로 물러났다.

겐토는 오른손에 긴 면봉을 들고 있었다.

"지금 뭐 하는 거야?"

"입안에 뭐가 들어갔더라고. 내가 뺐으니까 이제 괜찮을 거야."

그때는 겐토의 말을 믿었다. 그가 손에 들고 있던 건 구강용 제품 중 하나겠거니 했다.

그러나 유전자 채취 기구를 본 지금은 그 말을 믿을 수가 없다.

어쩌면 그때 겐토는 유전자 검사를 위해 하나의 뺨 안쪽에서 몰래 점막을 채취한 것이 아닐까.

하나는 겐토에게 물었다.

"기억나? 봄에 내가 소파에서 잠들었을 때. 입안에 뭐가 있다면서 빼줬잖아."

겐토는 오른쪽 팔꿈치를 테이블 위에 올리더니 손바닥으로 이마를 짚었다.

"그런 적이 있었나?"

"그때 이런 거 들고 있었지?"

하나는 가방에서 채취 기구가 들어 있는 용기를 꺼내 들었다. 테이블 위에 용기를 올려두고 겐토 쪽으로 밀었다.

"면봉 같은 게 들어 있네. 귀 청소할 때 쓰는 거 아냐?"

하나는 화가 치밀어 오르는 느낌을 필사적으로 참으며 말했다.

"유전자 검사할 때 시료 채취에 쓰는 도구야. 알잖아."

겐토는 고개를 들었다.

"몰라. 그나저나 당신은 왜 이걸 가지고 있는 건데?"

"비만 유전자 검사받으려고."

겐토는 기구를 테이블 위에 돌려놓으며 "아무튼 난 모르겠어"라고 말했다.

"하나는 딱 봐도 마른 체형인데. 그런 검사를 뭐 하러 받아."

"그건 됐으니까 내 질문에 대답부터 해. 그날 내가 잠들었을 때 내 입안에 이거 넣은 적 없어?"

자기도 모르게 심문하는 말투가 되었다. 겐토는 인상을 찌푸리며 의자 등받이에 몸을 기댔다.

"내가 맘대로 당신 유전자를 검사했다는 거야?"

그런 의심이 든다. 그래서 이렇게 묻고 있는 것이다.

겐토는 질린다는 듯 한숨을 쉬었다.

"농담도 정도가 있지. 어떻게 그런 트집을 잡아."

"그럼, 내 입에 있던 건 뭐로 빼냈어?"

"잘 기억 안 나. 면봉이었나 뭐였나."

"거짓말 그만해. 이유나 좀 알자. 대체 왜 내 동의도 없이 유전자 검사를 했는지."

"단정 짓지 마. 애초에 당신을 안 깨우고 입안의 점막을 어떻게 문지른다는 거야?"

하나는 말을 잃었다. 내심 자신의 오해이길 바랐는데. 그 지푸라기 같은 희망이 송두리째 날아갔다. 겐토는 분명 하나 몰래 유전자 검사를 받았다. 거짓말이 들킬 것 같아서 또 다른 거짓말로 얼버무리고 있다. 찬물을 뒤집어쓴 것 같은 허망함이 가슴속에 퍼졌다.

"내가 마실 차에 수면제라도 넣었어? 공교롭게도 너무 일찍 깨버려서 당황했겠네."

겐토의 얼굴이 창백했다. 화가 난 탓인지 눈꼬리가 날카롭게 올라갔다.

"내가 그랬다는 증거 있어?"

증거라…. 이런 식으로 나올 줄이야.

이제 끝이다. 더 이상 겐토와 같이 있다가는 미친 듯이 분노를 쏟아낼 것 같았다.

하나는 테이블 위에 나뒹구는 기구를 가방에 넣고 자리에서 일어났다.

"오늘은 이만 갈게."

혼자 있고 싶었다. 혼자 있으면 눈물이 날 것도 같았다. 어쩌면 울고 싶은 마음에 혼자 있고 싶었는지도 모른다.

겐토가 테이블을 돌아 하나의 어깨를 붙잡았다.

"미안. 내가 말이 심했어. 그렇지만 정말 모르는 일이라고."

그 말이 진심이라면 좋겠다. 하지만 믿을 수 없다. 겐토는 '입 안의 점막을 문지른다'는 채취 기구의 사용법을 완벽하게 숙지하고 있었다.

하나는 고개를 떨군 채 어깨에 올려진 겐토의 손을 거둬냈다.

4

월요일, 하나는 몸이 안 좋다는 이유로 회사를 쉬었다. 도저히 일이 손에 잡히지 않는 상황이었다.

토요일 밤부터 계속 고민했지만, 앞으로 어떻게 해야 할지 결론이 나지 않았다. 그러던 중 아오시마 의사에게 한 번 더 상담해 보고 싶은 마음이 들었다. 초진 비용은 딱 1000엔이었지만 두 번째부터는 내용에 따라 수만 엔이 들 수도 있다고 했다. 돈이 아깝긴 해도 인생 최대의 갈림길이었다. 그 정도는 감수할 수밖에 없었다.

어제, 키트에 들어 있던 설명서를 한 줄 한 줄 꼼꼼하게 읽었다. 본인에게 알리지 않고 검사해도 문제가 없는지 확인하고 싶었기 때문이다.

우선 검사 등록 동의서라는 서류가 있었다. 동의서에 사인한 후 채취한 시료와 함께 검사기관에 보내게 되어 있고 시료는 동의서에 사인한 사람의 것으로 취급된다고 적혀 있었다.

면허증 복사본 같은 본인 확인용 서류는 따로 필요하지 않았다. 시료만 손에 넣으면 본인 몰래 검사를 하는 것도 어렵지 않아 보였다.

정성스럽게도, 이런 문장까지 넣어두었다.

——본인 외의 사람이 이름 등을 위조하여 이 키트를 사용했을 경우, 당사는 일절 책임지지 않습니다.

이렇게까지 직접적으로 써놓은 걸 보면 예전에도 다른 사람인 척 이름을 도용해 검사한 사람들이 있었다는 뜻이겠지.

겐토도 그랬을까. 만약 그렇다면 결혼을 재고해 볼 필요가 있었다. 몰래 유전자 검사를 한 것까지는 눈감아 준다 치더라도, 그날 음료에 수면제를 탔을 가능성이 있었다. 살면서 그런 식으로 곯아떨어진 것은 그때가 처음이자 마지막이었으니까. 만약 그게 겐토의 짓이라면 그건 범죄와 다름없는, 아니 범죄 그 자체였다. 게다가 하나가 묻는 말에도 거짓말로 일관했다.

그럼에도 불구하고, 쉽게 결정할 수 있는 문제는 아니었다. 겐토의 말처럼 증거가 없었기 때문이다. 하나의 기억이 잘못되었거나 오해했을 가능성도 전혀 없다고는 할 수 없다.

토요일 이후, 겐토에게서는 아무 연락이 없었다. 하나 역시 먼저 연락할 마음은 들지 않았다.

우선은 누군가와 이야기를 나눠보고 싶었다. 부모님은 도움이 되지 않는다. 유전자 검사가 무엇인지 설명하는 것부터 쉽지 않을 듯했다.

나쓰코에게 메시지를 보내봤으나 아이가 열이 나서 정신이 하나도 없는 것 같았다. "좀 진정되면 내가 연락할게"라는 말에 재촉할 수도 없었다.

적절한 조언을 해줄 사람이라고는 아오시마밖에 떠오르지 않았다.

종합내과 대기실에는 환자가 아무도 없었다. 문이 열리는 소리를 들었는지 미카가 진료실에서 나왔다. 오늘도 오렌지색 유니폼을 입고 있었다.

"어머, 이시다 씨. 뭐 두고 가신 물건이라도?"

실례되는 말투라고 생각했지만, 미카 입장에서는 하나가 다시 병원을 방문할 줄 몰랐을 것이다. 이미 다 해결된 문제인 줄 알았을 테니까.

"지난번 상담을 이어가고 싶어서요. 선생님 계시나요?"

미카는 난처하다는 듯 눈썹을 찌푸리더니 살짝 고개를 숙였다.

"그러니까 말이에요, 글쎄 선생님이 아직 안 나오신 거 있죠!"

"여기서 기다려도 괜찮을까요."

"그럼요. 근데 시간이 좀 걸릴지도 몰라요. 근처 역 앞 상점가에 새로 생긴 버블티 가게에 들렀다 오신대요."

그 가게라면 하나도 알았다. 토요일에 집으로 돌아가다가 가게 앞에 길게 늘어선 손님의 행렬을 보았기 때문이다. 대부분 젊은 여성이었다. 일요일에도 TV 정보 프로그램에 나왔으니 오늘도 대기 줄이 엄청날 것이다.

"용감하시네요. 여자 손님만 가득한 곳에서 혼자 줄을 서시다니."

"어머나, 이시다 씨. 그건 편견이죠. 디저트 좋아하는 데 성별이 무슨 상관이겠어요. 다른 선생님이었으면 간호사나 직원들을 시켰을지도 모르는데, 직접 줄을 선 선생님이 훌륭하신 거죠."

그렇게 말한 미카는 큭큭 웃었다.

"뭐 아무리 그래도 개인적인 용무로 지각해서 환자를 기다리게 하는 건 문제가 있죠? 징계를 좀 내려야겠어요."

미카는 아오시마가 유명한 가게에서 주문해 둔 귀한 푸딩이 있는데 기다리는 동안 우리끼리 먹어버리자고 말했다.

하나가 "그럼, 감사히 먹겠습니다"라고 인사를 건네자 미카는 재빨리 진료실 안쪽으로 들어갔다.

점심시간이 되기 직전 마침내 나타난 아오시마는 오늘도 반바지 차림이었다. 여성들로 가득한 대기 인파 속에서 시선깨나 끌었겠다 싶었다.

"늦어서 죄송합니다. 설마 환자분이 계실 줄은 몰랐어요."

하얀 가운을 걸치며 미안하다는 듯 말했다. 결국 세 시간 가까이 기다린 셈이었다.

"오늘은 무슨 일로 오셨어요?"

"얘기하기 좀 부끄러운데, 실은…"

하나는 비만 유전자 검사 키트가 집에 도착했을 때부터 지금까지 일어난 일들을 털어놨다. 아오시마는 눈을 반쯤 감고 팔짱을 낀 채 이야기를 들었다.

"그 사람이 저 몰래 제 유전자 검사를 한 게 맞을까요?"

아오시마는 난처하다는 듯 눈을 껌뻑거렸다.

"정황상 그럴 확률이 있긴 하지만 확인할 방법이 없으니까요."

"검사기관에 문의하면 알려줄까요? 설명서에는 책임을 지지 않는다고 나와 있던데. 그런 엉터리가 어디 있어요? 어디까지나 제 유전자 정보잖아요."

"약혼자분이 이시다 씨가 이용하려던 곳과 같은 기관에다 검사를 의뢰했나요?"

"글쎄요. 그것까지는…."

"그럼 어차피 문의도 어렵겠네요. 설령 같은 기관이라고 해도 답해주지 않을 테고요."

잠자코 이야기를 듣던 미카가 입을 열었다.

"이시다 씨가 화를 내는 것도 당연하지만, 한편으로는 남자분 마음도 어느 정도 이해는 가요. 결혼할 상대의 건강 상태를 확인할 방법이 있다는데 궁금할 만도 하죠. 다른 사람의 시료로 몰래 검사할 수 있다면 앞으로 본인 몰래 검사하는 사람이 더 많아질 수도 있겠네요. 이미 대행해 주는 흥신소 같은 곳이 있을지도 모르고."

아오시마는 인상을 썼다.

"미카짱. 전에도 말했지만 지금 기술로는 일부의 질병을 제외하곤 미래의 건강 상태를 정확히 예측하기 어려워. 검사해 봤자 알 수 있는 정보는 뻔하다고."

"그건 저도 알아요. 하지만 일반적인 사람들은 그렇게까지 자세히 알지 못하잖아요. 미래에 걸릴 수 있는 질병을 예측해 준다는 소리를 들으면 혹할 수밖에요."

그런 사람들을 무지하다든가 생각이 짧다고 매도하는 건 너무한 것 같다고 미카가 말했다.

아오시마는 이마를 문지르다 고개를 끄덕였다.

"그렇다면, 제공자 측에 문제가 있는 거지. 어쩌면 관련 규제를 검토해 봐야 할지도 모르겠어."

그런 얘기를 듣는다 한들 아무 소용이 없다. 하나가 알고 싶은 것은 오직 대응책뿐이다. 이쯤 해두는 것이 좋으려나. 상담 시간이 길어지면 요금도 비싸진다.

이야기를 마무리 지으려던 순간, 미카가 말했다.

"만약 그분이 몰래 유전자 검사를 한 것이 사실이라면 어떻게 하실 생각이세요? 경찰에 고소한다든지?"

하나는 고개를 저었다. 거기까지 생각한 적은 없었다. 겐토와의 결혼을 재고해 보는 것뿐이다.

"그런 사람이랑 평생 살 자신은 없으니까요."

"그런 생각이 드는 것도 무리는 아니죠. 하지만 본인이 밝히지 않는 한, 끝까지 진실을 알 수 없을지도 몰라요."

컴퓨터를 들여다보던 아오시마가 의자를 돌려 하나를 보더니 한 가지 걸리는 것이 있다고 말했다.

"시판 유전자 검사에서 쓰는 시료는 보통 뺨 안쪽 점막이나 타액이거든요. 몰래 검사할 생각이었다면 타액을 채취하는 기관을 선택하는 것이 훨씬 편했을 텐데요. 굳이 너 어려운 방법을 선택한 이유가 뭔지 모르겠어요."

"이유라⋯."

"그 검사기관에 지인이라도 있었나. 혹시 약혼자분의 직업이 뭔가요?"

"국제특허사무소의 공동 대표예요."

아오시마는 입을 오므리며 "오우" 소리를 냈다.

"회사 이름이랑 주력 분야가 뭔지는 아시나요?"

컴퓨터 쪽으로 다시 몸을 돌리며 묻는다.

주력 분야까지는 알지 못했다. 하나가 일단 회사 이름을 말하자 아오시마는 가벼운 터치로 키보드를 두드렸다. 한동안 화면을 스크롤하더니 깊게 끄덕였다.

"IT와 바이오테크놀로지를 전문으로 하는 곳이네요."

계속해서 키보드를 두드리며 마우스를 움직이던 아오시마는 머지않아 승리의 포즈를 취했다.

"클라이언트 목록에 유전자 검사와 관련된 기업이 있습니다. 게다가 점막 채취 시료를 사용하는 업체고요. 아마도 이곳을 이용했겠네요."

하나는 무심결에 몸을 앞으로 쭉 내밀었다. 그 회사에 문의해볼까. 그러나 하나가 직접 미국 회사에 연락해 원하는 답을 얻을 방도는 없었다.

"선생님께서 도와주실 수 있나요?"

아오시마는 고개를 저었다.

"의료 상담의 영역을 벗어난 일이라서요. 차라리 약혼자분과 한 번 더 대화해 보시는 게 어떨까요."

"그렇지만… 끝까지 모르쇠로 일관할 게 뻔해요."

"그러면 저를 통해 그쪽 기업에 문의하겠다고 해보세요."

아오시마는 상대를 슬쩍 떠보자고 말했다.

"저를 국제내과학회 이사라고 소개하시고요."

그렇게 압력을 넣어봤자 기업 쪽이 검사를 의뢰한 고객의 개인정보를 알려줄 가능성은 희박했다. 하지만 의학계 거물의 문의를 완전히 무시하기는 쉽지 않을 거라며 아오시마가 말을 이었다.

"아, 그 말은…."

미카는 쿡, 하고 웃었다.

"우리 선생님, 그렇게 대단한 사람으로 안 보이죠? 근데 실은 굉장한 분이거든요. 이 종합내과를 열기 전에는 대학병원 의사였고요."

아오시마는 어깨를 으쓱했다.

"그거야 미카짱도 마찬가지지. 아직 나이도 어린데 아오시마 종합병원에서 수술실 에이스로 불리던 간호사였잖아."

미카는 멋쩍어하며 볼을 붉혔다.

"우리끼리 칭찬하면 뭐 해요. 둘 다 병원에서 쫓겨난 낙오자들일 뿐인데. 그래도 저는 만족해요. 환자들과 자연스러운 모습 그대로 접할 수 있는 직장이 또 어디 있겠어요."

그렇게 말한 미카는 눈을 가늘게 뜨며 웃었다.

"이시다 씨도 끙끙거리며 고민만 하지 말고 직접 부딪혀 보세요. 파이팅!"

명랑한 응원에 쓴웃음을 지을 수밖에 없었다. 미카의 천진난만함이 부러울 따름이다. 흉내조차 낼 수 없는 성격이지만, 적어도 더 이상 머리만 싸매고 있는 건 그만두기로 했다. 그래봤자 뾰족한 수가 나오는 것도 아니니까.

일단 할 수 있는 일을 해보자. 그러고 나서 마음을 정하는 거다.

그날 밤 겐토의 집을 찾아가 아오시마 의사를 통해 미국 검사 기관에 문의할 생각이라고 밝히자, 그의 얼굴이 순식간에 창백해졌다. 마른침을 삼키듯 목젖이 크게 출렁였다. 이내 작게 숨을 내쉰 겐토는 하나의 시선을 피했다.

믿을 수 없다는 생각보다 역시 그랬구나, 하는 마음이 더 컸다. 물론 충격을 받았다는 사실에는 변함이 없었다.

그러나 말 못 할 사정이 있었을지도 모른다. 그 이야기를 듣고 싶었다.

무슨 말로 대화를 시작할지 망설이고 있는데 겐토가 앉아 있던 소파에서 내려와 조용히 바닥에 무릎을 꿇었다.

"미안해. 정말 미안."

몇 번이고 고개를 숙인다. 눈이 새빨갰다.

겐토를 내려다보는 위치가 되어 대화하기가 불편했다. 하나도 소파에서 바닥으로 내려와 앉았다. 무릎을 세워 양팔로 끌어안으며 겐토에게 물었다.

"왜 내 동의도 없이 유전자 검사를 한 거야?"

입술을 깨문 겐토는 "어머니가…" 하고 중얼거렸다.

"어머님이?"

"어머니가 폐암으로 돌아가셨어. 내가 세 살 때. 아버지는 담배는 입에도 댄 적 없는 사람이 어쩌다 그런 병에 걸렸을까, 늘 한탄하셨고."

바로 그 아버지께서 혼자 고생스럽게 세 아이를 키워냈다. 그리고 60세 나이에 세상을 떠나셨다. 수산물 가공 회사 운영과 육아를 혼자서 감당하느라 과로를 일삼았기 때문일 거라고, 주변 사람들은 입을 모았다. 겐토도 그렇게 생각했다. 배우자와 일찍 사별하는 것은 인생 최대의 불행이다.

"오랫동안 건강한 사람과 결혼하고 싶다고 생각해 왔어. 그러다 우연히 미국의 유전자 검사 회사 업무를 담당하게 됐고, 그게 유일한 방법처럼 느껴졌어."

하나는 한숨을 쉬었다.

"아무런 상의도 없이 몰래 유전자를 검사하다니…. 심지어 수면제인지 뭔지 모를 약까지 나한테 먹였잖아."

겐토는 겁에 질린 듯한 눈으로 다시 한번 고개를 숙였다.

"정말 미안하단 말밖에는 할 말이 없어. 근데 예전 경험 때문에…."

3년 전, 만나던 여성에게 청혼하면서 방금 했던 이야기를 털어놓고 같이 검사를 받아달라고 부탁했다. 그랬더니 그녀는 불같이 화를 내며 그대로 집을 나가버렸다고 한다.

"결혼은 그 사람의 인간성이나 애정으로 결정하는 거라면서, 유전자로 상대를 고르다니 무슨 품질 개량하는 짐승이 된 것 같아 너무 불쾌하다고 그러더라. 그런 반응을 보이는 것도 어찌 보면 당연한 일이지."

그래서 이번엔 멋대로 그런 짓을 저질렀단 말인가. 그 심정을 전혀 이해하지 못하는 건 아니지만 역시나 용서할 수 있는 문제가 아니다.

더구나 겐토는 실제 유전자 검사가 어떤 것인지조차 제대로 모르고 있다.

"아오시마 선생님이 말씀하시길, 지금의 기술로는 일부 질병을 제외하곤 발병 여부를 정확히 예측하기 어렵대. 당신, 그 회사 담당이었다며. 그런데 유전자 검사가 어떤 건지도 몰랐던 거야?"

겐토는 무릎 위에 두 손을 올리고 몸을 쭉 편 채로 고개를 떨궜다. 잠시 후 머리를 들고 호소하듯 말했다.

"알고 있었어. 그래도 조금이라도 참고하고 싶었어. 당신의 검사 결과는 아주 좋았고."

겐토는 흠칫하더니 다시 한번 머리를 숙였다.

"아니야, 지금 그런 건 중요한 게 아니지. 정말 미안해. 몰래 검사한 것도, 수면제를 탄 것도 너무 큰 잘못이라는 거 알아. 용서 받지 못할 것 같아서 거짓말로 넘기려고 했어. 그것도 내 생각이 짧았어."

그렇게 말한 겐토는 하나에게 눈을 맞췄다.

"두 번 다시 하나를 슬프게 하는 일은 없을 거야. 그러니까 예정대로 결혼해 주면 안 될까?"

완전한 항복이구나, 생각하며 하나는 눈을 감았다.

겐토와의 첫 만남부터 지금까지의 시간이 주마등처럼 머릿속을 스쳐 지나간다. 어찌 됐든 사랑하는 사람이었다. 함께 있을 때 안심이 되었다.

하지만 이대로 결혼하는 것이 맞을까…. 혼란스러운 마음과 함께 눈을 떴다. 애원하는 듯한 표정의 겐토를 물끄러미 바라본다. 하나가 신중하게 입을 열었다.

"나도 그 여자랑 똑같아. 내 인간성과 애정을 보고 날 선택한 사람과 결혼하고 싶어."

"그렇게 선택한 거야. 유전자가 전부는 아니라고."

"그 말도 이제는 못 믿겠어."

힘없이 고개를 떨궜던 겐토는 이내 얼굴을 들었다. 그의 눈빛에는 좀 전까지 찾아볼 수 없던 분노가 담겨 있었다.

"아까부터 그럴듯한 말만 늘어놓는데, 그러는 당신은?"

"내가 뭐?"

당황하는 하나를 향해 겐토가 뾰족한 말을 뱉었다.

"당신은 내 인간성을 보고 날 선택했어? 아니잖아."

"난 그랬어."

겐토는 입꼬리를 비틀었다.

"돈 때문이잖아. 처음부터 알고 있었어. 그리고 그 사람이랑 당신이 똑같다고 착각하지 마. 그 사람은 내가 변리사 시험에 합격할 때까지 내 생활을 책임져 줬어. 당신이랑은 됨됨이부터가 다르다고."

겐토는 눈을 부릅뜨며 말했다. 벌건 눈으로 하나를 뚫어져라 보고 있었다.

심장이 짓눌리는 듯한 기분이 들었다. 모욕하지 말라고 소리치고 싶었다. 다른 사람 때문에 이렇게 화가 치민 것은 처음이었다. 용서해 줘도 되지 않을까, 잠시나마 흔들렸던 마음이 차갑게 식었다. 이 사람과는 근본적으로 맞지 않는다.

하나는 자리를 박차고 일어났다.

"우리, 끝난 거 같다."

이번에는 겐토도 주저 없이 고개를 끄덕였다.

"그러네."

"내 검사 결과는 파기해 줘. 그걸 증명할 만한 문서든 뭐든 나한테 보내. 유전자는 아주 민감한 개인정보야. 그걸 당신이 가지고 있다는 거 너무 꺼림칙해. 결과를 알고 싶은 마음도 없고."

겐토는 내키지 않는 기색이었지만, 이 문제에 있어서는 물러날 수 없었다.

"그렇게 안 하면 나도 나대로 생각이 있어. 당신이 한 짓은 엄연한 범죄니까."

겐토에게 등을 돌려 현관으로 향한다.

보소반도의 시댁에 인사를 드리러 갔던 것이 불과 한 달 전인데 이제는 까마득한 옛날처럼 느껴졌다.

계기는 겐토 누나와의 만남이었다. 딸을 낳을 생각이었고, 그 애의 장래를 걱정하게 됐다. 그랬던 것이 돌고 돌아 이런 결과로까지 이어지다니….

신발을 신는데 등 뒤에서 겐토의 목소리가 들려왔다.

"반지는 택배로 보내."

당연히 그럴 생각이었다. 아무리 그래도, 지금 그 말을 한다고?

결혼까지 가지 않기를 정말 잘했다고 생각하며 하나는 문을 열었다.

5

한 달 후 하나는 아오시마 종합병원의 종합내과를 방문했다. 지난번 방문 때 아오시마는 흥미로운 이야기를 들려주었으니 진료비를 내지 않아도 괜찮다고 했다. 그 대신 상황이 정리되는 대로 결과를 알려달라고 했다.

있었던 일을 들은 아오시마가 말했다.

"관련 정보를 다 파기한 게 사실이라면 일단은 안심할 수 있겠네요."

"네."

미카가 입을 열었다.

"그 남자분, 딱히 악의가 있었다기보다는 극도의 염려증인 것 같아요."

아오시마도 곧바로 동의했다.

"아마 그렇겠죠. 자기가 세운 가설에 너무 깊이 빠져 있기도 했고, 정보도 부족했던 게 여러모로 유감입니다. 이시다 씨처럼 미리 저랑 의료 상담이라도 하셨으면 실천에 옮기지 않았을지도 모르는데."

하나 역시 악의를 가지고 한 행동은 아닐 거라고 어렴풋이 생각했다. 동정할 만한 여지도 없진 않다. 하지만 경제력을 보고 결혼하려 했다는 말까지 들었으니 이제 와 관계를 회복하기엔 너무 늦었다.

결혼을 취소했다는 말에 부모님은 깜짝 놀라 앓는 소리를 했지만, 결심이 확고한 하나의 태도에 어쩔 수 없는 일이라며 받아들였다.

나쓰코는 자신이 별생각 없이 꺼낸 비만 유전자 검사 이야기가 이런 결과를 초래했다는 사실에 무척 당황했고, 또 미안해했다.

하지만 하나는 차라리 잘된 일이라고 생각했다. 나쓰코를 향한 원망은 조금도 없었다. 비만 유전자 검사에 대해 알아보지 않았더라면 겐토가 자기 몰래 검사를 받았다는 사실을 눈치채지 못했을 테니까.

진료실을 나오는데 아오시마가 소금찹쌀떡을 챙겨주었다. 달콤 짭짤한 소금찹쌀떡은 겐토가 아주 좋아하는 음식이었다. 왜 하필 지금 이걸. 반갑진 않았지만, 아오시마가 그 사실을 알고 줬을 리도 없으니 그냥 받아올 수밖에 없었다.

오늘 병원 방문 이후의 일정은 아무것도 없었다. 나쓰코에게 전화해 볼까. 바쁘지 않으면 잠깐 만나러 가도 좋겠다. 그냥 누군가와 편하게 이야기가 하고 싶었다.

병원 정문을 나서는데 눈앞으로 한 커플이 지나갔다. 여자의 배가 커다랬다. 여자를 감싸듯 안고 걸어가는 키 큰 남자의 얼굴을 본 하나는 작게 소리를 흘리고 말았다. 남자도 발을 멈추고 하나를 바라봤다.

이전에 동거했던 하카마다였다. 아내로 보이는 임산부가 호기심 어린 표정으로 하카마다를 올려다본다. 어설프게 얼버무리지 않는 쪽이 낫겠다고 생각했는지 하카마다가 먼저 "안녕하세요"라고 손을 들어 인사했다.

"오랜만이네요. 잘 지내셨어요?"

옆에 있던 아내에게 "예전에 우리 가게에 자주 오시던 단골이셔"라고 하나를 소개했다. 하나는 애써 미소 지으며 고개를 끄덕였다.

"하카마다 씨, 좋아 보이시네요. 사모님이세요?"

하카마다는 수줍게 웃었다.

"네, 결혼한 지 얼마 안 됐어요. 곧 아이가 태어나서요. 여전히 넉넉지 않은 형편이지만 어떻게든 되겠죠."

"축하드려요."

하나의 말에 하카마다의 아내는 행복한 얼굴로 웃었다.

"저희 남편 요리 또 드시러 와주세요. 저도 홀에서 같이 일하거든요. 둘이 열심히 일해서 나중에 저희 가게를 차리는 게 꿈이에요."

하나에게 가볍게 고개를 숙인 하카마다는 이제 가자, 라고 말하듯 아내의 등을 가볍게 두드렸다.

두 사람의 뒷모습을 보던 하나는 마음이 착잡해지는 것을 느꼈다.

그날, 돈을 보고 결혼하는 것 아니냐는 겐토의 말에 참을 수 없는 분노를 느꼈다. 그러나 그의 말이 완전히 틀렸다고는 할 수 없다. 적어도 경제력을 이유로 하카마다와 헤어진 건 사실이었으니까.

겐토의 말대로, 인간성이나 애정이 아닌 다른 조건으로 결혼 상대를 고른 것은 둘 다 마찬가지였을지 모른다.

게다가 본인 또한 겐토가 비만 체질인지 검사하려고 하지 않았던가. 하나에게도 겐토를 일방적으로 비난할 자격은 없었다.

하나는 미카가 종이봉투에 담아준 찹쌀떡 상자를 바라봤다.

이미 결혼반지까지 돌려줬는데, 너무 늦었을지도 모른다. 그래도 한 번 더 겐토와 이야기를 나눠보고 싶었다. 누가 이기나 보자는 식의 말싸움을 끝으로 헤어져 버린 것이 여전히 마음에 걸렸다. 게다가 온화하고 건실한 겐토는 유전자 검사 문제만 빼면 여전히 이상적인 파트너였다.

길가에 서서 핸드폰을 꺼냈다. 긴장한 채로 전화를 걸었다.

신호음이 두 번쯤 울렸을 때, 겐토가 전화를 받았다.

XXXXXXXXXXXXX

혈압은 모른

1

　대형 캐주얼 의류 브랜드 블리제의 니시타마 매장 폐점 시간
은 오후 8시다.

　앞으로 10분. 딱 10분 남았다.

　아야세 와타루는 이렇게 되뇌며 남자 화장실에서 손을 씻었다.

　며칠 전부터 배가 살살 아팠다. 변비와 설사가 번갈아 가며 반
복되는 걸 보니 과민대장증후군이 도진 게 아닐까 싶다.

　이런 병을 얻은 것도, 좀처럼 상태가 호전되지 않는 것도 어찌
면 당연한 일이다. 스트레스를 받을수록 안 좋아지는 병이라는
데 최근 1년 가까이 극심한 스트레스에 짓눌리고 있으니 말이다.

　작년 가을부터였다. 입사 후 쭉 소속되어 있던 상품기획부에
서 판매부로 이동하게 됐다. 의기소침해지긴 했지만, 상품기획
부에서 판매부로 발령 나는 것 자체는 그리 드문 일이 아니었다.

다른 동료들이 그랬듯 1, 2년쯤 있다가 원래의 부서로 돌아가겠거니 생각했다.

그러나 이동 후 첫 부서 회의에서 정해진 근무처는 본사가 아닌 도쿄 외곽의 매장이었다. 충격이었다. 블리제는 다른 패스트 패션 브랜드와 달리 매장을 찾은 고객들에게 적극적으로 말을 거는 판매 방식을 고수하고 있다. 와타루는 자타가 공인하는 심한 낯가림의 소유자였다. 게다가 접객 경험도 거의 없었다. 그런 자신에게 매장 판매원을 하라니, 이 정도면 거의 괴롭힘이 아닌가. 그렇다고 한들, 불평해 봤자 소용없었다. 와타루는 떨떠름한 마음으로 새 업무를 시작했다.

예상대로 판매 일은 버거웠다. 손님에게 말을 걸려고 하면 긴장으로 온몸이 움츠러들었다. 게다가 매장을 찾는 사람들은 하나같이 번번치 않은 손님들뿐이었다. 체형이 다 망가진 아저씨 아줌마들, 센스라고는 눈 씻고 찾아봐도 없는 건달 같은 사람들…. 미술대학을 나와 디자인팀에서 일하기 위해 이 회사에 들어온 와타루로서는 하루하루가 고통이었다.

과민대장증후군의 증상이 나타나기 시작한 것도 이 무렵부터였다. 집 근처 병원에서 진찰을 받았지만, 처방해 준 약은 거의 효과가 없었다. 사내 연애로 결혼한 아내와 살고 있는 에토구의 맨션에서 외곽에 있는 매장까지 가려면 한 시간 이상 걸렸다. 언제 배탈이 날지 모르는 상태로 전철로 출퇴근하는 것은 그야말로 지옥이었다.

그런 나날을 보내는 와중에 아내와의 사이도 멀어졌다. 와타루는 집에서라도 마음 편히 쉬고 싶었으나 해외 진출을 준비하는 팀에서 근무하는 아내는 갑자기 업무량이 늘었는지 매일같이 한밤중이 되어서야 집에 돌아왔다. 가끔가다 마주쳐도 와타루의 이야기에 관심을 보이지 않았다. 고충을 털어놓기라도 하면 "남자가 돼서 그런 걸로 징징거리지 좀 마"라며 신경질적으로 소리를 질렀다. 연말에 아내가 런던으로 발령받은 후 이혼 이야기가 나온 것은 자연스러운 수순이었다.

아이가 있는 것도 아니라 이혼은 간단했다. 와타루는 새해가 되자마자 근무지인 매장까지 자전거로 오갈 수 있는 장소로 이사하여 혼자 살기 시작했다.

어쩔 수 없이 기분이 가라앉기는 했지만, 한편으론 후련한 마음도 있었다. 이보다 더 불행하고 불운해질 수는 없을 것이란 생각 때문이었는지도 모른다. 컨디션이 나아지고 있는 것도 큰 요인이었다. 영 차도가 보이질 않길래 이사를 계기로 병원도, 약도 다 끊어버렸는데 어머니의 강력한 권유로 채소를 열심히 챙겨 먹기 시작한 것이 효과가 있었던 모양이다.

그러나 긍정적인 흐름은 그리 오래가지 못했다. 4월이 되자 새로운 고민의 불씨가 피어났다. 심한 갑질을 하는 상사가 나타났기 때문이다. 그러자 몸 상태가 곧바로 다시 안 좋아졌다.

차라리 회사를 그만둬 버릴까 싶기도 했다. 회사 내 정보를 이리저리 알아본 결과 외곽 지역 매장의 판매원이 본사의 상품기획부로 복귀하는 것은 쉽지 않아 보였다. 그렇다면 과연 지금의 스트레스를 견디면서까지 일해야 할 이유가 있을까….

게다가 올해 안에 대규모 구조조정이 있을 것이라는 소문마저 나돌았다. 정리해고되어 회사에서 잘리느니, 이쪽에서 먼저 그만두는 편이 훨씬 마음 편할지도 모른다.

그러나 이런 생각을 하면서도 좀처럼 결단을 내리지 못했다. 와타루는 블리제의 옷을 좋아했다. 부담 없는 가격대임에도 마감이 깔끔했고 디자인 역시 해외 일류 브랜드에 뒤지지 않았다. '다가올 시대가 기대하는 건 바로 이런 브랜드다'라는 자부심이 있었다.

언젠가 다시 옷을 만들고 싶다. 옷을 만든다면 블리제여야 한다.

이런 생각을 버릴 수가 없었다.

정사원이라는 안정적인 환경을 포기하는 것도 쉽지 않았다. 아내도 잃고 직장마저 잃으면 아무것도 남는 게 없잖아.

페이퍼 타월로 손을 닦는데 문이 열리는 소리가 늘렸다.

이 화장실은 고객과 직원이 함께 쓰는 곳이다. 혹시라도 고객을 마주치면 고개를 가볍게 숙이며 "감사합니다"라고 인사하는 것이 매장 직원의 매뉴얼이었다.

다 쓴 페이퍼 타월을 휴지통에 버리는 순간 고객이 아닌 점장, 구라하시 가즈야가 들어왔다. 이번 가을의 주력 제품인 체크 셔츠는 그와 조금도 어울리지 않았다.

와타루가 고개를 숙이자 구라하시는 검은 뿔테 안경을 고쳐 쓰며 눈썹을 찌푸렸다.

"누가 이런 데서 땡땡이치래."

"죄송합니다, 배가 좀 아파서요."

조금 전 거울에 비친 얼굴은 자신이 보기에도 창백했고, 뺨도 홀쭉하게 꺼져 있었다. 꼴이 이 지경이라 의심받지 않을 줄 알았는데 구라하시는 팔짱을 끼더니 혀를 찼다.

"너 지금이 어떤 시기인지 몰라?"

"네, 알고 있습니다…."

니시타마점은 초여름, 앞당겨 진행한 세일에서 판매 할당량을 채우지 못했다. 9월 중순에 있는 연휴, 이른바 실버 위크에 열리는 창사 50주년 세일에서 그때의 마이너스까지 모두 만회하라는 본사로부터의 강력한 지시가 있었다.

하지만 이 매장은 외곽인 데다 역에서도 떨어진 길가에 있다. 평일 이런 시간대에 매장을 찾는 사람은 거의 없다. 판매 직원 한 명이 화장실을 가지 않고 버틴다고 해서 매상이 오르는 일 같은 건 일어나지 않는다는 뜻이다.

애초에 그의 말대로 화장실에 오는 것이 근무 태만이라면 구라하시 본인은 왜 여기에 있단 말인가.

구라하시도 뒤늦게 자기 말의 모순을 깨달았는지 민망한 표정으로 헛기침을 했다.

"가서 슬슬 문 닫을 준비나 해."

"벌써 닫아도 되나요?"

"8시 15분에 노비 과장님이 오실 거야."

와타루의 위가 확 쪼그라들었다. 심장이 뛰기 시작했다. 명치 언저리에 돌덩이처럼 묵직한 것이 얹힌 느낌이다.

노비 유코. 본사 판매부 과장이다. 블리제 내에서는 점장보다 높은 직급이다. 판매부 최고의 수완가로, 업계 전문지나 경제 잡지 등에 종종 등장하는 인물이었다.

올해 4월부터 이 매장이 속한 도내 서부지구를 담당하게 되었는데 와타루는 그녀가 무척이나 불편했다. 무지막지하게 몰아붙이는 타입이었기 때문이다.

그뿐 아니었다. 그녀는 늘 와타루를 트집 잡았다. 이름조차 제대로 부르지 않는다. 미대 출신이라는 걸 비꼬아 '미졸'이라고 부르는가 하면 변명이 많다면서 '그게 아니라 씨'라고 비웃는 등 별별 말을 다 갖다 붙여 면박을 줬다.

그녀의 갑질이야말로 현재 와타루가 받는 스트레스의 가장 큰 원인이었다.

"회의 때 쓰게 화이트보드 세팅 좀 부탁해."

구라하시는 그 말만 남기고 개인 사무실로 사라졌다.

미팅은 오후 8시 15분 정각에 매장 뒤 야외공간에서 시작됐다. 테이블에는 노비, 구라하시, 와타루 그리고 야마모토 고하루 이렇게 네 명이 앉아 있었다. 구라하시와 와타루는 정사원이고 고하루는 현지 채용으로 들어온 지역 사원이었다. 단기 근무자나 아르바이트 스태프들에게는 미팅 참가의 의무가 없다.

노비는 머리를 올려 묶고 진한 볼 터치를 한 모습이었다. 블리제의 제품인 머스터드색 벌룬 소매 블라우스가 잘 어울린다. 능력 있는 커리어 우먼 분위기를 풍겼다.

노비는 수첩을 펼치며 말했다.

"구라짱부터 보고해 볼까?"

구라하시는 노트북을 들여다보며 최근 사흘간의 매출 상황을 설명하기 시작했다. 긴장한 기색이었다.

굵직한 숫자들에 대한 보고를 마친 구라하시는 손수건으로 이마의 땀을 닦았다.

"역 건물이 리뉴얼한 영향도 있는 것 같습니다."

매장에서 도보 10분 정도 떨어진 곳에 사철 역이 있다. 이번 여름에 새 단장을 마쳤는데 경쟁사의 매장이 개찰구 바로 앞에 오픈했다. 입지가 좋아서인지 꽤 손님이 많았다.

"상황은 나도 알아. 그래도 그렇지."

이렇게 말하며 노비는 고하루를 쳐다봤다.

"고하루짱은 잘하고 있어. 고하루짱이 매장에 나와 있을 때 매출이 잘 나오더라고. 생각 있으면 다음 달에 정사원으로 올려줄까 하는데."

고하루는 양손으로 입을 가리며 눈을 동그랗게 떴다.

"정말요? 구조조정 중이라길래 정사원은 턱도 없겠다 싶어 포기하고 있었는데."

"아무리 구조조정 중이라 해도 열심히 하는 우수 직원한테는 그에 맞는 대우를 해줘야지."

"과찬이세요. 그래도 정말 기쁘네요. 서른이 되기 전에 꼭 정직원이 되고 싶었거든요."

"그랬을 거야. 하는 일은 똑같은데 월급이 3만 엔도 넘게 차이가 나니."

그렇게 답한 노비는 차가운 눈으로 와타루를 봤다.

"미졸은 차라리 지역 사원이 되는 게 어때? 매장에 나와 있을 때 매출이 구라짱이나 고하루짱이 나와 있을 때의 반도 안 되던데."

와타루는 테이블 밑에서 주먹을 꽉 쥐었다. 노비의 말이 맞다. 하지만 그것은 개인의 능력 차라기보다 업무 시간대의 문제라고 생각했다. 와타루는 고객이 적은 시간대를 맡는 경우가 대부분이었다. 구라하시에게 도움을 요청하는 신호를 보냈지만, 그는 시선을 피했다.

"매출이 다른 사람보다 안 나오면 근무 시간이라도 늘리든가. 연말연시라 일손도 부족한데 말이야."

추가 근무까지 강요한다. 와타루는 어렵게 입을 열었다.

"그렇지만…"

노비는 그럴 줄 알았다는 듯이 한숨을 쉬었다.

"이 봐. 누가 '그게 아니라 씨' 아니랄까 봐 또 변명부터 하지. 그렇게 핑계만 대는 버릇, 우리 회사 나가서 어딜 가도 안 먹힐 텐데."

와타루는 등줄기가 서늘해지는 것을 느꼈다. 정리해고 대상이라고 꼭 집어 말한 것과 마찬가지였다. 노비가 말을 이었다.

"상품기획부에서 밀려나서 불만이 많은 건 알겠는데 당신, 조직에 소속된 직원이잖아? 주어진 일은 열심히 해야 할 거 아냐. 근데도 맨날 이러쿵저러쿵 변명만 늘어놓으니. 부인이 마음 떠서 집을 나갈 만도 하지."

아무리 그래도 이건 과했다 싶었는지 구라하시가 끼어들었다.

"과장님, 사적인 얘기는 좀…"

노비는 어깨를 으쓱하더니 자기 머리를 주먹으로 콩콩 두드렸다.

"아 참, 말조심해야지? 사내 컴플라이언스팀에 고자질이라도 하면 잘릴지 모르는데."

"그런 짓은 안 하죠. 사랑의 매라는 걸 저희도 다 아는데요."

구라하시가 말했다. 고하루도 붕붕 고개를 저었다. 노비는 "알아주니 다행이네"라고 말하면서 다시 와타루를 쳐다봤다.

"아무튼 미좔은 분발 좀 해야겠어. 물론 고객 응대에도 재능이 필요하지만 말이야. 재능 없는 사람은 아무리 어르고 달래도 한계가 있으니…. 그래서 말인데."

노비는 와타루에게 전단지 2만 장을 준비해 뒀다고 말했다.

"내일이면 이쪽으로 도착할 테니까 잘 붙여. 전단지 홍보 효과로 매상이 오르면 미좔 실적으로 쳐줄게."

마치 아량을 베푸는 듯한 말투였다. 속마음과 상관없이 와타루는 고개를 끄덕일 수밖에 없었다. 어쨌든 만회의 기회를 얻은 것은 분명했으니까.

"알겠습니다."

"좋아. 그리고 오늘은 모두에게 전달할 게 있어."

노비는 빈 의자 위에 올려진 가방을 들었다. A4 크기의 서류봉투 세 개를 꺼낸 후 하나씩 건넸다. 지난달 받았던 사내 건강 검진 결과였다. 구라하시가 고개를 갸웃거렸다.

"작년까지는 우편으로 집에 보내주지 않았나요?"

가족들이 허락 없이 열어보는 등의 문제가 생겨 올해부터는 본인에게 직접 전해주는 방식으로 변경되었다고 노비가 말했다.

"전무님이 가족들한테 간 수치가 안 좋은 걸 숨기고 매일 술 마시러 다니다가 사모님한테 들켜서 난리가 났었나 봐."

노비는 전무님 라인이었다. 웃어도 되는 건지 감이 오지 않았다. 구라하시도 두루뭉술한 반응으로 넘긴 후 곧바로 자신의 봉투를 뜯어 내용을 확인했다.

"아, 다행이다. 중성지방 수치가 정상으로 나왔네. 작년에는 기준치보다 높아서 아내한테 들들 볶였는데."

그 외에 정밀 검사가 필요하다거나, 의료기관의 진찰을 권하는 항목도 없다며 구라하시는 가슴을 쭉 폈다.

"다행이네요. 나도 한번 볼까?"

고하루가 자신의 봉투를 열었다. 이내 얼굴에 미소가 번진다.

"아무 이상 없어요. 이제 걱정 없이 식욕 넘치는 가을을 만끽해야지."

노비의 시선이 와타루를 향했다.

"미즐은 어때?"

어떠냐니, 불편한 질문이다. 건강 검진 결과는 무척 민감한 개인정보인데. 말할 의무는 없다고 생각했는데 노비가 빤히 쳐다보며 말했다.

"말해봐. 정밀 검사나 진찰이 필요하면 곧바로 유급휴가를 줄테니까. 이래 봬도 내가 그런 거 하난 확실하게 챙긴다고."

구라하시가 고개를 끄덕인다.

"열어봐. 휴가가 필요한 상황이면 지금 바로 승인해 줄 테니까."

구라하시까지 거드니 피할 방법이 없었다. 봉투를 열어 검진 결과 시트를 꺼낸다.

과민대장증후군이 혈액 검사에 영향을 주지는 않을 터였다. 정상 수치 표시가 쭉 늘어선 리스트 가운데 재검사를 요망하는 표시 하나가 눈에 들어왔다. 혈압 항목이었다. 지금껏 혈압이 높다는 이야기는 들어본 적 없었다. 혈압에는 신경도 안 썼다. 그래서 이 수치가 정상 범위를 얼마나 벗어났는지도 알 수 없었다. 그런데….

"고혈압인가 봐요. 의료기관에서 다시 검사를 받아보라고 하네요."

고하루는 미간을 찌푸리며 수치가 어느 정도냐고 물었다.

"음⋯. 156에 100."

와타루의 대답에 노비가 코웃음을 쳤다.

"병원 안 가도 돼. 오히려 가는 게 손해지. 유급휴가 얘기는 없었던 걸로."

조금 아까 했던 말과 영 딴판이다. 게다가 검사 결과를 무시하라니, 이런 막무가내가 어디 있을까. 이유를 묻자 노비는 놀랍다는 듯이 눈을 크게 떴다.

"몰라? 고혈압은 의사랑 제약 회사가 짜고 만든 병이라는 거."

예전에는 최고치 180, 최저치 100 이상일 때 고혈압으로 진단을 내렸다. 그런데 약 20년 전부터 140에 90 이상이면 고혈압으로 판정하도록, 일본고혈압학회가 기준을 엄격하게 바꿨다. 지금은 130에 80을 기준으로 하도록 추진하고 있는 모양이다.

"그래야 환자가 늘고 약이 많이 팔리니까. 의사랑 제약 회사 양쪽 다 이득이지."

구라하시가 무릎을 쳤다.

"머리 질 썼네요."

노비는 의기양양한 말투로 덧붙였다.

"의사나 제약 회사는 전문가가 아닌 사람들을 우습게 본다니까? 어차피 어려운 얘기는 못 알아듣는다고 생각하고 환자들을 약에 절게 만들어서 단물만 쪽쪽 뽑아 먹는 거지."

그 자신만만한 말에 와타루는 아차, 싶었다. 예전에 처방받은 과민대장증후군 약이 효과가 없었던 것이 떠올랐다. 차도가 없다고 의사에게 상의해 봤지만 의사는 "계속 복용하면서 상황을 지켜보죠"라는 말만 반복했다.

설마 그때도 그래서….

"아무튼 미졸의 고혈압은 무시해도 돼. 가봤자 수명만 단축될 뿐이니까 병원 갈 생각은 하지도 마. 모든 약에는 부작용이 있는 법이라고. 알겠어?"

노비를 싫어하지만, 지금의 이야기는 설득력이 있었다.

"병원에 가지 말고 상황을 봐야겠네요. 조언 감사드립니다."

노비가 고개를 끄덕인다.

"현명한 판단이야. 어차피 지금 병원 같은 데 다닐 상황도 아니고. 실버 위크에 얼마나 성과를 올리느냐에 달렸겠지. 내일부터 수고 좀 해."

매장 문을 닫고 가게 뒤편에 세워둔 자전거의 잠금장치를 푸는데 등 뒤에서 인기척이 느껴졌다. 돌아보니 여성의 모습이 보였다. 야마모토 고하루였다. 꽤 날카로운 눈빛을 하고 있다.

"뭐 두고 갔어?"

"아뇨, 그게 아니라… 노비 과장님이 한 말 귀담아듣지 마시라고요."

"전단지 말이야?"

고하루는 고개를 가로저었다.

"아뇨, 혈압 얘기요. 내일이라도 당장 병원에 가보세요. 아야세 씨 나이에 156은 꽤 높은 수치라고요. 뇌경색이나 심장발작으로 쓰러질 수도 있어요."

크게 와닿지는 않았다. 대장에는 오랫동안 문제가 있었지만, 혈압 때문에 몸이 안 좋다고 느낀 적은 단 한 번도 없었다.

그렇게 답하자 고하루는 자신의 양팔을 껴안듯 감쌌다. 그러고는 몸을 잘게 떨며 말했다.

"자각 증상이 없는 게 고혈압의 무서운 점이라고요."

"그런가?"

"저희 삼촌도 혈압이 높았는데 노비 씨랑 똑같은 말을 했어요. 바보도 아니고, 의사랑 제약 회사의 농간에 넘어갈 줄 아냐고. 저희 부모님도 그 말을 듣고 그런가 보다 했대요. 근데 결국 삼촌은 작년에 뇌경색으로 쓰러졌어요."

반년 정도 의식불명 상태로 입원해 있다가 세상을 떠났다고 했다.

"부모님이 자책을 많이 하셨어요. 왜 그런 시답지 않은 음모론을 믿었을까. 삼촌을 병원에 끌고 가서 혈압약만 먹게 했어도 더 오래 살 수 있었을 텐데, 라고요."

고하루의 표정이 진지했다.

"내일, 오전 출근이시죠?"

"그런데?"

내일 근무 시간은 아침 9시부터 오후 6시까지였다.

"저 원래 오후 출근인데 내일 9시까지 나올게요. 그러니까 병원에 가보세요.”

갑자기 배탈이 났다고 둘러대면 된다고 고하루가 말했다.

“그렇게까지 안 도와줘도 돼.”

고하루는 다급하게 와타루의 팔을 붙잡았다. 그러더니 거친 목소리로 말한다.

“음모론에 넘어가서 목숨을 잃다니, 그런 황당한 일이 또 어디 있어요! 6개월쯤 전부터 살도 많이 빠지셨잖아요.”

“그건… 사실 과민대장증후군 때문에 설사를 자주 해서 그래.”

“어쩌면 그것도 혈압이랑 관련 있을지 몰라요.”

아니, 그건 아닐 거다. 과민대장증후군의 원인까지는 명확히 알 수 없지만, 상태가 안 좋아진 것은 분명 스트레스 때문이다. 하지만 일일이 반론하기도 귀찮고, 휑한 주차장에서 언쟁을 벌일 일도 아니라는 생각이 들었다.

“알았어, 알았다고. 시간 나면 병원에 가볼게.”

적당히 넘기려는데 고하루가 답답하다는 듯 입술을 깨물었다. 꽉 잡은 팔을 놓아줄 생각이 없어 보인다. 슬슬 짜증이 났다.

“야마모토 씨도 들었을 거 아냐. 난 지금 정리해고 대상이라고. 마지막 기회라는데 어떻게 쉬겠어.”

게다가 가지 말라던 병원에 갔단 사실을 들키기라도 하면 노비의 심기는 더더욱 안 좋아질 것이다.

“목숨보다 중요한 게 어디 있는데요.”

“그럴싸한 말로 강요하지 마. 혈압 좀 높다고 계속 죽는다, 죽

198

는다. 무슨 악담하는 것도 아니고 불쾌하다고."

고하루의 얼굴이 일그러지는 것이 보인다.

"아야세 씨, 너무 하시네요…."

"내버려둬. 내 인생이니까".

고하루의 눈에 눈물이 번졌다.

"후회하셔도 전 몰라요."

발걸음을 돌리더니 그대로 뛰어간다.

자신을 염려해서 한 말이라는 건 안다. 하지만 지금 상황에서 그런 속 편한 소리나 하며 이래라저래라 강요하는 건 쓸데없는 오지랖일 뿐이다.

와타루는 자전거에 올라탔다. 밤바람이 차가웠다.

2

와타루는 아침 8시 정각에 방에서 입던 옷 그대로 집을 나섰다.

어제보다 훨씬 선선해진 것 같다. 쌀쌀함에 몸이 움츠러든다. 샌들을 신은 발끝이 제법 차가웠다. 와타루는 걸음을 재촉했다. 목적지는 걸어서 30초밖에 걸리지 않는 코인로커식 채소 직판장이다. 연초에 이혼 사실을 알릴 겸 본가에 갔을 때 어머니에게 몸 상태에 대해 말했더니 채소를 많이 먹어야 한다고 했다. 그 후로 사흘에 한 번꼴로 이곳에 들르고 있다.

원래는 퇴근길에 들렀는데 필요한 채소들이 다 팔려버리는 일이 많아서 두 달쯤 전부터는 아침에 일어나 출근하기 전에 미리 다녀온다. 직판장을 운영하는 농가가 매일 8시쯤 채소를 채워 넣는다는 사실을 알고부터는 그 시간에 맞춰 가고 있다.

그곳 농가의 주인은 가시오 헤이조라는 여든을 넘긴 어르신이다. 쇼타라는 이름의 손자와 함께 유기농 채소를 다품종 소량 생산하고 있다. "혼자 살아서 무 한 통을 사면 거의 남기게 된다"라는 말을 슬쩍 흘렸더니 본인이 있을 때 오면 여러 종류의 채소를 조금씩 섞어주겠다고 했다. 더할 나위 없는 조건이었다.

헤이조와 별거 아닌 대화를 하다 보면 기분 전환이 되기도 했다. 와타루는 꽤 낯을 가리는데 웬일인지 헤이조와는 아무렇지 않게 이야기를 나눴다.

판매장에 도착하자 때마침 쇼타가 미니 트럭에서 채소가 담긴 컨테이너들을 다 내린 참이었다. 쇼타는 운전석에 올라타더니 가볍게 클랙슨을 울리며 사라졌다. 코인로커에 채소를 넣는 것은 헤이조의 몫이다.

헤이조는 언제나처럼 목에 수건을 감은 채 요미우리 자이언츠의 모자를 쓰고 있었다.

"안녕하세요."

인사를 건네자 기력 넘치는 대답이 들려온다.

"왔어? 이제 곧 연휴네. 뭐 우리 같은 농가는 쉬지도 못하지만."

헤이조는 컨테이너에서 빵빵한 봉지 하나를 꺼냈다. 주름 가득한 손으로 와타루에게 건넨다.

"오늘쯤 아야세 군이 올 것 같아서 세트로 묶어놨지. 100엔만 줘. 거저 주는 거야."

봉지 안을 들여다보니 무 반 통, 가지 두 개, 피망 두 개와 소송채 반묶음이 들어 있었다.

"가지랑 피망은 된장에 볶아 먹으면 좋아. 삼겹살 좀 사서 같이 넣고. 무는 갈아서 곁들여 먹으면 맛있지."

말을 잇던 헤이조가 고개를 갸웃거렸다.

"가만, 나 지난주에도 똑같은 얘기 하지 않았나?"

헤이조의 말에 와타루는 깜짝 놀랐다.

지난주에 샀던 가지와 피망이 냉장고에 그대로 남아 있는 것이 생각났다. 그러고 보니 사흘 전에 샀던 감자랑 토마토도 아직 먹지 못했다. 요즘 통 식욕이 없어서 잘 먹지 못했기 때문이다. 하지만 아무렇지 않은 척 받아 든 와타루가 말했다.

"맛있어 보이네요. 매번 감사해요."

"아휴, 뭘. 나야말로 감사하지. 저번에 우리 가게 채소를 먹고부터 컨디션이 좋아졌다고 그랬잖아."

그러다 헤이조가 문득 의아한 표정을 지었다.

"근데 지금 보니까 안색이 안 좋은데? 얼마 전에 만났을 때도 느꼈는데, 살이 너무 많이 빠진 거 아니야?"

"사실 요즘 자주 배가 아파서요."

"병원에는 가봤고?"

"예전에는 갔었는데 처방받은 약이 전혀 효과가 없더라고요. 그래서 지금은 안 먹어요. 원래 의사들은 필요도 없는 약을 팔아 돈을 번다고들 하잖아요."

헤이조의 표정이 묘하게 바뀌었다. 일단 분위기를 한번 전환해 보려는 듯 헛기침을 하며 물었다.

"그러고 보니 회사에서 건강 검진 받았다며. 거기에서는 뭐 나온 거 없고?"

"대장 쪽은 딱히 문제없는 모양인데 고혈압이라고 하더라고요."

"그 나이에 고혈압? 의사한테 진찰받는 게 좋을 것 같은데."

"아네요."

지난번 노비에게 들었던 이야기를 헤이조에게도 해줬다.

"다 제약 회사와 의사들의 농간이더라고요. 실상을 알고 경악했어요."

헤이조는 팔짱을 꼈다.

"나도 병원을 그리 좋아하는 편은 아니지만…. 그래도 가보는 게 좋을 것 같아."

"괜찮아요."

슬슬 대화를 마무리 지으려는데 오늘의 헤이조는 은근히 집요했다.

"그건 그렇고, 연휴 중에 쉬는 날 없어? 있으면 부모님도 좀 뵈러 가고 그래. 본가가 이바라키랬나?"

머릿속에 어머니의 얼굴이 떠올랐다. 안 그래도 어젯밤에 전화가 와서 얼굴 좀 비추라는 이야기를 들었다.

와타루야말로 부모님 댁에 가고 싶었다. 부모님과 셋이 거실에 앉아 한가롭게 텔레비전이나 봤으면 좋겠다. 하지만 그러고 있을 때가 아니었다.

퇴근 후에 틈틈이 전단지를 붙이고 있는데 이렇다 할 효과는 없었다. 이대로 가면 니시타마 매장은 아마 할당량을 채우지 못할 것이다. 그러면 노비는 이번에도 다 와타루의 탓으로 돌리겠지.

휴일을 반납하고 매장에 나가 의욕을 보이지 않으면 정리해고 대상이 될 게 뻔했다.

"휴가 같은 거 없어요. 아마 월말에나 쉬는 날이 생길걸요⋯."

헤이조는 입을 떡 벌렸다.

"블리 어쩌고 하는 의류 브랜드에 다닌다고 하지 않았어? 거기 누구나 다 아는 대기업이잖아. 그런 회사가 근로기준법을 모를 리도 없고. 그러다 고소당하는 거 아냐?"

"근로기준법 같은 건 다 허울뿐이에요. 서류상으로는 확인도 안 될 거고요. 오늘만 해도 공식적으론 쉬는 날인걸요. 제가 자진해서 추가 근무를 해서 그렇지⋯."

헤이조의 눈빛이 험악해졌다.

"왜 그렇게까지 해야 하는데?"

점점 거슬리기 시작했다. 고하루와 똑같다. 헤이조도 선의로 하는 말이라는 건 안다. 하지만 아무리 그럴듯한 말이라도 다른 선택지가 없는 사람에게는 괴롭게 들릴 뿐이다.

"서비스 챙겨주셔서 감사해요."

인사를 하고 왔던 길로 돌아가려는데 헤이조가 팔을 붙잡았다.

"아야세 군, 자네 좀 이상해."

"이상하다니요?"

"아까도 말했지만 급격하게 살이 빠지기도 했고 눈빛도 멍하다고. 게다가 발은 또 왜….."

발 쪽으로 시선을 돌렸다가 흠칫 놀랐다. 오른쪽은 양말을 신었는데 왼쪽은 맨발이었다.

"너무 지쳐 보여. 오늘은 쉬는 게 좋을 것 같은데."

헤이조는 와타루의 팔을 붙잡은 채로 핸드폰을 꺼내 누군가에게 전화를 걸었다.

도대체 뭘 어쩌려는 걸까. 뭐가 됐든 다 쓸데없는 참견일 뿐이다.

헤이조의 손을 뿌리치려 했지만 옹이투성이의 손가락이 단단히 쥐고 놓아주질 않는다. 수십 년간 힘쓰는 일을 해온 사람의 손이었다.

5분 후, 와타루는 헤이조와 함께 경차의 뒷자리에 나란히 앉아 있었다. 운전석에서 핸들을 잡은 사람은 헤이조의 손자 쇼타다.

헤이조는 병원에 가야 한다며 물러서지 않았다. 잘 아는 의사가 있으니 그 사람에게 가자고 했다.

"당장 일하러 가야 해요. 그런 데 갈 시간 없다고요."

아무리 설명해도 헤이조는 팔을 놓아주지 않았다. 입씨름하는 사이, 쇼타가 새 양말을 챙겨 항상 타고 다니는 미니 트럭이 아닌 경차를 끌고 나타났고, 거의 납치하듯 차에 태웠다.

발이 너무 시려서 별수 없이 쇼타가 건넨 양말을 신었다. 블리제 제품이 아니라는 게 불만이었다. 역시 블리제의 것이 훨씬 나았다. 양말만 해도 부담 없는 가격에 촉감은 고급스럽다. 그런 훌륭한 회사에서 잘려서는 안 된다.

아오시마 종합병원에 와본 것은 이번이 처음이었다. 이 지역의 주요 병원 중 하나라고 한다. 정문을 통과하자 요새 같은 웅장한 건물들이 눈에 들어왔다. 주차장은 지하라는 표지판이 세워져 있었다.

그러나 헤이조의 지시에 따라 쇼타가 차를 세운 곳은 잡목림으로 들어가는 입구였다. 자잘한 자갈이 깔린 길이 안쪽까지 이어져 있었다.

"할아버지, 진짜 여기가 맞아요?"

"어, 확실해. 고마워."

헤이조는 와타루를 재촉하며 차에서 내렸다. 쇼타는 가볍게 손을 흔들더니 대로로 사라졌다.

"자, 가자."

헤이조는 와타루의 등에 손을 올리고 자갈길을 걷기 시작했다.

하늘은 새파랗고 공기는 차가웠다. 숨을 내뱉자 하얗게 김이 나왔다. 습도가 낮은지 콧속 점막이 따끔따끔했다. 와타루는 헤이조에게 떠밀리듯 걸었다. 한 걸음 한 걸음 디딜수록 호흡이 깊어지는 것이 느껴졌다. 가슴 안쪽까지 따끔거리는 기분이다.

헤이조는 고개를 살짝 갸웃거렸다.

"무슨 소리가 나는데?"

그러고 보니 팡, 팡, 소리가 들린다. 5초에 한 번 정도의 간격이었다. 사이사이에 "하잇!" 하는 여성의 목소리가 들리는 것도 같았다. 여기는 분명 병원 부지인데. 대체 뭘 하는 건지 의아하게 여기며 발걸음을 옮겼다.

갑자기 시야가 확 트였다. 서양식 단층집이 눈에 들어왔다. 얼마 지나지 않아 아까 들었던 소리의 정체를 알 수 있었다. 현관 앞 지붕이 드리운 공간에 절구통이 놓여 있었다.

절굿공이를 치켜들고 있는 사람은 위아래로 선명한 푸른색의 레인 슈트를 입은 남자였다. 한 벌짜리 오렌지색 트레이닝복을 입은 여성이 "으쌰!" 하고 추임새를 넣어가며 떡을 찧었다.

헤이조는 기지개 켜듯 몸을 쭈욱 펴서 그들에게 손을 흔들었다.

"어이! 아오시마 선생!"

와타루는 흠칫 놀라고 말았다. 저 사람이 날 진찰해 줄 의사라고?

남자가 절굿공이를 내리쳤다. 경쾌한 소리가 난다. 남자는 절굿공이의 머리를 절구통에 꽂은 채로 고개를 들었다.

"오랜만이네요, 헤이조 씨. 기다리고 있었습니다."

설마 했는데 그 단층집 안에 진료실이 있었다. 진료과 명은 종합내과라고 한다.

헤이조와 나란히 진찰실 의자에 앉아 기다리고 있자니 아오시마가 들어왔다. 놀랍게도 반바지 차림이었다.

장소에 걸맞은 복장은 아니었지만 아오시마에게는 잘 어울렸다. 중년을 넘긴 남성 중에 반바지를 멋지게 소화하는 사람은 그리 많지 않다. 대부분은 부채라도 하나 쥐여줘야 할 것 같은 분위기가 되기 십상이다. 그러나 아오시마는 달랐다. 휴가를 맞아 고급 리조트에서 산책을 즐기는 사업가 같은 분위기를 풍긴다.

아오시마는 체형도 훌륭했다. 특히 종아리 근육이 이상적이다. 아마 그것이 저 스타일을 돋보이게 하는 이유 중 하나일 테다. 아래로 내려가면서 살짝 좁아지는 바지의 디자인도 한몫했을지 모른다.

중년도 멋지게 입을 수 있는 반바지…. 다음 여름 상품 라인에 넣어도 좋을 것 같다.

아오시마는 옷걸이에 걸려 있던 흰 가운을 걸친 뒤 진료용 의자에 앉았다.

"잠시만 기다려주세요. 미카짱이 떡을 가져올 거예요."

헤이조는 스툴에 걸터앉아 말했다.

"아직도 이렇게 한가해? 내가 도움받았을 때는 개업 직후라 그러려니 했지만 이제 1년도 넘었잖아."

아오시마가 씁쓸하게 웃었다.

"바쁘진 않아도 환자는 조금씩 늘고 있어요. 오늘도 이렇게 헤이조 씨가 새로운 환자분을 모시고 와주셨잖아요. 입소문 내주시는 분들께 감사할 따름입니다."

그의 말이 다 끝나기 전에 안쪽에서 문이 열리더니 아까 그 여성이 오렌지색 유니폼을 입고 나타났다. 팥이 올라간 동그란 떡을 담은 접시들이 나란히 놓인 쟁반을 들고 있다. 한입에 쏙 들어갈 크기의 떡이었다.

"자, 심혈을 기울여 직접 만든 떡입니다."

그렇게 말하면서 접시를 건네주었다. 헤이조는 곧바로 떡을 입에 넣었다.

"헤이조 씨 댁에서도 떡 해 드시나요?"

미카라고 불리던 간호사가 물었다.

"예전에는 쌀농사도 지어서 해 먹었는데 지금은 채소만 길러서. 아야세 군도 먹어봐. 맛있네."

내키지는 않았지만 대접해 준 음식을 안 먹기가 미안해서 떡을 한 입 베어 물었다. 보기보다 더 부드러웠다. 그런 생각이 들자, 갑자기 놀라울 정도로 식욕이 돋았다. 촉감에 식욕이 자극받다니, 처음 있는 일이었다. 와타루는 정신없이 떡을 먹었다.

미카가 물티슈를 건네주었다. 물티슈로 손가락을 닦으며 와타루가 말했다.

"잘 먹었습니다. 이렇게 맛있는 떡은 처음이에요."

"귀한 쌀로 만들었거든요. 쌀 맛은 최고인데 재배가 어려워서 구하기 쉽지 않아요."

규슈에 있는 지인의 농가에서 햇볕에 갓 말린 햇찹쌀을 보내 주었다고 한다.

아오시마와 헤이조는 한바탕 찹쌀에 관한 진지한 대화를 나눴다. 미카가 끓여온 차를 마시며 아오시마가 말했다.

"그래서 오늘은, 아야세 씨가 저에게 상담하고 싶은 일이 있다고 하셨죠?"

와타루가 입을 열기 전에 헤이조가 먼저 고개를 끄덕였다.

"아야세 군은 의사를 불신하는 모양인데 나도 예전에는 병원이라면 질색했어. 그러다 이 선생을 만나고 생각이 바뀌었지. 덕분에 녹내장 진행도 막을 수 있었고 아오시마 선생에겐 감사할 따름이야. 아야세 군도 얘기해 보면 좋을 것 같아서."

아오시마는 와타루의 얼굴을 봤다.

"어떤 점 때문에 믿지 못하시는 건지 구체적으로 말씀해 주실 수 있나요?"

"아뇨, 그냥 저는… 군이 의사한테 진찰받을 필요가 없는 것뿐이라서…."

헤이조는 말도 안 된다는 듯 코웃음을 쳤다.

"그런 거 아니잖아. 아까도 고혈압은 제약 회사랑 의사들이 만들어낸 질병이라고 해놓고."

아오시마의 얼굴이 확 밝아졌다.

"아, 그 얘기군요. 그 분야라면 제가 전문입니다. 이미 비슷한 상담을 여러 차례 했거든요."

아오시마는 와타루를 향해 말했다.

"극단적으로 말하면 네, 맞는 말씀입니다."

"네?"

"고혈압은 의사와 제약 회사가 만들어낸 병이 맞아요."

아오시마는 진지한 얼굴로 말했다. 무조건 아니라고 잡아뗄 줄 알았는데 놀라운 반응이었다.

"그런 거야?"

헤이조도 멋쩍게 물었다.

"고혈압은 자각증상이 거의 없어요. 그래서 옛날에는 아무도 질병이라고 생각하지 않았죠. 그러던 것이 의학이 발전하면서 고혈압인 사람들이 약을 먹어 혈압이 낮아지면 심장질환이나 뇌 질환 발병 위험이 적어진다는 걸 알게 됐어요. 그로 인해 혈압을 낮춰야 한다는 이야기가 나왔고 약이 보급되기 시작했죠. 그러니까 의사와 제약 회사가 없었다면 분명 고혈압이라는 병은 존재하지 않았을 거예요."

그런 거구나. 와타루는 아오시마의 설명이 매우 설득력 있다고 생각했다. 노비에게 들었을 때는 의사와 제약 회사가 담합해서 환자들에게 과장되게 겁을 준 다음, 원래대로라면 안 먹어도 될 약을 억지로 먹이는 듯한 인상을 받았는데 그렇지는 않은 것 같다. 아오시마는 계속 이야기를 이어갔다.

"기준치를 낮춘 것에도 이유가 있습니다."

기준치는 환자들을 몇 년 동안 추적 연구하여 모은 결과를 바탕으로 만들어진다. 데이터가 쌓이면 쌓일수록 연구의 신뢰도가 높아진다. 그 결과에 따라 기준치가 변경되는 것은 자연스러운 일이다.

와타루는 몇 번이고 고개를 주억거렸다. 아오시마의 해설을 듣는 것과 듣지 않는 것에는 큰 차이가 있었다.

'음모'의 실체를 알자 갑작스레 불안이 밀려왔다. 고하루가 했던 말이 떠올랐기 때문이다.

"그럼, 갑자기 쓰러질 가능성도 있나요? 누가 그랬거든요. 제 혈압이 156에 100이랬더니 당장 혈압약을 먹어야 한다고."

"딱 한 번 혈압을 잰 거로는 단언하기 어렵네요. 어디, 다시 한 번 측정해 볼까요?"

진료대에 앉아 있던 미카가 폴짝 뛰어 내려왔다.

선반에서 신속하게 혈압계를 꺼내 아오시마에게 건넨다. 아오시마는 와타루의 팔에 혈압 측정기를 채우고 혈압을 재기 시작했다.

"148에 98. 확실히 높긴 하네요."

"그럼, 저는 당장 약을 먹어야…."

아오시마는 고개를 저었다.

"가능하면 약은 최대한 안 먹는 게 좋아요. 돈도 많이 들고 부작용의 위험도 있으니까요."

"네? 그렇지만…."

혼란스러웠다. 고혈압을 치료하려면 약을 먹어야 하는 건지,

먹으면 안 되는 건지.

아오시마는 미소를 지었다.

"아야세 씨, 그때그때 들은 정보에 너무 휘둘리는 거 아니에요?"

혈압이 높아도 혈압약은 먹지 마라. 혈압이 올라가면 혈압약부터 먹어라.

양쪽 다 어느 정도 맞는 말이다. 그러나 뒤집어 말하면, 양쪽모두 어느 정도는 틀렸다.

"결론은 환자마다 다르다는 거예요."

헤이조는 고개를 갸웃거렸다.

"우리 같은 비전문가들은 더 확실하게 딱 잘라 말해줘야 알아듣지."

"헤이조 씨처럼 말씀하시는 분들이 많아요. 그러다 보니 극단적인 주장이 늘 각광을 받죠. 그렇지만 실제로 환자에게 뭐가 필요한지는 환자 본인과 직접 진찰한 의사밖에 알 수 없어요. 예컨대 아야세 씨의 경우는…."

뭔가 조치를 하긴 해야겠다고 아오시마가 말했다.

"일단 당분간은 집에서 혈압을 재보세요. 그 결과 고혈압인 것이 확실해지면 혈압을 낮추는 약을 먹으면 좋은데, 동시에 생활습관도 한번 돌아봤으면 합니다. 운동치료나 식이요법을 통해혈압이 다시 정상 범위 내로 돌아올 가능성도 얼마든지 있으니까요. 그러면 혈압약을 먹을 필요도 없어지죠. 운동치료와 식이요법도 하지 않으면서 약에만 의존하는 건 개인적으로 추천하지 않습니다."

와타루는 후우, 하고 긴 숨을 쉬었다.

엉켜 있던 실타래가 깔끔하게 풀린 듯한 기분이었다.

"하나 더, 아야세 씨에게 말해두고 싶은 게 있어요. 아까 전화로 헤이조 씨에게 들었는데 일이 굉장히 바쁘시다면서요?"

질문을 들은 와타루가 흠칫했다. 떡을 찧는 모습에 정신이 팔렸고 갓 만든 떡을 맛본 뒤 감동했다. 그 후로는 아오시마의 유려한 화술에 마음을 뺏겼다. 그 탓에 완전히 잊고 있었는데, 지금은 이렇게 여유를 부릴 때가 아니었다.

"죄송합니다, 벌써 시간이⋯."

"조금 더 있다가 가도 되지 않아?"

헤이조의 말에 아랑곳하지 않고 와타루는 자리에서 일어났다.

"오늘 상담 감사했습니다."

3

연휴 첫날에 그랬듯, 둘째 날도 와타루는 아침 일찍 출근했다. 어제는 통상 근무였고 오늘은 자진해서 하는 초과 근무였다.

월초부터 3주 동안 연속 출근 중이다. 게다가 연휴 직전까지 퇴근 후 근처에 전단지를 붙이러 다녔기 때문에 피로도는 극에 달해 있었다.

그래도 쉴 생각은 없었다. 어제부터 시작된 세일 기간 동안 매출을 얼마나 올리느냐에 따라 자신의 미래가 결정된다고 해도 과언이 아니기 때문이다.

어제의 매출은 그럭저럭 나쁘지 않았다. 그러나 오늘 장사가 어떨지는 모를 일이다. 가만히 방 안에 누워 있을 수는 없었다.

더군다나 오늘은 노비가 상황을 보러 매장에 들를지도 모른다고 했다. 혹시 기대에 못 미치는 결과가 나오더라도 적어도 최선을 다했다는 어필이라도 해야 했다. 그렇지 않으면 빼도 박도 못하고 정리해고 대상이 될 것이다.

오픈 30분 전에 출근하자 구라하시가 말했다.

"아야세가 상품 준비와 진열을 맡아. 주력 상품은 사이즈가 빠지지 않도록 주의하고. 어제도 말했다시피 오늘 노비 과장님이 올지도 몰라. 시큰둥한 얼굴로 있으면 안 되니까 표정 관리들 잘해. 그리고 그 머리 좀 어떻게 하지?"

와타루는 앞머리를 매만졌다. 의식이 몽롱한 상태로 출근했다. 자느라 뻗친 머리가 아직 그대로인 듯했다.

"화장실 세면대 밑 수납장에 헤어 제품 갖다 놨으니까 손질하고 와."

"죄송합니다."

머리를 숙이자 구라하시는 와타루의 등을 가볍게 두드렸다.

"아야세 군, 이번에 다시 봤어. 자네가 전단지를 열심히 붙인 덕에 어제 손님이 늘었다고 과장님한테 보고할 생각이야."

구라하시는 마치 힘내라고 격려하듯 꽉 쥔 주먹을 들어 보였다.

머리를 정리하고 창고에 들어가자 고하루가 있었다. 바닥에 쭈그린 채 상자에서 여성용 스웨터를 꺼내고 있었다.

"아, 아야세 씨."

고하루는 몸을 일으켰다.

"오늘은 좀 쉬시지. 이렇게 맨날 나오다간 체력이 못 버틸 거예요."

"전에도 말했지만 그럴 상황이 아니야."

"아직도 안색이 안 좋다고요."

"말했잖아, 병원에 다녀왔다니까? 이제 괜찮아. 다음에 시간 있을 때 혈압에 대한 제대로 된 정보를 알려줄게."

노미에게는 어떤 말을 해도 안 먹히겠지만 고하루는 원래 성격이 좋다. 이상한 생각에 빠지지 않길 바랐다.

의아해하는 고하루를 두고 돌아선 와타루는 구라하시가 준 메모를 보며 상자를 열기 시작했다.

우려했던 대로 오전 손님이 많지 않았다. 아침까지만 해도 더없이 친절하던 구라하시는 금세 날카로워졌다. 목이 아파 대기실에서 잠시 목캔디를 먹고 있던 와타루에게 "땡땡이치지 마"라고 쏘아붙이더니 창고로 보내버렸다.

사람은 여유가 없으면 남에게 화풀이하게 되는 모양이다. 만약 그렇다면 맨날 당하기만 하는 자신 같은 사람은 대체 누구에게 화풀이해야 한단 말인가.

그런 생각을 하며 묵묵하게 창고와 매장을 왕복하고 있자니 문득 전처가 떠올랐다.

매장으로 발령받은 후 한동안 자신도 그녀에게 화풀이를 하지 않았을까.

딱히 뾰족한 말투로 그녀의 탓을 한 적은 없었다. 하지만 끊임 없이 신세 한탄을 했다. 빈정거렸던 기억도 난다.

인정하고 싶지 않지만, 아내를 질투했었다. 자신이 원하는 부 서에서 활기 넘치게 일하는 모습을 보는 것이 괴로웠다. 아내가 밤늦게까지 귀가하지 않았던 것도 와타루의 태도가 문제였을지 도 모른다.

지금껏 이혼의 원인을 아내의 성격 때문이라고 단정했었다. 하지만 실제로는 그렇지 않았을 수도 있다. 적어도 계기를 만든 것은 자신일 터였다.

그런 생각을 하자 기분이 한없이 가라앉았다. 상자를 열던 손 을 멈추고 그대로 무릎을 꿇었다. 몸을 잔뜩 웅크린 채 상자 위 에 머리를 기댔다. 눈 안쪽이 뜨거웠다.

헤어졌어도 전처는 여전히 같은 회사의 동료였다. 언제, 무슨 일로든 마주칠 수 있다. 그런 날이 오면 꼭 사과해야겠다. 예전의 관계로 돌아가길 바라는 건 아니지만, 그녀를 괴롭게 했다는 건 틀림없는 사실이었다.

그때 갑자기 창고 문이 열렸다. 아차, 했을 땐 이미 늦었다. 바지 정장 차림에 가슴 위로 화려한 스카프를 감은 노비가 우뚝 서 있었다.

"참나, 이 정신없는 상황에 자고 있어?"

화를 억누르는 목소리였다. 와타루는 벌떡 일어나 부동자세를 하고 꼿꼿이 섰다. 그러고는 깊이 고개를 숙였다.

"죄송합니다. 저도 모르게 깜빡…."

"세일 중인 양말, 다 떨어져 가잖아. 손님들이 짜증 나서 그냥 가버리면 어떡하려고 그래?"

"알겠습니다. 곧바로 채워놓겠습니다."

"그리고 이건 딴 얘긴데, 연휴 끝나면 아침 일찍 본사로 나와."

"무슨 일인가요?"

"판매부 장님한테 사과하고 와. 구라짱한테 말해서 출근 시간 조정할 테니까."

무슨 말인지 도저히 이해가 되지 않았다.

"뭐 때문에 그리시는지…."

노비는 한숨을 쉬었다.

"부장님이 노발대발했어. 전단지를 2만 장이나 붙이다니 그런 낭비가 어딨느냐고. 전단지값도, 인건비도 아깝다고. 전단지 비용은 몰라도 인건비는 들지 않았다고 했더니 그런 일로 사원한테 추가 근무를 시킨 거냐고 화내시더라."

그렇다고 한들, 왜 자신이 부장님께 사과를 해야 한단 말인가. 이해할 수 없다는 표정을 짓자 노비가 시선을 피하며 말했다.

"내가 아야세 군이 본인 매장의 목표 매출 달성을 위해 멋대로 전단지 발주를 넣었다고 했거든. 그랬더니 직접 얘기를 들어보시겠다네?"

하마터면 뒤로 넘어갈 뻔했다. 이건 해도 너무하잖아.

노비는 두 손을 모으며 말했다.

"허락도 없이 그런 짓을 벌여 죄송하다고 부장님께 사과해. 나도 같이 가서 도와줄 테니까."

노비는 이 상황이 굉장히 거북한 듯했다. 하지만 노비는 노비였다. 와타루가 입을 다물고 있자 차가운 눈빛으로 말했다.

"내 평가에 누가 되는 짓을 했다가는 정리해고 리스트에 올려버릴 테니까 그런 줄 알아."

묵직한 답답함이 목구멍 안쪽부터 치밀어 올랐다. 노비는 인사권을 쥐고 있었다. 그래서 이렇게 구는 것이다.

"부장님은 아침 9시 반쯤 출근하셔. 11시에 회의 들어가기 전까진 사무를 보신다니까 10시쯤에 와."

노비는 그 말만 남기고 자리를 떴다.

폐점 5분 전, 손님들이 헤집어 놓은 왜건 안의 상품들을 다시 개고 있는데 아담한 체격의 여성이 옆에 섰다. 오렌지색 다운재킷을 입고 있었다.

"어? 당신은…."

"종합내과의 미카예요. 헤이조 할아버지가 여기서 일하신다고 하길래 와봤죠."

미카는 그렇게 말하며 왜건 안을 재빠르게 둘러보더니 연두색 카디건과 보라색 니트를 집었다. 하나같이 아무에게나 어울리기 쉽지 않은 강렬한 색이었지만 그녀는 고민하지 않았다.

"이걸로 해야겠다. 멋있는 옷들로 골라주셔서 감사해요."

큰 목소리로 말했다. 와타루의 실적을 올려줄 모양이었다.

계산대로 향하기 전 미카가 작게 속삭였다.

"저, 차 타고 왔거든요. 오늘 오후 5시까지 근무죠? 퇴근하고 드라이브나 하죠. 집까지 바래다 드려도 되고, 같이 밥을 먹어도 좋고요."

소동물처럼 동그란 눈을 깜빡거리며 말하더니 와타루가 답을 하기도 전에 계산대 쪽으로 종종걸음을 했다.

매장을 나서자 눈앞에 오렌지색 경차가 세워져 있었다. 미카기 운전석에서 내린다. 조수석 문을 열고는 "타세요" 하고 말했다.

병원에서 하던 애기의 연장선이겠지. 내키지는 않았지만, 졸음이 쏟아졌다. 지금 몸을 눕히면 늪에 빠지듯 잠들어 버릴 것 같다. 자전거를 타고 집에 가는 것보다야 태워달라고 하는 편이 나을지도 모른다.

"그럼, 집에 좀 데려다주시겠어요?"

주소를 말하자 "물론이죠" 하고 답한 미카가 운전석에 올랐다. 시동을 걸며 말한다.

"지난번엔 좀 놀라셨죠? 저희 선생님이 영 의사 같지 않아서."

혈압음모론

219

"그럴 리가요. 선생님 말씀이 큰 도움이 됐어요. 다음에는 과민 대장증후군에 대해서도 상담해 볼까 해요."

"첫 진료는 1000엔이지만 두 번째부터는 2, 3만 엔씩 해요."

"…비싸네요."

"비급여라서요. 거기다 환자 수도 많지 않아서 어쩔 수가 없어요."

종합내과는 아오시마 종합병원과는 별도의 조직이라 독립적으로 재정을 관리한다고 했다.

"선생님이나 저나 다른 의사랑 간호사 월급에 반도 못 받거든요. 그런데도 적자일 때가 있어요. 그럴 때마다 선생님이 사비로 충당하시긴 하지만."

"왜 그렇게까지 하세요?"

"그래도 꼭 필요한 일이래요. 요즘 병원은 환자들의 잡다한 고민에 귀 기울여 주지 않으니까요. 의사들이 일일이 의료 상담을 하려면 시간도 들고 보험 적용도 안 되니까 수지 타산이 안 맞죠. 다시 말해, 병원에서는 굳이 그런 업무를 하려고 들지 않는다는 거예요. 비싼 돈 내고 상담받으러 오는 사람도 별로 없고."

아오시마 종합병원도 예외는 아니라고 했다.

"원장 겸 이사장이 저희 선생님의 동생인데, 돈 문제에 엄청 예민하시거든요. 그게 나쁜 건 아니라고 생각해요. 이사장님 덕분에 그럴듯한 병동도 지었고 좋은 선생님들도 많이 모였으니까. 경영 면에서는 더할 나위 없죠. 그렇지만 3분은커녕 1분 만에 끝나는 진료가 허다해졌어요. 저희 선생님은 이런 흐름에 제동을 걸어보고자 의료 상담을 전문으로 해보겠다고 나선 거고요."

이사장은 돈이 안 된다는 이유로 허가를 내주지 않았다. 그런데도 포기할 수 없던 아오시마가 폐가나 다름없던 그 단층집에 종합내과의 간판을 걸었다고 한다.

"대단한 분이네요. 아오시마 선생님은 그래도 어느 정도 자산이 있으니 그럴 수 있겠지만, 미카 씨는 어떻게 그런 결심을."

"저도 필요한 일이라는 데 동감하거든요."

미카는 그렇게 답하며 살짝 웃었다.

"근데 그건 표면상의 이유고, 실은 아오시마 종합병원을 계속 다니기 어려운 상황이었어요. 부원장한테 성추행당한 걸 고발했다가 결과적으로 퇴사를 종용당했거든요."

시원시원한 말투였다.

"처음에 장난처럼 가슴과 엉덩이를 만졌을 때는 참아보려 했어요. 근데 점점 스트레스가 쌓이니까 몸에 이상이 생기더라고요. 다른 간호사도 당했다는 소문이 있길래 이사장님과 상담했죠. 하지만 이사장님 반응이 영 미적지근하더라고요. 태도가 어중간했달까. 그때 우연히 같이 있던 아오시마 선생님이 묘안을 떠올려주셔서 도움을 받았어요."

그 후 이런저런 소동이 있었고 결국 부원장은 자리에서 물러났다.

"이사장님은 저를 원망하더라고요. 저도 계속 다니기 편치 않았고요. 그래서 그만두고 다른 병원으로 옮기려고 했는데 아오시마 선생님이 종합내과를 열 생각인데 와주지 않겠냐고 제안해 주셨어요."

"용케 결심하셨네요."

"선생님의 인품에 끌리기도 했고, 일단은 가족들이랑 같이 사니까…. 그리고 직감. 느낌이 왔어요. 즐겁게 일할 수 있을 것 같은 느낌. 글쎄, 제 원래 모습 그대로 일해도 된다고 하더라니까요? 말투나 복장 다 원하는 대로 하라고. 그래야 분위기도 더 밝아지고 환자들 마음도 편할 거라나. 결과적으로 정답이었어요. 매일 웃으며 일할 수 있다니, 이보다 좋은 게 어디 있어요. 선생님이 디저트 마니아라 맛있는 디저트도 자주 먹고요."

그렇지만 역시나 처음에는 시원치 않은 월급에 맥이 빠지기도 했다고 미카가 말했다.

"근데 돈이 없는 게 꼭 나쁜 것만은 아니더라고요. 아까만 해도 그래요. 잘 안 팔려서 떨이로 파는 옷 중엔 특이한 색상이 많잖아요."

"그야 그렇죠."

"희한한 옷밖에 못 산다는 생각에 속상하기도 했는데, 그러다 보니 저한테 원색이 잘 어울린다는 사실을 알게 됐어요. 큰 수확이죠."

차에서 내리기 전에 와타루는 한 가지 확인하고 싶은 것이 있었다.

"아오시마 선생님의 반바지는요? 그것도 그분이 좋아서 입는 건가요?"

미카는 큰 소리로 웃었다.

"좀 튀죠? 지금은 그나마 날씨가 이래서 덜 이상해 보이는데 겨울에도 보통 그렇게 입어요."

그러더니 갑자기 톤을 바꿔 진지한 목소리로 말했다.

"이상하게 보는 사람이 많은데 그럼 의사로서 손해 아니냐고 물어봤었거든요? 그랬더니 그렇게 입고 다니는 게 살기 편하시대요."

지금은 폐가나 다름없는 곳에서 근근이 진료를 이어가고 있지만 예전에는 아오시마도 유명 대학병원의 준교수였고 교수로 오라는 제안도 많이 받았다. 미국 대학병원 근무 시절, 임상 연구로 탁월한 업적을 세워 국제내과학회 이사로 발탁되었을 정도로 실력이 뛰어났다.

"의학계의 슈퍼 엘리트예요."

남들이 보기에는 부럽기 그지없는 삶이지만 정작 아오시마는 그런 상황이 불편했다고 한다. 힘이 있는, 혹은 갖게 될 사람 주위에는 다양한 인간이 몰려든다. 물론 무언가를 바라고 다가오는 것이다.

"선생님이 그런 걸 싫어하시거든요. 별별 일을 다 겪으셨나 보더라고요."

원치 않는 사람들이 다가오는 걸 피하려고 일부러 특이한 모습으로 괴짜인 척 연출하는 거라고 설명한 미카는 훗, 하고 웃음을 흘렸다.

"그게 과연 제대로 통할지는 모르겠지만요. 그런 것치곤 쓸데없이 비싼 옷들이잖아요."

미카의 말이 맞다. 패션 업계에서 일하는 와타루가 보기에는 타인의 시선을 신경 쓰지 않는 특이한 스타일인지, 극단적으로 세련된 스타일인지 판단하기 어려울 정도였다.

"아무튼 여자 친구를 사귈 생각이 없는 인기남이 괜한 관심을 피하려고 끼는 가짜 결혼반지 같은 거예요. 정말 자기를 필요로 하는 환자는 옷차림 따위 신경 쓰지 않을 거라고, 문제 될 거 없다고 하더라고요. 디저트 마니아라는 걸 굳이 숨기지 않는 것도 비슷한 이유래요."

그랬구나. 궁금증이 풀렸다. 별로 중요한 이야기는 아니지만, 왠지 후련한 기분이 들었다. 태워달라고 하길 잘했네.

"죄송해요, 저 이쯤에서 내려주실래요?"

미카는 차를 세우더니 몸을 돌려 와타루를 봤다.

"잠깐만요⋯. 헤이조 할아버지한테 들었는데 아야세 씨가 다니는 회사, 상당히 악덕이라면서요. 혹시 갑질하는 놈은 없어요?"

"저희 회사가 좀 그래요."

놈이 아니라 여자 상사지만, 하고 마음속으로 덧붙인다.

"저희 선생님이 그러셨어요. 지위를 이용한 갑질은 맞서 싸우거나 도망치거나 둘 중 하나라고. 저도 그렇게 생각해요. 저도 그

224

런 일로 무너질 뻔했으니까요…. 지금 아야세 씨한테 과민대장증후군이나 고혈압 증상이 나타난 것도 몸의 비명일지 몰라요."

"그렇다고 해도 뾰족한 수가 없으니까…."

"건강보다 중요한 게 있나요?"

고하루가 이렇게 이야기했을 때는 그저 번지르르한 말이라고 생각했다. 그러나 지금은 마음속 깊은 곳을 찔렀다. 비슷한 일로 무너질 뻔했던 미카의 말이어서일까.

몸의 비명…. 그래, 어쩌면 그럴지도 모른다. 그 말이 크게 와닿음과 동시에 답답했던 마음에 결심이 섰다.

솔직히 말해서, 일이 서툰 것은 사실이다. 노비가 그 부분을 지적하는 건 어쩔 수 없다. 하지만 스스로 한 적 없는 말을 했다고 나서서 노비 대신 부장님께 머리를 숙이는 일은 도저히 할 수 없다. 설령 정리해고를 당하게 되더라도. 거기까지 가면 자신이 더 이상 자신이 아니게 될 것 같은 기분이 들었다.

와타루는 미카에게 고개 숙여 인사했다.

"오늘, 감사했습니다."

4

연휴가 끝난 아침, 와타루는 평소보다 조금 일찍 일어났다. 지금 사는 아파트에서 본사까지는 한 시간이 조금 넘게 걸린다.

오랜만에 정장을 입었다. 가성비가 뛰어난 블리제의 옷이다. 스트레치가 살짝 들어간 착용감 좋은 소재의 옷이었다.

역까지 가는 버스를 기다리고 있는데 눈앞에 예상치 못한 미니 트럭이 나타났다. 조수석 창문이 열리더니 헤이조가 얼굴을 내밀었다. 언제나처럼 요미우리 자이언츠 모자를 쓴 그의 뒤로 운전석에서 손자 쇼타가 손을 흔들고 있었다.

"어때, 몸은 좀 괜찮아?"

"덕분에 이제 괜찮습니다. 걱정 끼쳐서 죄송했어요."

"무슨 소리야. 힘들 땐 서로 돕고 사는 거지. 아오시마 선생이랑 했던 상담이 좀 도움이 됐나?"

"아, 네. 선생님의 조언도 컨디션 회복에 한몫했죠."

헤이조의 표정이 한층 더 부드러워졌다.

"그래? 내 예상대로 좋은 선생이 맞았나 보네. 나중에 기회 되면 다른 사람한테도 소개해 줘. 환자가 없어서 곤란한 모양이니까."

쇼타가 끼어든다.

"인터넷에 있는 병원 리뷰 사이트에라도 올려보지 그래요?"

헤이조는 고개를 갸웃거렸다.

"그게 뭔데?"

그때 클랙슨 소리가 들렸다. 역까지 가는 버스가 도착한 것이다.

"아이코, 자 그럼 다음에 봐."

헤이조가 손을 흔들자 쇼타도 고개 숙여 인사했다. 미니 트럭이 경쾌한 엔진 소리와 함께 멀어져 갔다.

전철의 환승 시간대가 잘 맞아떨어져 오전 9시를 조금 넘겨 본사에 도착했다. 너무 일찍 와버렸네. 곧바로 판매부에 가면 동료들이 무슨 일인지 물어봐서 귀찮아질 것이다.

와타루는 입구 안쪽 로비의 벤치에 앉아 시간을 때우기로 했다.

운이 좋으면 여기서 부장님을 만날지도 모른다. 그렇게 노비 없이 대화가 이뤄지면 그 또한 나쁘지 않을 것이다.

입구를 힐끗거리며 기다리고 있는데 아는 얼굴이 다가왔다.

"어머, 아야세 군이잖아. 오랜만이야."

상품기획부 부장 쓰다 미네코가 회색빛이 도는 짧은 머리를 흩날리며 고개 숙여 인사했다.

블리제의 더스트 코트를 입고 있다. 젊은 층을 겨냥한 디자인이지만 늘씬한 쓰다에게도 무척 잘 어울렸다.

여전히 스타일이 멋지다고 생각하면서도 인사를 할 때는 살짝 시선을 돌렸다. 아무렇지 않은 얼굴로 말을 걸어오니 속이 부글부글 끓었다. 따지고 보면 이 사람이 상품기획부에서 와타루를 쫓아내면서 모든 비극이 시작되었다.

쓰다는 웬일인지 엘리베이터 쪽으로 가지 않고 와타루에게 다가왔다. 그러고는 옆에 걸터앉으며 물었다.

"판매 업무, 해보니까 어때?"

"어떠냐고 물으셔도…."

"고객들이랑 대화하는 요령은 좀 생겼어?"

"글쎄요, 딱히 판매 일에 욕심이 있는 것도 아니라서."

쓰다의 의아한 표정에 괜히 더 화가 났다. 와타루는 곧 일생일대의 각오로 상사의 갑질을 고발할 작정이었다. 이렇게 된 거 하고 싶은 말을 다 해버리자는 생각이 들었다.

"그보다 부장님, 궁금한 게 있습니다. 왜 저를 상품기획부에서 내보내셨나요. 덕분에 제 경력은 엉망이 됐어요. 본사 판매팀도 아니고 그런 외진 매장으로 발령이 나다니… 그 매장에 오는 손님들이라 해봤자 동네 아줌마들이랑 건달 같은 사람들뿐이고. 정말 못 버티겠습니다."

쓰다는 미간을 찌푸렸다.

"잠깐. 이러면 거기에 보낸 의미가 없잖아."

"맞아요. 지금 하는 일에서는 아무 의미도 못 찾겠습니다. 왜 제가 그런 매장에서 일해야 하죠? 본사의 관심도 닿지 않는 곳이라 갑질 상사만 활개를 치고."

사실 오늘 이곳에 온 이유도 상사의 부당한 지시를 고발하기 위해서라고 말하자 쓰다는 눈을 크게 떴다.

"그런 일이 있는 줄은 몰랐어. 내 책임도 있네. 사실 교외 매장으로 발령 내달라고 판매부장한테 부탁한 사람이 나거든."

아닌 밤에 홍두깨였다. 와타루는 물끄러미 쓰다를 바라봤다.

"대체 왜 그런…."

"손님들한테도 관심을 가졌으면 했어. 아야세 군은 확실히 센스가 있거든. 하지만 그 센스는 아야세 군의 취향에 맞는 옷을 만드는 쪽이지, 고객을 위한 옷을 만드는 센스가 아니야. 화려한 도심 거리를 걸어 다니는 사람들만이 우리의 고객은 아니잖아."

머리를 한 대 맞은 기분이었다. 동시에 참을 수 없이 화가 솟구쳤다. 쓰다를 향한 분노가 아니었다. 자신을 향해서였다.

쓰다의 말이 맞았다. 블리제는 원래 그런 브랜드였다. 누구나 부담 없이 살 수 있고 누구나 입을 수 있는. 그래서 멋진 브랜드인 것이다. 그런데 언제부턴가 그런 생각을 까맣게 잊고 살았다.

"아까 말한 갑질 문제, 내가 얘기 좀 들어줄까? 그러고 나서 내가 슬쩍 판매부장한테 말해봐도 되고."

쓰다의 말에 잠시 망설였지만, 와타루는 고개를 저었다. 우물쭈물 주뼛대는 자신은 더 이상 없다.

"괜찮습니다. 그보다 부탁드리고 싶은 게 있어요. 당분간은 지금 매장에서 배워보겠지만 나중에는 꼭 상품기획부에…."

쓰다는 시원스레 고개를 끄덕였다.

"원래부터 그럴 생각이었는걸."

노비가 입구로 들어온다. 왠지 평소보다 왜소해 보였다. 무심코 웃음이 새어 나왔다. 일을 잘하는 건 인정한다. 하지만 그래봤자 혈압음모론이나 심각하게 떠벌리고 다니는 수준의 사람이다. 무서워할 필요 없다.

"그럼, 다녀오겠습니다."

정정당당하게 할 말은 확실히 하겠다. 볼일이 끝나면 본사 내 매장에 들러야지. 사원증을 제시하면 블리제 상품을 30퍼센트

할인된 가격에 살 수 있다.

헤이조와 쇼타에게 커플 스웨터를 사주면 좋아하려나. 아니면 서로 다른 디자인이 나을까.

미카에게는 오렌지색 머플러를, 아오시마에게는 반바지에 어울릴 만한 패턴이 들어간 양말을 선물하는 것이 좋겠다.

언젠가는 야구모자를 즐겨 쓰는 나이 지긋한 농부에게도, 개성 넘치는 스타일을 좋아하는 멋쟁이 의사에게도 어울릴 만한 옷을 직접 만들고 싶다. 이런 생각을 하며 와타루는 자리에서 일어섰다.

부장의 책상은 판매부 사무실 안쪽 구석에 자리했다. 입구에서 안을 들여다보니 부장은 이미 자리에 앉아 있었다. 신문을 펼쳐 읽고 있다. 부장은 올봄에 중견 의류 브랜드에서 이직해 온 베테랑이다. 70~80년대의 습관을 지금도 계속 이어가고 있다. 어떤 의미로는 대단한 사람이다.

와타루는 다른 판매부 직원들과 눈이 마주치지 않도록 신경 쓰며 부장의 자리로 향했다.

그때 뒤에서 목소리가 들려왔다.

"미졸? 아니, 아야세 군?"

노비였다. 조건반사로 몸이 움찔했으나 어금니를 꽉 물고 계속 걸었다.

"실례합니다, 부장님. 잠깐 드릴 말씀이 있는데요."

와타루의 목소리에 부장이 고개를 들었다. 돋보기안경에 손을

었으며 묻는다.

"음, 자네는…."

"니시타마 매장에서 근무하는 아야세 와타루라고 합니다."

어느 틈엔가 노비가 옆에 서 있었다.

"부장님, 지난번 말씀드린 전단지 건으로…."

부장은 "아아, 그래" 하고 말하며 다시 안경을 고쳐 썼다. 와타루를 노려보는 듯한 표정으로 말한다.

"왜 독단적으로 그런 일을 벌였지? 어디 변명이라도 해봐."

와타루보다 먼저 노비가 입을 열었다.

"아야세 군이 큰 잘못을 했고 깊이 반성해야 하는 건 사실이지만, 나쁜 뜻으로 한 일은 아닐 겁니다. 워낙 성실한 사람이라 매장 매출을 어떻게든 올려보려고…."

잘도 그런 헛소리를 지껄이네. 와타루는 어이없어하며 노비를 가로막았다.

"부장님, 그런 게 아닙니다. 실은…."

부장이 눈썹을 치켜떴다. 의아한 표정을 짓고 있었다.

"아야세 군!"

노비가 위협하듯 소리쳤다. 와타루는 말아 쥔 주먹에 힘을 꽉 주며 스스로를 격려했다. 여기서 물러서면 영원히 변할 수 없다. 변하고 싶다. 변할 것이다. 쓸데없는 자존심과 질투에 얽매였던 과거의 자신과 결별하고 새로운 인생의 첫발을 내디뎌야 한다.

와타루는 용기를 쥐어짜 목구멍 깊은 곳에서부터 말을 뱉어냈다.

"전단지를 발주한 사람은 제가 아니라 노비 과장님입니다."

무언가가 온몸을 뚫고 지나가는 기분이 들었다.

기적의
메소드

1

아오시마 종합병원의 대회의실에는 날카로운 공기가 가득했다. 피부과 간호사 우오즈미 아이코는 출입문에서 가장 가까운 말단 자리에 앉아 커다란 몸을 웅크린 채 오직 이 시간이 지나가기만을 바랐다.

미음 자 형태로 배치된 테이블을 둘러싸고 앉아 있는 사람들은 이사장 겸 원장인 아오시마 류지를 비롯해 각 진료과 및 부서의 부장급 십수 명, 모두 이 병원의 임원들이다.

아이코의 직책은 수간호사다. 간호부에서 부장보다 연장자인 최고참인데 관리직을 맡기보단 현장에서 일하는 쪽을 택했다. 원래 이 회의에 참석하는 멤버는 아니지만, 상을 당해 휴가 중인 간호부장의 부탁으로 대리 출석했다.

물론 발언할 필요는 없다. 결정을 내릴 일이 있으면 고민할 것 없이 사무장의 의견을 따르면 된다는 부장의 말에 가벼운 마음으로 수락했으나, 지금은 후회가 막심했다. 그도 그럴 것이 회의가 막바지에 접어든 순간 느닷없이, 종합내과와 그 주재인 아오시마 린타로에 대한 규탄의 장이 열렸기 때문이다.

물속 요괴처럼 축축해 보이는 머리를 만지며 내과부장이 불만을 토로하기 시작했다.

"도대체 참을 수가 있어야죠. 트집을 잡는 것도 정도가 있지."

당뇨병으로 내과에 통원 중인 환자가 집에 가는 길에 종합내과에 들렀다가 내과부장인 자신이 처방한 약 중 하나는 안 먹어도 된다는 린타로의 조언을 들었다고 한다. 환자는 곧바로 내과를 다시 찾아와 "환자를 약쟁이로 만들 생각이야?"라며 불같이 화를 냈고 결국 다른 병원으로 옮겼다.

"처방한 약이 체질에 맞지 않는 경우야 흔하죠. 그런 경우 환자가 주지의인 저한테 직접 상의해야 할 거 아녜요. 그럼 저도 당연히 대처법을 생각하지 않겠습니까?"

아이코의 옆자리에 앉은 검사부장이 크게 끄덕였다.

"검사부도 힘들어요. 어제만 해도 환자가 우리 직원을 막 몰아세우더라고요. 위를 엑스레이로 검사하는 게 구식이라나 뭐라나. 린타로 선생이 자꾸 이상한 소리를 해서 그래요."

그 뒤로도 각 진료과의 부장들이 너도나도 종합내과에 대한 불평을 쏟아냈다. 류지는 날카로운 인상의 얼굴을 살짝 찡그린 채 가만히 눈을 감고 있다. 표정만 봐서는 그가 종합내과와 자신의 친형 린타로를 어떻게 생각하고 있는지 짐작이 가지 않았다.

아이코는 속으로 한숨을 쉬었다.

종합내과는 병원의 정식 부서가 아니다. 전 이사장의 장남인 아오시마 린타로가 작년 봄 허물어져 가던 부지 내 초대 진료실을 멋대로 리모델링해 간판을 걸었다. 린타로 외에 간호사 한 명이 같이 근무한다. 과거 아이코의 부하였던 고이즈미 미카다. 자유 진료 과목으로 의료에 관한 이런저런 상담을 해주는 '환자들의 아지트' 같은 곳을 운영하는 모양이다.

그리고 이 병원의 임원들은 그곳을 마음에 들어 하지 않았다. 그 마음도 이해는 간다. 자기가 한 일에 트집 잡히는 걸 좋아하는 사람이 어디 있겠는가. 다만, 환자의 입장이 되어 보면 또 다른 것들이 눈에 들어온다.

3년 전 봄, 류지가 이사장 겸 원장으로 취임했다. 이전부터 류지의 주도로 진행돼 온 병동 재건축이 완공되고 의료기기를 비롯한 설비들을 한 번에 싹 바꾸면서 아오시마 종합병원은 그 새로운 시작을 알렸다. 처음에는 아직 젊은 류지의 경영 능력을 의심하는 목소리가 높았다. 류지의 전직은 아오시마 종합병원의 호흡기센터 부장으로, 의사로서는 대단히 특출나지도 부족하지도 않은 존재였다.

하지만 류지에 대한 평가는 단번에 뒤집혔다. 국내 의대를 졸업한 후 미국 비즈니스 스쿨에서 배워온 경영 방식을 도입해 완전히 새로운 병원을 만들어냈기 때문이다. 최신식 의료기기와 동선을 고려해 세운 새 병동은 환자뿐 아니라 우수한 의사들을 불러 모으는 기폭제가 되었다. 현재 이 병원과 류지는 점점 더 높은 평가를 받고 있다. '도쿄 시내의 베스트 민간 병원 랭킹'만 봐도 그렇다. 순위 밖이었던 아오시마 종합병원이 순식간에 7위에 오르더니 내년에는 5위 안에 들 것이라는 전망이 이어지고 있다. 은퇴하고 반년 만에 뇌경색으로 갑자기 세상을 떠난 이사장도 무덤에서 쾌재를 부를 거라며, 병원 간부들은 칭찬을 아끼지 않았다.

그러나 아이코는 내심 염려하고 있었다. 환자가 많아지면서 현장에 여유가 없어졌다. 3분은커녕 1분도 안 돼 진찰이 끝나기도 했고 환자들의 이야기를 정중하게 들어줄 여유 따위는 찾아볼 수 없게 됐다.

린타로도 이런 상황을 예견해 의료 상담을 전문으로 하는 독자적인 종합내과를 세운 것이 아닐까. 환자들 또한 필요성을 느꼈으니 종합내과에 찾아가는 것일 테다. 게다가 미카의 말로는 기대 의상의 효과를 내고 있다고 했다.

물론 이 자리에서 그런 말을 꺼낼 용기는 없었다.

모두의 발언이 한차례 끝나자 40년 근속을 자랑하는 사무장 다바타가 덧붙이듯 이야기를 이어갔다.

"작년까지는 그래도 우리 병원과 관계없는 환자들이 어쩌다 한 번씩 들르는 정도였어요. 굳이 신경 쓸 필요도 없었죠. 그런데 최근 들어 인터넷 때문인지 종합내과의 존재가 점점 알려지기 시작한 것 같습니다. 우리 병원에 다니는 환자들이 별도로 종합내과를 찾는 일이 빈번해졌어요. 이러면 얘기가 달라지죠."

같은 부지 안에서 일하는 의사가 주치의와 다른 의견을 내기 시작하면 수습이 어려워진다.

"그냥 두고 볼 상황이 아니라고요."

린타로는 현재 이 병원의 이사 중 한 명이다. 즉 경영 방침을 세우는 이사회의 일원이라는 뜻이다. 이사직에서 쫓아내진 않더라도 종합내과는 폐쇄해야 한다고 다바타가 말했다.

이윽고 류지가 눈을 뜨더니 짙은 눈썹을 치켜올리며 말했다.

"저는 몇 번이나 그만하라고 했습니다. 그런데도 들은 척을 안 하니 어쩔 도리가 없어요."

다바타는 매서운 눈초리로 받아쳤다.

"더 강경하게 대처하셔야 합니다."

종합내과 간판을 걸고 있는 건물은 엄연히 병원 소유이므로 린타로의 행위가 불법점거에 해당한다고 주장했다.

"고문 변호사에게 연락해 보시죠."

이어진 말에 류지는 노골적으로 불쾌한 표정을 지었다.

"법적으로 해결하라는 말인가요? 그 방법은 좀 재고해 주시죠. 어머니가 충격받으실 겁니다."

"그럼 다른 방법을 써도 상관없으니 어찌 됐든 이 자리에서 종합내과 폐쇄를 약속해 주세요. 여기 있는 모두의 강력한 요청입니다."

다바타가 회장을 둘러봤다. 출석한 사람들이 차례차례 고개를 끄덕였다. 다바타는 신중한 성격이었다. 사전에 사람들과 말을 맞춰두었다는 것을 짐작할 수 있었다.

아이코는 차마 고개를 끄덕일 수 없었다. 다행히 사무장의 시선이 아이코에게까지 오지는 않았다.

류지는 떨떠름한 표정으로 눈을 감고 있었으나 상황이 불리하다는 판단이 선 모양이었다. 체념한 듯이 한숨을 쉬었다.

"형이랑 얘기해 보도록 하죠."

그날 밤 아오시마 류지는 무거운 기분으로 집에 돌아왔다. 사무장을 비롯한 임원들에게 그런 식으로 압박을 받은 것은 처음이었다. 몰아세워지는 듯한 느낌이 불쾌했다. 하지만 그들의 마음이 이해가 안 되는 것은 아니었다. 그들에게 종합내과의 존재는 분명 눈엣가시일 터였다.

류지도 알고 있었다. 임원들이 지적했듯 제 형의 방식은 이상했다. 병원은 아오시마 집안의 소유물이 아니라 의료법인에서 경영한다. 아무리 창업주 집안의 일원이라도 법인 소유 건물을 함부로 사용해서는 안 된다. 게다가 병원 입장에서 형이 하는 일은 '딴지 상담소'를 운영하는 것과 다름없었다.

병원에서 차로 10분쯤 떨어진 조용한 주택가 한 편에 자리한 류지의 집은 아버지 세대에 지은 널찍한 일본식 2층 가옥이었다. 함께 사는 어머니가 꼼꼼하게 관리하는 편이라 지은 지 40년 가까이 됐는데도 낡은 느낌이 들지 않았다. 아내 유이는 서양식 주택으로 다시 짓고 싶어 했지만, 류지는 적어도 어머니가 살아 계신 동안은 그럴 생각이 없었다.

현관문을 열자 넓은 현관 바닥에 검은색과 하얀색이 한데 어우러진 새들 슈즈가 가지런히 놓여 있었다. 린타로의 신발이다. 고급스럽게 반짝이는 광택을 보니 역시나 신경 써서 관리하는 모양이었다.

신발을 벗자 유이가 앞치마에 손을 닦으며 나타났다. 피곤한 기색이 역력했다.

"아주버님 오셨어. 어머님이랑 같이 방금 식사하셨고. 당신이 불렀다며? 미리 연락 좀 해주지 그랬어."

"할 얘기가 있어서 불렀어. 근데 온다 안 온다, 답이 없어서."

유이는 시큰둥하게 고개를 끄덕였다.

"바로 저녁 먹을 거야?"

"형이랑 할 얘기가 있다니까? 밥은 나중에 먹을게. 형한테 손님방에 가 있으라고 전해줘. 맥주도 좀 가져다주고."

"아주버님 차 가지고 오셨던데?"

"내가 마실 거야."

류지는 손에 들고 있던 서류 가방을 유이에게 넘긴 뒤 슬리퍼를 신었다.

침실에서 옷을 갈아입고 손님방으로 향하자 린타로가 태평한 모습으로 소파에 앉아 있었다. 변함없이 반바지 차림이다.

린타로는 차로 출퇴근한다. 일할 때는 의사 가운을 입고 환자 앞에서는 의자에 앉아 있는 일이 많아 맨다리를 드러낸다고 해도 그렇게까지 복장이 불량해 보이지 않을 수도 있다. 그렇지만 굳이 직장에 반바지를 입고 다니는 의도를 모르겠다. 자신을 괴짜로 봐달라고 외치는 격이 아닌가.

맞은편에 있는 1인용 소파에 앉자 린타로가 살짝 웃어 보였다. 어머니를 닮은 부드러운 미소였다.

"제수씨, 요리 잘하더라. 나도 모르게 과식해 버렸어. 그래도 디저트 배는 따로 있으니까. 얼른 케이크 먹고 싶다."

린타로는 세토 내해의 작은 섬에 있는 베이커리에서 한정 생산하는 레몬케이크를 선물로 가져왔다고 했다.

"홀 케이크는 혼자 먹기엔 역시 너무 거하다 싶었는데. 오늘 초대받아서 다행이야."

천진하게 기뻐하는 모습에 한심하다는 생각이 들었다. 다 큰 남자가 그깟 케이크 하나에 들떠서는. 아버지가 장남이 아니라 둘째인 자신에게 병원을 맡긴 것은 옳은 선택이었다.

"케이크 먹으면서 담소나 나누자고 부른 거 아니야. 오늘 병원에서 임원 회의가 있었어."

종합내과를 폐쇄해야 한다는 의견이 압도적이었음을 사무적으로 전달했다.

"이제 접을 때 됐어. 슬슬 종합내과 문 닫아. 가족이라고 독단적인 행위를 마냥 봐줄 수는 없다고."

린타로는 눈썹을 살짝 치켜올렸다.

"전에도 말했잖아. 그건 안 된다니까."

"말 좀 들어. 나도 형이 의료 상담을 하는 건 찬성이야. 환자가 늘고 있다는 얘기도 들었고. 그러니까 차라리 시내에 따로 의원을 열어. 초기 비용은 은행의 대출 담당자랑 상의해 보면 방법이 있을 거야. 내가 힘써줄 수도 있고, 필요하면 연대보증도 서줄 테니까."

린타로는 재차 고개를 저었다.

"계속 거기서 할 거야. 이제야 환자들이 찾아오기 시작했다고."

"그 건물은 병원 소유야. 멋대로 사용하면 곤란하다고."

"나도 그 병원 이사야."

"이사가 병원 직원은 아니잖아."

린타로는 어깨를 으쓱했다.

"그럼 이번 기회에 정식 직원으로 등록해 주든가. 우리 종합내과도 정식 진료과로 인정해 줘. 환자들한테 부담 없는 비용으로 상담할 수 있게. 지금은 환자들이 비싼 진료비를 지불하거나 내가 월급을 안 받는 방법밖엔 없거든."

린타로는 맨다리를 쭉 내밀며 말을 이었다.

"아버지가 그러셨잖아. 이사장은 경영에 뛰어난 네가 맡고, 진료는 내가 보라고. 그래서 대학병원 그만두고 온 건데. 나도 나름 전도유망한 준교수(한국의 부교수에 가까운 직급―옮긴이)였다고."

류지는 농담처럼 웃으며 말하는 린타로를 외면했다.

린타로의 말대로 돌아가신 아버지는 큰아들을 병원장 자리에 앉히고 류지는 이사장 업무에 전념하게 할 계획을 세우고 있었다.

그 계획이 실현되지 않은 이유는 두 가지였다. 첫째, 린타로 본인이 병원장직을 한사코 거부했다. 자신은 민간 병원에서 근무한 경험이 없다며 페이 닥터부터 시작하겠다는 뜻을 확실히 했다. 둘째, 류지의 판단이었다. 류지는 린타로를 내과 명의로 키우고 싶었다.

린타로는 일본과 미국의 대학병원에서 근무한 경험이 있다. 미국에서는 진료와 병행했던 임상 연구로 국제내과학회에서 상을 받기도 했고 지금은 학회 이사직까지 맡고 있다. 이 정도 규모의 민간 병원에 두기에는 아까운 엘리트 의사였다.

"여러 번 말했잖아. 내과 전체를 맡아주는 건 언제든 환영이라고. 하시만 무엇이든 물어보세요, 식의 상담은 인정할 수 없어. 상담료를 비싸게 받는다면 고민해 볼 수도 있지만 부담 없는 비용이라니, 논의할 가치도 없어. 수익성이 없잖아."

아오시마 종합병원의 강점은 정확한 진단과 증거를 기반으로 한 적절한 치료다. 이를 위해 투자를 아끼지 않고 우수한 직원과 최신 의료시설을 갖춰온 것이다. 앞으로는 투자한 비용을 회수해야 한다. 그런데 적자를 각오하고 의료 상담을 진행한다니, 말도 안 된다.

"하지만 환자들이 필요로 하잖아."

"그럼 아까 말했듯이 다른 장소에서 개인 상담소를 차려. 원한다면 지원을 아끼지 않겠다고 했잖아."

린타로는 이해할 수 없다는 듯 두 손을 들었다.

지금 상황에선 형을 설득하기 어려울 듯했다. 다바타의 말대로 변호사의 힘을 빌릴 수밖에 없는 건가.

그때 노크 소리가 들렸다. 홍차가 담긴 잔과 케이크 접시, 그리고 맥주를 올려놓은 쟁반을 들고 유이가 들어왔다. 여전히 표정이 어둡다.

"마도카 좀 불러줄래요? 같이 케이크 먹고 싶은데."

린타로의 말에 유이는 고개를 숙였다.

"죄송해요, 오늘은 일찍 잠자리에 들어서요."

겨우 7시를 조금 넘긴 시각이었다. 이제 다섯 살이 된 마도카가 잠들기엔 아직 일렀다. 그러고 보니 요 며칠 집에 돌아와 보면 마도카는 늘 일찍 잠들어 있었다. 류지는 아침 일찍 출근하기 때문에 벌써 며칠이나 딸의 얼굴을 보지 못했다.

린타로는 잠시 아쉬워하다 마도카의 아토피피부염은 좀 나아졌는지 물었다.

"덕분에요"라고 답하는 유이의 얼굴에 언뜻 불안감이 스쳤다. 그 모습을 본 류지는 흠칫 놀랐다. 혹시 유이가 자신과 마도카를 일부러 마주치지 않게 하는 것은 아닐까.

지난여름부터 증상이 시작된 마도카의 아토피피부염은 병원 피부과에서 받은 치료 덕분에 순조롭게 회복 중이었다. 그런데 일주일쯤 전에 유이가 느닷없이 통원 치료를 그만두겠다고 선언

했다. 한 식이요법 단체가 주최한 강연에서 아주 중요한 사실을 알았다며, 스테로이드 외용제 치료의 부작용이 무서우니 앞으로는 식이요법으로 치료하겠단 것이었다.

아오시마 종합병원의 이사장 부인이 사기성 짙은 민간요법에 빠지다니 황당했다. 아니, 어떻게 딸의 건강 문제를 그런 식으로.

류지는 단호하게 다그친 후 앞으로의 치료 방침에 일절 간섭하지 말라고 못 박았다. 유이는 성격이 온순한 사람이다. 알아듣게 말했으니 거스르지 않을 줄 알았다. 그런데….

나중에 억지로라도 마도카의 방에 들어가 피부 상태를 확인해야겠어. 이런 생각을 하며 류지는 맥주를 마셨다.

2

우오즈미 아이코가 언제나처럼 피부과 외래 근무를 하고 있을 때였다. 문 너머의 내기실에서 한 남자의 고성이 들려왔다. 오늘 외래를 맡은 여성 의사가 환자를 진료하다 말고 아이코의 얼굴을 쳐다봤다.

"무슨 일인지 보고 와줘요. 싸움이 난 거면 상담실로 데려가서 다바타 씨를 부르는 게 좋을 거예요."

"알겠습니다"라고 답한 뒤 진료실을 나와 보니, 중년 남성이 접수처의 여성 직원에게 덤벼들고 있었다. 옷태가 다 무너진 재

기적의 메소드

245

킷을 입은 거구였다. 말할 때마다 목에 붙은 두툼한 살이 떨렸다. 아이코는 직원을 자기 뒤로 물러서게 한 후 카운터 너머의 남자와 마주했다.

"여긴 병원입니다. 큰 소리 내시면 안 돼요."

남자는 눈을 희번덕거리며 아이코를 노려봤다.

"화를 안 낼 수가 있어야지. 이 병원 의사가 다섯 살짜리 어린 애한테 부모 허락도 없이 극약을, 악마의 약이나 다름없는 걸 처방했다고."

"실례지만 환자분 가족 되시나요?"

남자는 비스듬히 들고 있던 서류 가방에서 명함 지갑을 꺼냈다. 명함을 꺼내 카운터 위에 올려놓는다.

"환자 어머니를 대신해서 온 사람이오."

미즈하시 료스케. 직함에는 '의식동원생명회'의 대표라고 적혀있다.

"환자분 성함이?"

미즈하시는 누런 흰자를 드러내며 아이코를 노려보더니 목소리를 낮춰 말했다.

"아오시마 마도카."

할 말을 잃었다. 작년 여름부터 아토피피부염 치료를 위해 통원 중인 이사장의 딸이었다. 도저히 믿기 어려웠지만, 생각해 보니 며칠 전에 의아한 일이 있었다. 항상 엄마와 함께 진찰을 받으러 오던 마도카가 할머니와 병원에 온 것이다.

미즈하시는 짜증 난 듯이 말했다.

"멀뚱히 서 있지 말고 당장 피부과 책임자 불러오라고. 이사장
이든 누구든 상관없으니까."

아무래도 복잡한 사정이 있는 듯했다. 피부과 담당의는 사무장
을 부르라고 했지만, 그 전에 이사장에게 먼저 연락해 봐야겠다.

"상담실로 안내하겠습니다. 거기서 말씀하시죠."

미즈하시는 턱살을 떨며 고개를 끄덕였다.

미즈하시를 상담실로 안내한 후 복도로 나가 병원 내선 전화
로 이사장실에 연락을 넣었더니 다행히도 류지가 직접 전화를
받았다. 상황을 알리자 최대한 빨리 오겠다고 했다.

상담실로 돌아가 보니 미즈하시는 가방에서 보온병을 꺼내 뚜
껑을 열고 있었다. 약초를 달인 것인지 강렬한 냄새가 퍼졌다. 아
이코는 가능한 한 그 냄새를 맡지 않으려고 애쓰며 류지가 오기
를 기다렸다.

그동안 미즈하시에게 대략적인 이야기를 들었다.

의식동원생명회는 미국에 거주하는 미나미 교카라는 의사가
아토피 환자를 위해 개발한 식이요법 '미나미식 메소드'를 널리
알리고자 하는 단체였다. '악마의 약'으로 악명 높은 스테로이드
를 사용하지 않고 식이요법을 통한 체질 개선으로 완치하는 것
을 목표로 한다고.

미나미식 메소드의 구체적인 내용도 알게 됐다. 설탕을 비롯

한 감미료는 종류에 상관없이 엄격하게 금한다. 육류와 어류, 달걀은 일주일에 한 번까지만 허용한다. 기본적으로는 채소, 콩, 현미만을 섭취하도록 권하는데 그렇게 해야 체내의 독소가 빠져나가기 때문이란다. 부족한 영양소는 영양보조제로 보충한다고.

아오시마 유이는 이 협회가 주최하는 강연회에 참가했다가 그 치료법을 맹신하게 됐다. 딸을 미나미식으로 치료하겠다는 의지가 강해 병원에서 처방받은 스테로이드 연고를 모두 처분한 뒤 미나미식 메소드를 실천하기 시작했는데, 남편이 유이 몰래 딸의 스테로이드 치료를 재개했다는 것이다.

아이코는 미즈하시의 이야기를 흘려들으며 깊은 한숨을 쉬었다.

식이요법 자체를 부정할 생각은 없지만, 일반적으로 사용하는 효과적인 약을 '악마의 약'이라고 배척하는 것은 문제가 있어 보였다. 애초에 미나미식 메소드인지 뭔지는 아이들의 성장에 필요한 영양소를 충분히 제공하는 방법이 아니었다. 백해무익이라는 말은, 바로 이럴 때 쓰는 것이 아닐까.

그렇지만 미즈하시와 언쟁을 벌일 생각은 없었다. 조금이라도 다른 의견을 말하면 격하게 반박할 가능성이 농후했다.

류지는 약 10분 후, 이마에 핏줄이 선 채로 상담실에 들어왔다. 곧바로 코와 입을 손바닥으로 막고 아이코에게 물었다.

"뭐지, 이 냄새는?"

아이코 앞에 앉아 있던 미즈하시가 입을 열었다.

"미나미식 메소드에서 추천하는 남미산 차요."

류지는 쯧, 하고 혀를 차더니 큰 소음을 내며 파이프 의자를 끌었다.

"이사장, 아오시마입니다. 아내의 의뢰를 받고 병원에 왔다는 게 사실입니까? 당신네 협회와 미나미식인지 뭔지 식이요법 이야기는 들었는데…."

"물론입니다. 사모님이 울면서 저한테 도움을 요청하더군요."

류지가 뭔가 말하려 했으나, 미즈하시가 테이블을 세게 내리치며 그의 말을 막았다.

"사모님이 미나미식을 실천하기로 했는데도 당신은 그 사실을 알자마자 같이 사는 어머니에게 딸을 데리고 병원에 가라고 명령했지. 그러고는 악마의 약을 억지로 다시 쓰게 만들었어. 이건 완전히 범죄잖아!"

류지는 질린다는 듯한 표정으로 한숨을 내쉬었다. 그러나 미즈하시는 아랑곳없이 말을 이어갔다.

"미나미식 메소드가 마음에 안 들면 부부끼리 제대로 대화를 해야 할 거 아냐. 나도 아들한테 이 요법을 쓰려고 아내를 설득하느라 오랫동안 고생했다고. 지금은 우리 집사람도 협회에서 중요한 직책을 맡고 있지. 그런데 당신은 아내한테 무지하다느니, 비과학적이라느니 비난만 퍼붓고 제대로 상대조차 안 해줬다며?"

이어진 말에는 아이코도 놀랐다. 수상한 민간요법에 빠진 유이도 유이지만, 아내한테 무지를 운운하는 류지도 너무했다. 그러나 본인의 생각은 다른 모양이었다. 류지는 당연하다는 듯한 얼굴로 말했다.

"아내가 의료에 무지한 건 사실이니까요. 곱게만 자란 사람이니 별수 없지만. 어찌 됐든 당신들이 하는 일은 사기나 마찬가지예요. 두 번 다시 아내에게 접근하지 마십시오. 이 말을 하러 일부러 시간 내서 온 겁니다. 스테로이드가 악마의 약이라고? 웃기는 소리. 그건 그냥 당신들의 망상일 뿐이에요."

미즈하시는 분노에 불타는 눈빛으로 류지를 노려봤다.

"망상? 그거야말로 웃기는 소리네. 현대의학이라고 모든 병을 다 고칠 수 있어? 아니잖아. 아무리 의사라도 인정할 건 해야지."

류지는 비꼬듯 입가를 비틀었다.

"현대의학이 만능이 아니란 건 인정하죠. 스테로이드가 모든 환자에게 효과적이지 않다는 사실도 알고요. 하지만 한 가지는 단언할 수 있습니다. 현대의학으로 치료할 수 없는 병을 고칠 수 있다고 하는 인간이나, 현대의학을 부정하고 민간요법으로 장사하는 인간. 이 두 부류의 인간들은 사기꾼이라는 거. 아내한테도 확실히 말해뒀습니다."

미즈하시의 얼굴이 순식간에 벌게졌다.

"미나미 선생님을 사기꾼 취급하다니. 그건 미나미 선생님뿐 아니라 200명이 넘는 우리 협회 사람들 모두를 모욕하는 거라고."

미즈하시는 버럭 소리를 질렀지만, 류지는 차분한 모습이었다. 테이블에 양손을 짚고 자리에서 일어나며 아이코를 바라봤다.

"우오즈미 씨, 뒷일은 부탁 좀 할게요."

아니, 미즈하시를 이렇게까지 화나게 만들어놓고 혼자 도망치다니 비겁하잖아. 아이코는 류지를 붙잡으려 했지만, 그보다 미즈하시가 몸을 일으키는 것이 빨랐다. 큰 덩치에 어울리지 않는 날렵한 몸짓으로 테이블 너머에 있는 류지의 멱살을 잡았다.

갑작스러운 상황에 류지는 눈을 껌뻑거렸다. 아이코의 심장이 벌렁대기 시작했다. 마음은 급한데 말이 나오질 않았다.

미즈하시는 넙데데한 얼굴을 류지에게 들이밀며 위협하듯 말했다.

"한 번 더 경고하지. 방금 한 말 취소해."

"미즈하시 씨, 진정하세요. 일단 앉아서…"

아이코가 어렵게 입을 열고 미즈하시의 등에 손을 올리려던 순간, 류지가 먼저 날렵하게 몸을 비틀었다.

"어지간히 좀 해!"

이런 반응은 예상하지 못했는지 미즈하시의 큰 몸이 휘청거렸다. 요란한 소리를 내며 화이트보드에 부딪힌다. 벽을 짚어 몸을 가누던 미즈하시가 소리쳤다.

"지금 나 친 거야? 당신, 고소할 거야!"

류지는 거칠게 숨을 몰아쉬며 델 듯한 눈빛으로 미즈하시를 째려보았다. 그야말로 피가 거꾸로 솟은 것 같았다.

"누가 할 소리. 사기 냄새 풀풀 나는 식이요법 떠받들 시간에 그 돼지처럼 뚱뚱한 몸이나 어떻게 좀 해보지?"

아무리 그래도 말이 너무 심하잖아.

"이사장님, 그만하세요!"

아이코가 소리치며 만류했다. 류지는 분을 이기지 못한 표정으로 고개를 획 돌려버렸다.

3

미즈하시가 병원을 찾아온 날 밤, 집에 돌아온 류지는 유이에게 불같이 화를 냈다. 두 번 다시 미즈하시 무리와 얽히지 말라고 딱 잘라 말한 후, 이미 구매해 둔 미나미식 영양제들을 쓰레기봉투에 처박아 버렸다. 유이는 창백한 얼굴로 류지의 말을 듣고 있었다.

그런데 다음 날 밤, SNS에 병원과 류지를 모함하는 기사가 올라왔다. 류지는 우연히 기사를 발견한 대학 친구에게 소식을 전해 듣고 그 사실을 알았다.

처음에는 "무슨 그런 엉터리 기사가. 읽을 가치도 없어"라고 답했으나 "엄청난 속도로 퍼지고 있던데"라는 말에 불안해져 전화를 끊자마자 인터넷에 검색했다. 곧바로 문제의 기사를 발견할 수 있었다.

——어린이 환자의 보호자 대리인이 병원 측과 아토피피부염의 치료 방침에 관해 대화를 나눴다. 대리인과 대면한 아오시마 이사장은 제대로 이야기를 듣지도 않고, 폭언을 내뱉으며 폭력을 휘둘렀다.

기사에는 음성 데이터가 첨부되어 있었다. 면담 상황을 녹음한 음성 데이터를 짜깁기 한 것이었다. 거구의 몸이 화이트보드에 부딪히는 소리에 뒤이어 "지금 나 친 거야?"라는 미즈하시의 목소리. 류지가 미즈하시의 체형에 야유를 퍼붓는 순간도, 앞뒤가 잘린 채로 담겨 있었다.

한숨이 흘러나왔다. 반박하고 싶었지만 더 많은 관심이 쏠려 큰 소동이 되면 골치 아팠다. 고심 끝에 그냥 묵살하기로 했다.

유이를 추궁하자, 그녀는 기사가 날 것을 이미 알고 있었다고 했다. 미즈하시는 기사에 유이의 실명을 싣고 싶다며 허락을 구했으나 유이가 이를 거절했다고 한다. 류지는 미즈하시에게 연락이 왔다는 사실을 왜 말하지 않았냐고 다그쳤지만, 한편으론 안심했다. 유이의 이름이 기사에 나오는 건 보통 부끄러운 일이 아니었다.

다음 날, 그다음 날에도 별다른 반응을 보이지 않았다. 그런데 사흘째 되는 날, 새로운 사건이 터졌다. 이사장실에서 서류 업무를 보고 있는데 노크 소리와 함께 사무장인 다바타가 찾아왔다. 곤혹스러운 표정이었다.

"병원 입구에 어디 환자 단체라는 사람들이 와 있는데요. 열

명쯤 돼 보이는데 무슨 일인지 이사장님께 사과를 받아야겠답니다. 이 사람이 대표라고…."

다바타가 건넨 명함을 보기도 전에 그 사람이 미즈하시라는 걸 알 수 있었다.

"쫓아내세요."

류지는 미국에 거주하는 어떤 사기꾼 같은 의사가 아토피 환자들을 대상으로 근거 없는 식이요법을 만들었고, 그 치료법을 따르는 단체에서 나온 사람들이라고 덧붙였다.

"스테로이드가 악마의 약이라길래 반박했더니 험악하게 굴더라고."

다바타는 대충 상황을 알겠다는 듯 고개를 끄덕였다.

"보통 일이 아니네요. 그럼 제가 대신 얘기를 들어보겠습니다. 이럴 때는 정중하게 들어주는 게 최선이니까요."

류지는 고개를 저었다.

"아뇨, 부당한 요구에는 단호하게 대처해야죠."

그것은 표면적인 이유일 뿐, 실은 이 사건의 발단이 아내라는 사실을 다바타가 알게 되는 것이 싫었다. 수치스러운 일이었다. 류지는 수화기를 들었다. 경비실에 전화를 걸어 지시를 내렸다.

"이상한 사람들이 로비에 몰려온 모양입니다. 처리해 주세요."

다바타는 석연치 않은 듯한 눈빛으로 류지를 바라봤다. 류지는 그 모습을 외면하며 서류로 시선을 돌렸다.

미즈하시 무리가 항의하러 왔던 다음 날, 우오즈미 아이코가 담당하던 피부과 외래는 오랜만에 정시에 업무가 끝났다. 환자가 평소보다 많지 않았기 때문이다. 후배 간호사에게 뒷정리를 맡기고 이사장실로 향하는데, 병동에서 근무하는 베테랑 직원이 아이코를 불러 세웠다.

"우오즈미 씨, 인터넷에 올라온 거 봤어?"

아이코는 착잡한 마음으로 고개를 끄덕였다.

어젯밤, 미즈하시 무리가 경비원에게 쫓겨나는 모습을 찍은 영상이 SNS에 퍼졌다. 아이코는 오늘 아침 간호사실에서 동료에게 기사 이야기를 듣고 그 영상의 존재를 알았다.

영상과 함께 올라온 기사에는 '인기 병원, 걸핏하면 폭력 행사'라는 제목이 달려 있었다. '인기 급상승 중인 병원, 젊은 이사장의 두 얼굴'이라는 기사 링크도 함께 실렸다. 투고자의 아이디는 waterbridge, 딱 봐도 미즈하시水橋였다.

"그 기사 때문에 피부과 환자가 줄어든 거 같아요."

"큰일이네. 그건 그렇고 이사장님이 그런 사람이라니 좀 실망했어. 무슨 일인지는 몰라도 폭력을 쓰다니."

그 기사 내용은 사실과 다르다고 해명하고 싶었으나 시간이 없었다. 적당히 맞장구를 치고 대화를 끝낸 아이코는 서둘러 잰걸음을 놓았다.

이사장실의 문을 두드리자 다바타가 안에서 얼굴을 내밀었다. 놀란 표정으로 아이코를 본다.

일개 간호사가 이사장을 직접 만나러 오다니, 역시 건방진 짓일까.

"잠깐 시간 좀 내주실 수 있을까요? 이사장님께 드릴 말씀이…."

조심스레 말을 꺼내는데 다바타가 문을 활짝 열었다.

"들어오세요. 마침 우오즈미 씨를 부르려던 참이었습니다."

이사장실의 소파는 묘하게 딱딱했다. 아이코는 언젠가 비싼 침대의 매트리스는 딱딱하다는 이야기를 들었던 것이 생각났다. 아마 이 소파도 그런 거겠지.

정면에 앉아 있는 류지는 심기가 불편한 기색이 역력했다. 눈밑에 다크서클이 시커먼 것을 보니 잠도 제대로 못 잔 게 아닐까 싶다.

다바타는 아이코에게 물었다.

"인터넷에 뜬 기사랑 영상 봤죠?"

"네, 간호사실에도 소문이 쫙 돌아서요."

"그럼 긴 얘기 안 해도 되겠네요. 사실 그 기사를 본 주간지 기자가 취재를 요청했어요."

다바타는 잡지 이름을 말했다. 특종을 잘 잡기로 유명한 곳이었다. 공식 발행 부수가 30만 부에 이르는 잡지로, 전철이나 신문에도 광고를 내고 있어 영향력이 매우 컸다.

"듣자 하니, 거의 날조된 수준의 내용이라던데."

"네."

"기자가 미즈하시 쪽 취재는 이미 마친 모양이에요. 그 사람 말을 곧이곧대로 믿지는 않더라도 기삿거리가 되겠다 싶으니까 우리 쪽에도 연락한 거겠죠. 대책을 세워야 하니 미즈하시와 주고받았던 대화를 가능한 한 자세하게 알려주세요."

아이코는 신중하게 기억을 더듬었다. 주관이 들어가지 않도록 주의하며 그날의 상황을 전달했다. 메모하며 이야기를 듣던 다바타가 물었다.

"참고로, 우오즈미 씨는 어떤 인상을 받으셨습니까? 그쪽에도 잘못이 있다고 보시나요?"

"물론입니다."

미즈하시는 처음부터 시비를 걸러 온 것 같았다. 그가 문제 삼고 있는 폭력도 그저 핑계에 불과했다.

"그렇지만 솔직히 말해 이사장님의 말투도 좀 지나치셨던 것 같습니다."

다바타는 "그렇군요" 하고 끄덕이며 류지 쪽을 쳐다봤다.

"미즈하시가 말도 안 되는 주장을 한다는 건 기자들도 알 겁니다. 다만, 어떤 상황에서도 폭언과 폭력은 용납될 수 없죠. 아마 기자는 그 부분을 지적하며 의료기관 총책임자로서의 자질을 걸고넘어질 겁니다."

"…그런 기사를 쓴다고 무슨 이득이 있죠?"

칭찬할 일은 아니지만, 권력을 무기처럼 쓰는 병원의 수장이 한둘도 아닌데. 아이코의 지적에 다바타는 "어디까지나 제 추측 이지만"이라는 말과 함께 입을 열었다.

"우리 병원의 랭킹이 급상승하면서 많은 주목을 받고 있잖아 요. 탐탁지 않아 하는 업계 사람들도 많겠죠. 그중 누군가 그 인 터넷 기사를 접하고 아는 기자에게 후속 기사를 써보라고 부추 긴 게 아닌가 싶습니다."

취재를 도와준 적 있는 사람이 그런 부탁을 하면 거절하기 쉽 지 않을 거란 말에 아이코는 분개했다. 윗사람들의 사정이 어떻 든 한심할 뿐이다.

"아무튼 우오즈미 씨가 취재에 동행 좀 해줬으면 해요. 먼저 손을 올린 건 미즈하시라는 증언을 부탁드립니다."

"실명과 얼굴이 공개되지 않는다면 하겠습니다."

"잘됐네요"라고 말한 다바타는 류지를 향해 몸을 돌렸다.

"아까 말씀드린 대로 만일에 대비해 기자에게는 미즈하시의 주장이 잘못됐다는 걸 설명한 다음, 폭언을 사과하고 폭력은 부 인하는 방침으로 가시죠."

다바타의 가슴 언저리에서 전자음이 들렸다. 목에 걸어둔 병 원용 전화가 울리기 시작한 것이다. 액정 화면을 확인한 다바타 가 말했다.

"홍보팀 직원입니다. 취재 날짜가 정해졌나 보네요."

전화기를 귀에 대고 통화하던 다바타의 표정이 순식간에 굳었 다. 두세 번쯤 짧은 대답을 반복하더니 기분이 가라앉은 듯한 모습으로 전화를 끊었다.

"취재는 내일 밤이나 모레 중에 편한 쪽으로 고르면 된다네요. 그건 문제가 아닌데…."

다바타의 시선이 바닥으로 떨어진다.

"사모님께서도 내일 오후에 그 기자와 인터뷰를 하신답니다. 이사장님의 정신적 학대에 대해 고발하실 거라고…."

"그럴 리가."

류지는 믿기 어려운 듯했지만 아이코가 보기에는 얼마든지 가능한 일이었다. 유이가 미즈하시에게 울면서 매달렸던 건 류지가 그녀에게 미나미식 메소드의 문제에 대해 충분한 설명을 하지 않았기 때문일 것이다. 게다가 류지는 아내가 무지하다며 몰아세우지 않았는가. 정신적인 학대라고 주장할 여지는 얼마든지 있었다.

류지는 다급하게 웃옷 주머니에서 핸드폰을 꺼내 버튼을 누르기 시작했다. 아내에게 전화를 걸려는 모양이었다.

"수신 거부네."

혀를 차며 전화를 끊자마자 류지의 핸드폰이 울렸다. 달려들 듯 전화를 받은 류지의 얼굴에서 순식간에 핏기가 사라졌다. 아이코는 마른침을 삼키며 통화가 끝나기만을 기다렸다.

전화를 끊은 류지는 고개를 떨구었다. 두 다리 사이로 양팔을 축 늘어뜨린 채 미동도 하지 않는다.

"무슨 일인가요?"

다바타가 물었다. 한참의 침묵 뒤에 류지는 전화의 발신자가 어머니였음을 밝혔다.

"아내가 아이를 데리고 요코하마에 있는 친정에 갔다는군요."

유이는 류지와의 전면 대결을 선포한 듯했다.

"당장 가보셔야겠습니다. 사모님이 기자한테 말실수라도 하시면 돌이킬 수 없게 돼요."

"그렇죠. 근데 날 만나주기나 할지."

설령 만나준다 해도 류지는 유이를 설득할 수 없을 것이다. 이런 일에는 적임자가 따로 있는 법이니까. 아이코는 머뭇거리며 입을 열었다.

"린타로 선생님이랑 상의해 보시는 건 어떨까요. 제가 오늘 온 이유도 린타로 선생님과의 대화를 제안하기 위해서였습니다."

예전에 집에 가는 길에 고이즈미 미카를 만난 아이코는 린타로 선생님에 대한 극찬을 들었다.

——종합내과에는 고집 센 환자들이 많이 오거든요. 그런데 린타로 선생님과 대화하다 보면 다들 정신이 번쩍 든 것 같은 반응을 보여요. 설득됐다기보다는 스스로 깨달은 느낌에 가깝달까요. 린타로 선생님은 아무래도 다른 사람의 마음을 꿰뚫어 보는 것 같아요.

지금의 유이는 종합내과를 찾는 여느 환자들과 비슷한 상태일지 모른다. 아마 미즈하시도 마찬가지일 것이다. 그들의 마음을 돌릴 수 있는 사람이 있다면, 바로 린타로가 아닐까.

다바타는 대놓고 불쾌한 티를 냈으나 류지는 동아줄을 발견한 듯한 표정을 지었다.

"그래. 형을 요코하마에 보내야겠어. 차로 가라고 할 테니까 우오즈미 씨도 동행해 줄 수 있을까?"

류지는 린타로와 같이 차로 이동하는 동안 사건의 경위를 설명해 달라고 부탁했다. 잠시 고민한 끝에 아이코는 제안을 받아들였다.

"그럼, 운전은 고이즈미 씨에게 맡겼으면 해요. 운전하면서는 얘기에 집중하기 어려울 거예요."

원하는 대로 하라는 듯 류지는 고개를 끄덕였다.

4

유이의 진정은 요코히마시 외곽 언덕에 있는 고급 맨션이었다. 저명한 프랑스 문학자였던 유이의 아버지는 이미 돌아가셨고, 어머니만 혼자 살고 계셨다.

현관을 나온 유이는 청바지에 스웨터를 걸친 가벼운 차림이었다. 마도카를 데리고 병원을 방문할 때는 항상 점잖고 여성스러운 복장이었기 때문에 꼭 다른 사람 같았다. 린타로와 아이코의 갑작스러운 방문에 불편한 내색을 숨기지 않았으나 유이의 어머니가 두 사람을 집 안으로 안내했다. 식탁에 차를 내온 어머니는 유이에게 말했다.

"마도카랑 패밀리 레스토랑에 가서 케이크라도 먹고 올게."

유이는 날 선 목소리로 "단 거 먹이면 안 돼! 샐러드 시켜"라고 말했지만, 어머니는 대답 대신 조용히 웃으며 안쪽 방으로 마도카를 데리러 갔다.

린타로는 곧바로 차에서 대기 중인 미카에게 전화를 걸어 두 사람을 패밀리 레스토랑에 데려가 달라고 부탁했다. 어머니는 "오랜만에 드라이브하겠네"라며 마도카의 손을 잡고 집을 나섰다.

스치듯 지나간 마도카는 침울한 표정이었다. 목 언저리부터 귀까지 긁힌 듯한 상처가 가득해 마음이 아팠다.

두 사람이 떠나자 유이는 입술을 꽉 깨문 채 린타로와 아이코 앞에 앉았다. 품위가 묻어나는 가느다란 몸이 금방이라도 떨릴 것 같았다.

린타로는 긴장된 분위기를 풀려는 듯 유이를 향해 작게 웃어 보였다.

"지난번에는 정말 잘 먹었어요. 물만두가 너무 맛있더라고. 소는 채소로 만든 건가요?"

유이는 생각지 못한 말에 맥이 빠진 듯 굳은 얼굴을 풀더니 작게 끄덕였다. 린타로는 "오호" 하고 감탄의 소리를 냈다.

"그래서 그런지 다음 날 몸이 아주 가볍더라고요. 그것도 미나미식 메소드였으려나?"

아이코는 깜짝 놀랐다. 이렇게 빨리 본론으로 들어갈 줄은 몰랐다. 표정에 경계심이 가득했던 유이도 싱글거리는 린타로의 모습에 안심했는지 몸을 앞으로 기울이며 반짝이는 눈빛으로 린타로를 바라봤다.

"아주버님은 미나미식 메소드를 반대하지 않으세요?"

린타로는 대답 대신 자세를 바로잡았다.

"며칠 전 류지가 제수씨한테 잘못을 저지른 것 같아 미안합니다. 저희 어머니도 거들었던 모양인데, 류지랑 어머니한테 사과하라고 말해둘게요. 그건 전형적인 정신적 학대니까요."

유이는 믿을 수 없다는 듯한 표정을 지었다.

"그럼…. 저희 남편 좀 설득해 주시겠어요?"

이렇게 물은 유이는 마치 둑이 터진 듯 말을 쏟아냈다.

"마도카한테 악마의 약을 쓰는 걸 더 이상 보고 있을 수가 없어요. 그런데도 그 사람은 제 얘기를 들을 생각도 안 한다고요."

유이는 마도카를 악마의 약으로부터 지키려면 이혼해서 양육권을 가져오는 수밖에 없다고 주장했다. 양육권을 가져오려면 류지에게 유책 사유가 있음을 증명해야 했다.

"그래서 주간지를 통해 정신적 학대를 고발하기로 한 거예요."

린타로는 오른손을 살짝 들어 유이를 진정시켰다.

"악마의 약이라는 건, 스테로이드?"

유이는 아몬드 모양의 눈을 크게 뜨며 답했다.

"당연한 거 아닌가요? 방금 아주버님도 스테로이드 치료를 다시 시작한 건 잘못이라고 인정하셨잖아요!"

"류지와 어머니가 제수씨에게 상의도 없이 치료를 재개한 건 잘못됐죠. 몰래 속이는 듯한 행동을 한 건 문제가 있습니다. 그렇지만 저는 스테로이드 약품을 사용하는 치료 자체에는 찬성합니다. 우오즈미 씨에게 확인해 보니 순조롭게 호전되고 있었다던데요."

아이코가 동의하며 고개를 끄덕였다.

"아까 마도카의 목 언저리를 살짝 보니 증상이 다시 도진 것 같더군요. 약물 치료를 제대로 받는 게 마도카를 위해서도…"

유이의 눈빛이 분노로 가득 찼다.

"일시적으로 상태가 나빠지는 건 나아지고 있다는 증거라고요. 미나미 선생님께서도 말씀하셨어요. 그리고 스테로이드가 위험한 약물이라는 건 명확한 사실이잖아요. 신문에도 나와 있다고요."

린타로는 핸드폰을 꺼내 유이에게 화면을 보여줬다.

"혹시 이 기사 얘긴가요?"

유이가 크게 끄덕였다.

"맞아요, 이거요. 보세요, 여기 쓰여 있잖아요. 마지막의 마지막까지 사용을 피해야 한다고, 독약이나 다름없다고요."

흥분한 어조로 말하는 유이를 린타로가 가로막았다.

"미나미 씨의 홈페이지에 올라와 있는 것도 같은 기사던데, 여기에는 날짜가 적혀 있어요. 확인해 봐요."

다시 화면으로 시선을 돌린 유이의 얼굴에 당혹감이 스쳤다.

린타로는 유이의 눈을 똑바로 보며 설명을 시작했다.

지금으로부터 30년 전, 스테로이드는 무척 위험한 약물로 여겨졌다. 이는 사실과 차이가 있었는데, 가장 큰 원인은 매스컴의 부당한 보도였다.

"의학계의 대응에도 문제가 있었어요. 언론에 확실히 반박하질 않았으니까. 그 탓에 오해와 불신만 가득해졌죠. 환자에게나, 의사에게나 불행한 시대였다고 할까요."

그 후 차근차근 오해를 풀어갔다. 현재 스테로이드 연고는 아토피 치료에 널리 쓰이고 있다. 부작용이 전혀 없다고 말할 수는 없으나 그것은 다른 약품도 모두 마찬가지며 의사의 지시에 따라 경과를 지켜보면서 조심스럽게 사용하면 위험하지 않다.

미나미는 30년도 더 된 옛날 기사를, 날짜만 지운 채 홈페이지에 게재해 둔 것이다.

"제수씨가 스테로이드를 믿지 못하게 된 것도 이해는 갑니다. 불안감을 조장하는 말을 듣고 평정심을 지킬 수 있는 사람이 어디 있겠어요. 게다가 내 아이의 일인데. 그렇지만 지금 얘기한 것이 현시점의 사실이에요. 의사로서, 큰아버지로서 마도카가 예전처럼 치료를 계속하길 바랍니다."

유이는 앞머리를 거칠게 쓸어 넘겼다.

"그래도 부작용이 전혀 없는 건 아니잖아요?"

"그건 미나미식 메소드도 마찬가지죠."

건강한 식사와 극단적 식이요법은 완전히 별개다. 후자를 어설픈 지식과 안일한 마음으로 시작했다가는 아이의 성장에 지장을 줄 수 있다. 미나미식은 특히 단백질 부족이 우려된다. 각 가정에서 어떤 방침을 세울지는 자유지만, 건강상 명확한 문제가 없는데도 아이에게서 무작정 단것을 먹는 즐거움을 빼앗는 건 안쓰러운 일이다.

린타로는 유이를 비난하는 말은 일절 하지 않고 미소를 유지한 채 설명을 이어갔다. 하지만 유이의 표정은 누그러질 줄 몰랐다. 속지 않겠다는 의지로 가득 찬 듯했다. 마치 몸을 웅크리고 상대에게 가시를 세우는 고슴도치 같았다.

"미나미 씨의 주장대로 약을 쓰지 않고 나은 사람이 많다면 정확한 데이터를 모아 논문을 쓰지 않았을까요. 그럼, 지금껏 회의적이었던 의료 관계자들도 그 치료법을 활용할 거고 효과가 입증되면 미나미식 치료법이 더욱 유명해질 텐데요. 하지만 미나미 씨는 단 한 편의 논문도 쓰지 않았습니다. 홈페이지나 저서의 내용은 죄다 환자의 체험담뿐이죠."

유이는 꿋꿋하게 고개를 저었다.

"미나미식 치료법의 효과가 세상에 널리 알려지면 스테로이드 약이 안 팔리잖아요. 그래서 제약 회사가 논문을 다 없애버린다고 했어요."

린타로는 인내심을 가지고 설명을 이어갔지만, 듣고 있던 아이코는 답답해서 돌아버릴 지경이었다. 유이의 주장들은 전형적인 음모론이었다. 거의 세뇌당한 수준이잖아.

류지를 향한 실망과 불신이 유이의 판단력을 흐리고 있는 것이 분명했다. 유이의 마음에 충분히 귀 기울이고 시간을 들여 설명한다면 생각을 바꿀 가능성도 있겠지만, 당장은 시간이 부족했다.

현관문이 열리는 소리가 났다. 마도카의 밝은 웃음소리가 들린다. 아까와는 다른 사람 같았다. 할머니, 미카와 셋이서 즐거운 시간을 보내고 온 모양이다.

"시간이 늦었으니 이만 돌아가세요."

유이는 억지로 참는 듯한 목소리로 말했다. 입술이 바들바들 떨리는 것이 당장이라도 폭발할 것 같았다.

린타로는 순순히 그러겠다고 했다.

"알겠습니다."

미소를 띤 채 손으로 테이블을 짚었다. 그러더니 "아!" 하고 작은 소리를 냈다.

"이 말을 깜빡했네. 스트레스도 아토피 발생과 연관이 있다는 학설이 있습니다. 맛있는 디저트 같은 것도 가끔 먹게 해줘요. 아, 그러지 말고 내가 맛있는 걸 좀 보내줘야겠다."

유이의 얼굴이 분노로 일그러졌다. 버럭 소리를 지를 듯했으나 때마침 어머니와 마도카가 안으로 들어왔다.

"그러지 마세요. 보내주셔도 소용없으니까."

유이는 낮은 목소리로 말하며 고개를 돌렸다.

"그럼, 어머님께 보내드려야겠다. 어머님, 잠깐 드릴 말씀이 있는데요."

린타로는 유이의 어머니를 불러 복도로 데리고 갔다. 어머니에게 주소를 물어봐서 디저트를 보낼 생각인가.

너무 끈질기게 굴면 유이의 반감만 더 커질 텐데. 아이코는 불안한 마음으로 자리에서 일어났다.

5

다음 날 정오, 류지는 대회의실로 향했다. 어젯밤 늦게 린타로에게서 만나서 상의할 것이 있다는 연락을 받았다.

어제, 유이를 설득하러 간 일은 실패로 끝난 듯했다. 사후 대책을 검토할 필요가 있다는 건 알지만 마땅한 방법이 없었다.

린타로는 이미 회의실에 도착해 있었다. 오늘도 반바지 차림이다. 간호사인 고이즈미 미카도 함께였다. 미카는 눈에 띄는 연두색 카디건을 걸치고 있다. 두 사람은 화이트보드 앞에 나란히 앉아 있었다. 그리고 어떻게 된 일인지 도넛을 먹는 중이다. 아침 식사 대용인지 몰라도 비상식적이라는 생각을 지울 수 없었다. 창가 자리에는 다바타가 불쾌한 표정으로 앉아 있다. 영상 자료라도 쓸 생각인지 프로젝터를 올려둔 작은 거치대가 미음 자 모양으로 배치된 테이블 중앙에 놓여 있었다.

류지가 다바타 옆에 앉은 순간, 문을 노크하는 소리가 들렸다. 린타로와 미카는 동시에 도넛을 입안으로 욱여넣었다. 린타로는 입안이 가득한 채로 웅얼거리듯 말했다.

"들어오세요."

들어온 남자를 확인한 류지는 하마터면 의자에서 벌떡 일어날 뻔했다. 커다란 체격과 번들거리는 눈. 미즈하시다. 후줄근한 재킷을 걸친 그가 비슷한 연배의 두 여성을 대동하고 나타났다. 여성들은 단정한 차림이었다.

자리에서 일어난 린타로는 문 앞까지 나가 정중하게 미즈하시를 맞았다.

"미즈하시 씨, 여기까지 오시게 해서 죄송합니다. 이 병원의 이사로 있는 아오시마 린타로라고 합니다."

다바타가 눈을 크게 뜨고 몸을 틀어 류지를 바라봤다. 눈앞에 있는 사람이 미즈하시라는 사실을 이제야 알아차린 것 같았다. 대체 이게 어떻게 된 일인지 당황스러워하는 모습이 역력했다.

류지는 조용히 고개를 가로저었다. 린타로에게 아무런 설명도 듣지 못했기 때문이다.

린타로는 두 사람의 반응을 신경 쓰지 않고 함께 온 여성들에게 환한 미소를 지으며 말했다.

"같이 와주신 분들도 고생 많으셨습니다. 안쪽 의자에 앉으세요."

미즈하시는 턱을 치켜들고 불결한 것이라도 보는 듯한 눈빛으로 린타로를 훑어봤다.

"저 반바지는 또 뭐야. 당최 이 병원에는 제대로 된 의사가 없나 봐?"

린타로는 반바지 허리춤을 양손으로 툭툭 치며 '자, 어서들 앉으세요'라고 말하듯 의자를 향해 손짓했다.

미즈하시 일행이 겉옷을 벗고 미카가 건네준 페트병 차를 받아 들자 린타로는 가벼운 어조로 입을 열기 시작했다.

"주간지가 시끄럽게 떠들어대기 시작했더군요. 미즈하시 씨가 인터넷에 올린 내용이 기사의 발단이라고요. 오늘 모신 이유는 이 소란이 더 커져봤자 서로 좋을 게 없다고 판단했기 때문입니다."

미즈하시는 떨떠름한 표정으로 고개를 저었다.

"좋을 게 없는 건 그쪽이겠지. 우리는 아쉬울 게 없다고. 내 요구사항은 변함없어. 폭언을 퍼붓고, 폭력을 행사한 이사장이 사죄하는 것. 그리고 병원이 마도카의 치료를 당장 중단하는 거요."

그는 거대한 몸을 의자 등받이에 기댄 채 류지를 비웃는 듯한 눈빛으로 말을 이었다.

"물론 요구를 따른다 해도 주간지 기사를 막을 권한은 나한테 없지만 말이야."

류지는 테이블 아래에서 주먹을 꽉 쥐었다. 이런 막돼먹은 인간이랑 무슨 대화를 한다고. 어차피 상대의 신경을 긁어 꼬투리 잡을 생각밖에 없는 사람이다. 자리를 뜨려고 했으나 그보다 한발 먼저 린타로가 입을 열었다.

"폭언에 관해서는 깊이 반성하고 있습니다. 아무리 스테로이드 치료에 대한 의견이 다르다고 해도 그런 행동이 정당화될 순 없죠. 오늘 오시라고 한 건, 그 일에 대한 사죄의 의미로 정보를 하나 알려드리기 위해서입니다."

다바타가 류지를 봤다. 류지는 답답하다는 듯 고개를 가로저었다. 린타로가 무슨 말을 하려는 건지 감도 오지 않았다. 미즈하시도 그런 듯했다. 동행들의 시선을 의식했는지 건방진 태도를 유지했으나 자세히 보면 눈빛이 흔들리는 걸 알 수 있었다.

이렇게 예측 불가한 점이야말로 제 형의 강점일지도 모른다고 생각하며 류지는 린타로의 다음 말을 기다렸다. 린타로는 앞머리를 쓸어올린 후 망설임 없는 눈빛으로 미즈하시를 바라봤다.

"미즈하시 씨는 이사장의 폭언과 폭력을 비판하는 기사가 나올 거라 생각하시죠?"

"당연하지. 직장에서도, 집에서도 학대를 일삼는 인간이 의료 기관의 원장이라니 말이 돼? 사회적으로 처벌받아 마땅하다고."

"그럼 속이 후련하실 것 같으세요? 그런데 아마 기사 내용은 기대와 다를 겁니다."

단언한 린타로가 덧붙였다.

"비난받는 건 미나미 씨겠죠."

미즈하시의 얼굴이 벌겋게 상기됐다.

"당신도 미나미 선생을 모욕할 생각이야?!"

미즈하시가 테이블을 내리치며 격분하자 옆에 있는 나이 지긋한 여성이 그의 등을 토닥이며 "자, 진정해요" 하고 말했다. 그녀는 전혀 동요하는 기색이 없었다.

"미즈하시 씨는 성격이 너무 급하다니까. 설사 이 사람 말이 사실이라고 해도 주간지 따위에 그렇게 흥분할 필요 없잖아요."

또 다른 여성이 맞장구를 쳤다.

"미나미 선생님은 지금까지 수없이 공격받아 왔어요. 그럴 만도 하죠. 제약 회사나 의사들은 제대로 된 민간요법을 두려워하니까요. 진실을 아는 우리 지지자들의 신념은 절대 흔들리지 않아요. 실제로 우리는 이렇게 호전되고 있잖아요."

미즈하시는 페트병을 움켜쥐고 벌컥벌컥 차를 들이켰다. 핏기 없는 입술을 손가락으로 거칠게 닦고는 마음을 다잡은 듯 고개를 끄덕였다. 그때 린타로가 갑자기 미카의 이름을 불렀다.

"이제 그 영상 좀 틀어볼까?"

"네. 스탠바이 완료입니다."

미카는 이미 노트북을 켜놓고 있었다. 일어나서 조명을 끈 뒤, 리모컨으로 프로젝터를 켰다. 이내 화이트보드 위로 영상이 재생되기 시작했다. 화면 속에는 터틀넥 스웨터를 입은 붉은 머리의 중년 남성이 있었다.

남자는 친근하게 미소 지었다.

"일본에 계신 여러분, 안녕하십니까. 저는 마크 콜린스라고 합니다. 위스콘신주에 거주하고 있죠."

콜린스는 영어로 이야기했으나 일본어로 자막이 달렸다.

"닥터 린타로에게 갑자기 연락이 와서 놀랐습니다. 아, 교카 미나미라는 사람이 홈페이지에 올려둔 의사면허 말인데, 그건 가짜입니다. 포토샵 같은 거로 이름만 바꿔치기한 것 같던데?"

콜린스는 두 손을 들고 어깨를 으쓱하며 별일이 다 있다는 표정을 지었다.

"무슨 말도 안 되는…. 대체 뭐 하는 사람입니까?"

여성이 소리쳤으나 린타로는 두 번째 손가락을 세워 입술 앞에 가져다 댔다. 콜린스가 말을 이었다.

"대체 그걸 어떻게 확신하냐고요? 이유를 알려드리죠. 거기 기재된 면허 번호를 가진 의사가 따로 있거든요. 그게 누구냐면, 바로 접니다! 방금 위스콘신주 경찰청 담당 부서에 연락해서 상황을 설명했습니다. 교카 미나미는 조사 후 합당한 처벌을 받을 겁니다. 당치도 않은 얘기지. 의사 행세를 하며 건강보조제를 팔다니! 명백한 사기죠, 범죄라고요. 제 의사면허가 그딴 짓에 악용되고 있었다니 화가 치밀어서 원. 닥터 린타로, 알려줘서 고마워."

영상은 그렇게 끝났다. 미즈하시는 낮은 신음을 내뱉었다.

"뭔가 잘못됐어. 미나미 선생님을 모함하는 거야."

린타로는 어깨를 으쓱했다.

"그거야 기자들이 확인해 주겠죠."

이미 주간지 기자에게도 이 영상을 보내뒀다고 린타로가 말했다.

"그쪽 회원이 한 200명쯤 된다죠? 그 수가 고스란히 피해자 수가 될 겁니다. 기자에게 그렇게 말했더니 콜린스에게 확인해 보고 취재에 들어가겠다고 하더군요."

"피해자라니? 우리가? 말도 안 돼. 우린 다 스스로 판단해서 영양제를 사고 있는 거예요. 그 약을 먹고 증상이 호전된 사람도 있다고요."

여성 중 한 명의 말을 무시한 채 린타로는 미카에게 다음 영상을 재생하도록 했다. 이번에 등장한 사람은 과거 미나미식 메소드를 실천하던 환자였다.

"아는 분도 계시지 않나요? 예전에 모임에 참가한 적도 있으시다던데. 이분은 미나미식 메소드에 의문을 품고 일반 치료로 방향을 바꿨다고 합니다. 지금은 상태가 훨씬 좋아지셨다고 해요."

미카가 다시 노트북을 만지자 미즈하시는 버럭 화를 냈다.

"보나 마나 다 조작이겠지! 더 볼 것도 없다고."

미카는 입술을 쭉 내밀며 볼을 부풀렸다.

"설마요. 밤을 꼴딱 새워가며 아토피 환자 모임에 닥치는 대로 메일을 보내서 겨우 찾아낸 증인인데."

잠시 쓴웃음을 지은 린타로는 이내 심각한 얼굴로 돌아왔다. 미즈하시 일행에게 다시 눈을 맞추며 말을 잇는다.

"그리고 또 한 가지. 오늘 아침에 미나미식 영양보조제를 입수했습니다. 분석기관에 보내면 그 약이 가격만큼의 값어치가 있는지 밝혀지겠죠. 저희 쪽에서도 결과가 나오는 대로 기자에게 보낼 생각입니다. 물론, 민간요법이라고 다 나쁜 건 아닙니다. 각자의 상황과 체질에 따라 도움이 될 수도 있겠죠. 하지만 불안감을 부추겨 효과가 확실치도 않은 고액의 상품을 팔아먹는 자들은 용서할 수 없습니다. 기자에게도 똑같이 말했고, 제가 이사로 있는 국제내과학회도 적극적으로 협력하겠다는 뜻을 밝혔습니다. 기자로서도 더없이 보람된 일이겠죠. 시답지 않은 스캔들 따위는 그만 쫓고 더 가치 있는 뉴스를 전하자고 제안했더니 기자도 꽤 의욕을 보이던데요?"

미즈하시 일행의 얼굴이 하얗게 질렸다. 이렇게까지 치밀하게 반박한 사람은 없었던 모양이다. 게다가 의사면허 문제로 이미 미나미에 대한 신뢰가 흔들리고 있지 않은가.

미즈하시가 거구를 뒤흔들며 자리에서 벌떡 일어났다.

"아까부터 계속 헛소리만…. 기분 나빠서 못 참겠어. 가자고!"

여성들도 황급히 자리에서 일어났다. 린타로는 그들에게 나지막이 말했다.

"당장은 받아들이기 어려우실지도 모릅니다. 하지만 제 얘기, 한번 잘 생각해 보세요. 저는 이 건물 뒤쪽 잡목림 구석에 있는 낡은 건물에서 의료 상담을 하고 있습니다. 궁금한 점이 있으면 언제든 찾아오세요. 저도 여러분과 얘기를 더 나눠보고 싶네요."

린타로의 눈빛은 진지했다. 류지의 가슴속에 복잡한 감정이 차올랐다.

형은 미나미라는 가짜 의사와는 별개로, 미즈하시 일행을 비난할 마음도, 떼어버릴 생각도 없는 듯했다. 오히려 그들이야말로 자신을 필요로 할 것이라 확신하고 있다. 형의 마음을 이해하지 못하는 건 아니다. 하지만 과연 그 진심이 그들에게 전해지기는 할까….

세 사람은 아무 말 없이 방을 나섰다. "입구까지 모셔다드릴게요"라며 미카가 그들의 뒤를 쫓았다.

문이 닫히자 다바타가 기다렸다는 듯 입을 열었다.

"그럼, 기사의 방향이 바뀔 거라는 말씀인가요?"

린타로는 옅게 웃었다.

"그렇죠. 폭언은 몰라도, 류지가 폭행을 했다는 건 오해니까요. 미즈하시 씨가 과장해서 얘기한 부분들도 확실히 설명해 뒀습니다. 다행히도 감이 좋은 기자더군요."

손수건을 꺼낸 다바타는 이마의 땀을 여러 번 닦았다.

"하루도 채 안 되는 짧은 시간에 어떻게 이렇게까지…. 하아, 이제 한숨 좀 돌리겠네요. 감사합니다."

린타로를 향해 몇 번이고 고개를 숙이는 다바타와 달리 류지는 초조함을 억누를 수 없었다.

"미나미나 미즈하시 쪽으로 비난의 화살이 옮겨간 건 맞지만, 그렇다고 문제가 해결된 건 아니야. 엉터리 민간요법의 피해자 중 한 명이 유명 병원의 이사장 부인이라고 대서특필하지 않겠어? 주간지가 불을 켜고 달려들 기삿거리인데."

린타로는 괜한 걱정을 한다는 듯 웃었다.

"걱정할 거 없어. 취재에 협력하는 대신 제수씨 얘기는 비밀에 부쳐달라고 했으니까. 아오시마 종합병원의 이름이 기사에 오르는 일도 절대 없을 거야. 오늘 오후에 하기로 했던 취재는 취소됐고."

류지는 멍한 얼굴로 린타로를 바라봤다. 이렇게까지 신경 써줄 줄은 몰랐다.

린타로는 담담하게 말을 이었다.

"다만, 제수씨는 아직 납득하지 못했어. 이제 뒷일은 류지 너한테 맡길게. 아까 그 영상, 메일로 보낼 테니까 보여줘. 사돈어른께도 협력을 구해. 그분은 분명 도와주실 거야. 미나미식에 반대하셔서, 제수씨 방에서 영양제를 몰래 찾아다 줬을 정도니까."

"…그랬어?"

"그래. 하지만 무턱대고 제수씨를 부정하진 마. 제수씨도 엄연한 피해자라고. 불안에 떨다 보면 누구니 냉정을 잃을 수 있어. 부부 사이가 삐걱대서 마도카가 스트레스를 받으면 그 애 몸에도 안 좋고."

형의 조언이 가슴 깊이 스며들었다. 이런 감정은 태어나 처음이었다. 위선자라고 생각한 적도 있었다. 하지만 이제는 그랬던 자신이 초라하게 느껴질 뿐이다. 지금은 일단, 솔직하게 감사의 마음을 전해야 했다.

"고마워. 솔직히 형이 이렇게까지 도와줄 줄은 몰랐어."

린타로는 머리 뒤로 깍지를 낀 채 크게 기지개를 켰다.

"당연히 최선을 다해야지. 우리 종합내과의 의료 상담이 병원에 실질적인 도움이 된다는 걸 증명할 기회인데. 말 나온 김에 다바타 씨도 제 얘기 좀 들어주시죠."

그렇게 말한 린타로는 자세를 바로잡더니 종합내과를 병원의 정식 부서로 만들고 싶다고 말했다.

"상담에 주력하고 요금은 저렴하게 책정할 겁니다. 다소 적자가 나더라도 다른 부서에서 수익을 메꿔주면 문제없을 거예요."

다바타는 난처한 표정을 지었다. 류지도 고개를 저었다. 그건 그거고, 이건 이거였다.

아오시마 종합병원의 강점은 정확한 진단과 증거를 토대로 한 적절한 치료다. 이를 위해 과감하게 투자했고 우수한 직원들과 최신 의료기기들도 갖췄다. 이제는 투자금을 회수해야 할 시기다. 게다가 의료비를 축소하는 흐름 속에서 의료기관의 경영 환경은 급격히 악화되고 있었다. 적자를 감수하며 저렴한 의료 상담을 진행하는 건 터무니없다.

"요즘 같은 시기에 형의 취미생활에 장단 맞춰줄 여유 없어. 애초에 형 정도 능력이면 아오시마 병원의 간판 같은 건 필요 없잖아?"

린타로는 밝게 웃었다.

"모르는 소리. 다들 불안해하는 요즘 같은 시대니까 더더욱 상담소가 필요한 거야. 내가 아니라 병원이 날 필요로 하고 있다는 뜻이지."

어찌나 자신만만하게 말하는지, 어쩌면 정말 그럴지도 모른다는 생각이 들었다. 하지만 현실적으로 병원에는 그럴 여유가 없다. 앞으로도 형과 이사들 사이에 껴서 이러지도 저러지도 못하는 신세가 되겠군. 류지는 한숨을 내쉬었다.

처방전 없는 진료실

초판 1쇄 인쇄   2026년 4월 23일
초판 1쇄 발행   2026년 4월 29일

지은이   센카와 다마키
옮긴이   황국영

책임편집   홍은선
디자인   정정은
책임마케팅   최혜령, 박지수, 도우리, 양지환, 송지은, 박주미
마케팅   콘텐츠 IP 사업본부
해외사업   한승빈, 박고은
전자책   김주리
경영지원   백선희, 권영환, 최민선, 이기경, 강아현
제작   재영P&B

펴낸이   서현동
펴낸곳   ㈜오팬하우스
출판등록   2024년 5월 16일 제2024-000141호
주소   서울시 강남구 테헤란로 419, 11층(삼성동, 강남파이낸스플라자)
이메일   info@ofh.co.kr